壹光年
ONE LIGHT YEAR
青春馆

等爱式微

梅吉 著

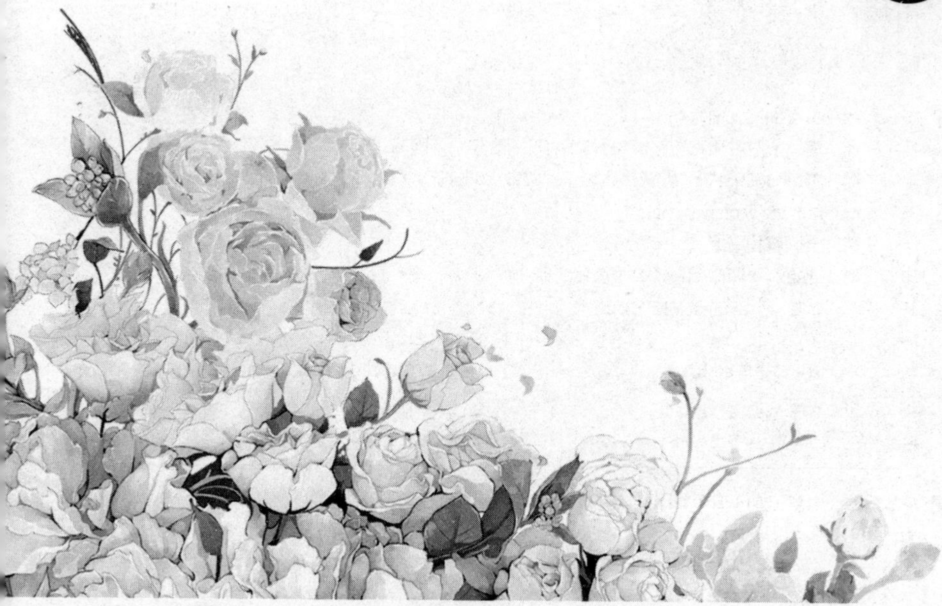

百花洲文艺出版社
BAIHUAZHOU LITERATURE AND ART PRESS

图书在版编目（CIP）数据

等爱式微 / 梅吉著. -- 南昌 ：百花洲文艺出版社，2014.8
ISBN 978-7-5500-1008-6
Ⅰ. ①等… Ⅱ. ①梅… Ⅲ. ①长篇小说 - 中国 - 当代 Ⅳ. ①I247.5
中国版本图书馆CIP数据核字(2014)第152914号

等爱式微

梅吉 著

出 版 人 姚雪雪　　责任编辑 张 越 程 玥　　营销统筹 卢 渔 赵 晴
出 品 人 柯利明 林苑中　　特约策划 梁 艳 马晓婧　　封面绘图 单单工作室
特约监制 梁 艳　　特约编辑 马晓婧　　封面设计 单单工作室

出 版 者 百花洲文艺出版社
社　　址 南昌市红谷滩世贸路898号博能中心9楼　　邮编：330038
电　　话 0791-86895108（发行热线）　0791-86894790（编辑热线）
网　　址 http:www.bhzwy.com
经　　销 全国新华书店
印　　刷 北京旭丰源印刷技术有限公司
开　　本 1/32　880mm × 1230mm
印　　张 9.5　　字　　数 210千字
版　　次 2014年8月第1版　　印　　次 2014年8月第1次印刷
定　　价 29.80元
ISBN 978-7-5500-1008-6

赣版权登字：05-2014-173

目录 CONTENTS

目录 CONTENTS

01

CHAPTER

遇见你·谷雨

他们都有着各自的不幸，因为这样的不幸，使得他们彼此更加亲密。时光荏苒，他们已是血脉相连的亲人，在人生的谷雨时节见证了彼此的孤独与坚韧。

天还没有亮透，城市却已被雷声炸得轰鸣，树影婆娑中夹杂着蝉虫此起彼伏的叫声。只是很短的时间，石子般大小的雨滴便劈头盖脸地砸了下来。狂风暴雨中，夹杂着拍打广告牌的声音，门窗被急关的声音，汽车又尖又厉的声音……即便是七月底，上身穿着短褂的姜希也忍不住瑟缩，雨水扑进眼睛，几乎看不清路，单车在人迹稀少的清晨里飞快地溅起一排雨花，因为逆风，她蹬单车需要比往日更加卖力，只有这样才能按时到达。

小区保安认得她是送牛奶的姑娘，一到门口就挥挥手让她直奔过去。一直到了电梯间她才把风雨关在外面，全身的凉意慢慢被驱散。顾不上整理狼狈的自己，她立刻把背上的箱子取下来检查一遍，因为被密封得很好，没有进一点儿水，似乎还带着一些温润的热气。她用手背揩了揩满脸的雨水，长长地松了口气。

放假时姜希会做很多兼职，例如送牛奶，发传单，去公园扮猫、学狗，帮家长照看孩子……她并非生长在那种明媚健康的家庭，九岁那年在省国土资源局任要职的母亲因为贪污被判入狱十年并被没收了全部财产。一夜间，她知晓了什么是命运。命运就像一辆失控的车，突然冲出了它正常的路线……

在那以前她是一个瓷娃娃般的女孩，生活如蜜，学钢琴、练舞蹈为生活的重点。然而就像电视突然断电一样，“啪”的一声，画面就暗掉了……她记得那些日子父亲到处奔走，筹集赔偿资金，见律师找熟人……每每回来都是一脸的疲惫不堪，叹气声敲在她的心里，沉得像天都要塌了。

他们从大房子里搬回了建二小区姜致远单位分的那套小两居里，幸而这房属于单位产权所以他们能得以住下去，之前搬离建二小区时姜希还觉得不舍，只是现在回来却已物是人非，心境已经大不相同，门庭冷落，人情淡薄，她和父亲相依为命，对过去种种生活不再提……

因为妻子伍月欣的事，姜致远也受到了牵连，出事前原本是建二局的总工程师，后来单位给他安排了份助理的闲职，只是帮忙收发信件和整理仓库，这些变故让他有些郁郁寡欢，整个人沉默了不少。家庭巨变时，姜希虽然才九岁，但小小的年纪已知人情冷暖，默默地把所有的小孩脾性都藏了起来，像株小草一样坚韧地成长。

她第一份工作是在亲戚家开的烧烤餐厅打杂，大冬天里手上全是冻疮，用竹签串那些被辣椒腌过的食物时，手上的口子会被弄得生疼，她的心里在咝咝地抽气，脸上却不动声色。十一岁的姜希，当同龄的孩子在父母怀里撒娇任性时，她已经懂得了什么是自食其力。那些隐忍是从一点一滴积攒起来的，她比谁都要好强，比谁都要自尊，因为她不想别人用同情的目光看着她。她的脸上总挂着阳光般灿烂的笑容。但父亲有时候会心疼地说，这孩子，心事太重，什么都藏着，活得太累。

姜希脸上的微笑不过是一种自我保护的设防，其实她待人处世都很疏离，又分得很清，不愿意欠别人一分一毫。她给自己造了一枚蛹，远离树梢的阳光，收起这个年纪该有的喧嚣和浮躁，安静地走在人群中……

就在她打开602号门口的奶箱，把牛奶盒放进去的时候，门突然被打开了。

她兀然地抬起头来，对上一双稍稍惊讶的眼睛，只是几秒后对方上前几步一把扼住她的手腕，扬声愤懑道："原来是你！"

男孩的个子比她高出一头，长手长脚的他穿着白色T恤和七分裤，头发乱糟糟的，惺忪的眼睛像是没有睡醒，但那绝对是一双冷酷十足的眼睛。姜希被他拽得生疼又莫名其妙，"放开我！"

挣扎之间她衬衫胸口处的一枚纽扣瞬间崩飞，她几乎是下意识地捂住胸口，又羞又气恨不得踹上对方几脚……

"臭小子，让你拿个牛奶……"叶薇亚从门口出来看到眼前这一幕后面的话憋了回去，厉声道："严澎，你对她做什么了？"

严澎松开她，把手插进裤兜，耸耸肩："是她偷的牛奶，我亲眼见到的。"

叶薇亚抬起手来朝儿子头上打下去，"你个混小子！这是给我们家送牛奶的姑娘，你怎么能不分青红皂白地欺负人家！"

严澎一边躲闪一边嚷嚷:“跟你说多少次了,不许打我的头,你还打!”当着姜希的面,严澎觉得这副被母亲追打的样子很丢人,一跺脚,不管不顾地嚷嚷:“是她自己一副流浪狗的样子,我才误会的!”

姜希垂了垂眼帘,她这副模样真的很狼狈,浑身湿透,头发还滴着水,右脚的凉鞋掉了盘扣,只能当拖鞋趿拉着,而脚踝处还有着点点的泥水。她咬了咬唇,转身要走,叶薇亚赶紧拉住她的手:“你得换件衣服……”她又瞪严澎一眼,“混小子!赶紧道歉,看看,你们年纪相仿,人家已经懂得赚钱,而你却四肢健全五谷不分!”

严澎自知理亏,却说不出道歉的话,又被母亲唠叨得烦不胜烦,冷哼一声转身进门,心里却有些紧张,生怕姜希拒绝母亲的好意。他把自己关在房间里,直到听到母亲招呼姜希进来坐,这才安下心来。

姜希环顾四周,宽敞明亮的房间装修得极为考究,复式的旋转楼梯,黑白色系的家具,有整面墙的落地窗,将风声雨声全部阻隔在外,一点儿声响也没有。这里的一切,像是来自另一个世界。

叶薇亚从卧室里拿着条裙子出来时,姜希还站在门口。

“进来坐呀。”叶薇亚微笑着说,“试试这条裙子,是我女儿的,她没有穿过,标签都还在,你们身高差不多,应该能穿。”

姜希挺了挺脊背,“阿姨,有针线盒吗,我把扣子钉上就好。”

叶薇亚怔了怔,见她一脸坚持,微微一笑:“好,我拿给你。”

姜希在这个小区已经送了整整一个月的牛奶了,也见过叶薇亚好几次,只是淡淡点头,礼貌招呼,并无其他的客套和寒暄。

她知道住在这里的人非富即贵。寸土寸金的位置，奢侈的绿化环境，一栋六层的小高层只住三户人家，车辆全走地下通道，是真正的高档社区。若不是因为纽扣掉了实在没有办法，她是决然不会进来的，虽然叶薇亚是热情好客的模样，但她依然迅速地钉上纽扣，道过谢就离开了。

听到门合上的声音，严澎起身走到窗前，探身时发现雨还在下，几乎是弹跳起来抓着伞就朝外面窜了出去，惹得母亲在身后嚷嚷，“怎么穿拖鞋就出去了，去哪儿？”

“跑步！”他没头没脑地回一句。

“这雨天，跑什么步？”叶薇亚一边唠叨一边走进厨房准备早餐。

严澎按电梯的时候心里有些急，但电梯的数字一格格缓缓下降，他咒骂一声朝着安全通道奔去，拉门的时候被门楣撞到膝盖，疼得龇牙咧嘴，顾不得停，一路奔跑下去。那个时候他像中了邪，一心一意地只想把伞拿给她。下到楼口看见姜希正准备跨上单车离开，只能急忙一把抓住她的车尾，扶住腰，大口喘气……

“给你！”他把伞递给她。

姜希有些意外，却没有接过他手里的伞：“我不需要。”

“让你拿着你就拿着，怎么这么多废话，要是不需要干脆扔掉！”他瞪着眼睛，心里的火噌噌地上来，他跑下来就为了给她送伞？他真是疯掉了才会做这样无聊的事，最可气的是竟然还被拒绝。

“我真不需要！”姜希坦然地看着他，“反正都已经湿透了！”

“你知不知道你这个样子……”严澎说不下去，脸涨得通红，眼睛自顾自看向一边。

姜希突然就明白了，她穿的是白色衬衫，因为湿透整个儿贴在身上，露出了胸衣的轮廓，所以，那么……他刚才都看到了？她又羞又恼，低低骂了句：“流氓！”然后一把拂开他放在后座上的手，那姿势就好像在拂灰尘或垃圾。她骑着单车毫不犹豫地冲进了雨中。

“喂！你说谁，你给我站住，说清楚！”严澎的话被风雨盖过，哪还能被她听见，他气急地冲进雨里跑了几步又立刻退了回来，把手里的伞朝垃圾桶里大力一扔，对刚才自己的所作所为觉得既气愤又羞愧。

姜希把整个片区的牛奶送完后才在街边找了个公话亭停下来避雨，也为了把衬衫给晾晒一下。今天出门的时候已听见雷声，但她为了赶时间也顾不得折回去拿伞，没想到路上雨就下了起来，还是来势不小的雨。

透过玻璃姜希看着外面的世界，雨点落在地上砸出密密麻麻的小坑，风吹得枝叶乱颤，街灯突然间灭掉，这个城市在风雨中终于苏醒过来。

就在那个时候她看见了骑着单车的林川，他戴着一顶鸭舌帽，矫健的身影即使是远远的她也能一眼认出来，心里一热，赶紧从公话亭里探出身子：“林川，我在这里。”

林川把单车停在边上，挤进公话亭，逼仄的公话亭顿时显得拥挤起来。两个人面对面站着，情绪都有些激动。空气中浮动着氤氲的水汽，外面的那些喧嚣突然间像被装了消音器，他们急切地想说些什么，却不约而同地说出：“你……”

两个人就都笑了，林川示意她先说。

“你怎么来了？”

“就知道你忘记带伞，这么大的雨都淋湿了吧，冷吗？”林川取出一件外套罩住她。他的呼吸几乎扫过她的脸庞，她的心蓦然一滞，然后狂跳起，就好像打鼓一样，她慌乱地抬头看他一眼，他深邃的目光就像一片黑海，脸上柔柔的表情有着耀眼的光泽，让她有种缥缈的幸福感。

“现在不冷了。”

林川是姜希的邻居，比她大两岁。他们都住在建二小区里，他们的父亲是同事和好友。因为姜希母亲的事好多人都摆出一副跟姜家撇清关系的态势，倒是林川家依然如常地跟他们来往。林川有一个疯了很多年的母亲，他也是在那种风浪的家庭里过来的孩子，身上总有一种处变不惊的淡漠。林川的母亲以前也是正常的，只是因为林川弟弟走丢后，精神才慢慢地不正常起来，会在家里砸东西打人咬人歇斯底里地闹腾，那时候林川一点儿也不躲闪，平静地哄着母亲，尽管他身上没少受伤，当他手抚着母亲的头发，用柔软的眼神看着她的时候，林川的心都会有些微微的疼。他们都有着各自的不幸，因为这样的不幸，使得他们彼此间更加亲近一些。

他们背靠背坐在公话亭里，林川把一个耳塞塞到姜希的耳朵里，蔡健雅孤独安静的声音萦绕着他们，他们什么都没有说，只是静静地等着雨停。他们都是喜欢安静的人，话不多，但即使两个人大半天里一句话也不说也不会觉得尴尬。他们是那种默契十足的朋友，是那种有着相同喜好相同性格的朋友。

阵雨过后的天空像被洗过一样湛蓝一片，一轮鹅蛋黄似的太阳从云层中脱颖而出开始尽情灼照着大地，光芒四射，整个世界仿若被洒上了一把碎钻。

姜希望着天空，静静地说："好美，这日出。"

林川笑了笑："是呀，没想到竟然出太阳了……走吧，回家。"

晨曦下，他们骑上单车默默前行，偶尔回头一望，总是会触上对方含笑的眼睛。七月的阳光芬芳灿烂，洋洋洒洒地落在他们身上，怎么看都是一对青碧的少男少女，花样美好。

除了早上这份送牛奶的工作，暑假里姜希还在冷饮店里帮忙，而这也是她一天里最开心的时刻，因为林川也在这家冷饮店工作。他们穿同样款式的工作服，在她看来就好像穿着情侣装一样，心里十分幸福。林川是那种俊逸内敛的少年，清风秀骨，空灵索然，漂亮但一点儿也不阴柔，总惹得一群小女生叽叽喳喳地围在点餐台上，一边看餐牌一边偷偷地打量他，她们脸上都是热气腾腾的青春，相比之下姜希就内向了许多。

每每那时，夏小千就会拿着个苍蝇拍大力拍在餐台上，惹得众人怒目，夏小千笑眯眯地说："没看到这位哥哥脑门上写着字吗？"

她们当真认真去看："什么？"

"生人勿扰！"夏小千一本正经地说。

"嗤！""关你什么事！""你又是哪棵葱？"……她们继续闹腾的时候，夏小千就用手指着姜希，"看到没？那是这位哥哥的正牌女友，你们都散了吧！"

每每听到，姜希的心都会抖一抖，"女朋友"三个字是多暧昧的字眼，但林川从来没有否认过，只是浅笑着任由夏小千咋咋呼呼地乱嚷嚷。而那些女生看看姜希，一脸"不过如此"

的表情，然后一哄而散。

夏小千也住建二小区，不同的是她住的那栋楼全是建二设计院的领导，一百八十平的电梯公寓，不是姜希他们那种老式楼房可以比拟的。夏小千的父亲是建二设计院的副院长，母亲有一家很大的公司，从小时候起他们三个人就在一起玩，两个小女孩屁颠屁颠地跟在林川身后，姜希六岁搬走时夏小千还抱着她一直哭，嚷嚷着要把她留下来，九岁时姜希又搬回建二小区，唯一高兴的人可能就是夏小千吧。从此他们三个人又开始玩在一起，夏小千是那种张扬、豪爽、开朗到疯疯癫癫的女生，穿着一条破了无数个洞的牛仔裤，走起路来虎虎生风，她还是那种会把口香糖吐在手里当橡皮泥捏来捏去的人，鲜活而生动。

其实有时候姜希并不太愿意跟夏小千走得太近，她总觉得夏小千身上的那种无忧无虑会刺痛她，即使有时候她并不是有意要表现出一些优越感，但当她谈起生活的种种时，姜希会暗暗垂下眼帘，她真的试图去疏远夏小千，虽然她一直把她当最好的朋友，什么好东西都拿来与她分享，但骨子里姜希是自卑的吧，越要强越自卑，浑身带着些不软不硬的刺。

不过，夏小千总是那副没心没肺的样子，她全然忽略了姜希的小心思，平日里总绕在她身边，就算是她出来打工，她也要横插一脚，也说想要赚钱自己给自己买花戴，好让父母对她刮目相看，但其实不过是觉得好玩。

冷饮店并不算大，二十多平方米，五六张桌子，因为价格便宜真材实料，生意火爆，小小的店子员工就六个人，但整个下午常常忙得脚不沾地，人多得要排两行队。夏小千经常犯错，不是在草莓刨冰里加抹茶，就是在阿萨姆奶茶里加柠檬，要不就是多找钱给客人，后来老板就让她去打苍蝇，她拿着苍蝇拍儿追打苍蝇的时候，那模样又可爱又纯粹，姜希心里都会有些柔柔的嫉妒，如果她也这般娇气，是不是也会更让人怜爱？

冷饮店老板张兴东是附近某所大学的大四学生，他大二就开始创业，不仅不需要家里给生活费学费，还常常帮衬家里，因为年纪相仿，他们相处得也很融洽，有时候张兴东想摆摆老板架子，总是被夏小千给顶撞回去。整个冷饮店里也只有夏小千会在人多的时候，坐在玻璃门口拖着腮咬着吸管一边喝奶茶一边晒太阳，她说自己再不晒太阳都要枯萎了。张兴东说从来没有见过像她这样矫情的女孩，她反驳他从来没有见过你这么不怜香惜玉的男生。他们总是斗嘴、争吵，发工资的时候为一点点钱讨价还价。不过姜希也看出了，这是他们相处的方式，就像她和林川，他们从来不会争吵，甚至连意见相左的时候都没有，他们相互包容，又相互谦让，就连夏小千也会嘟囔着跟他们在一起，就像个第三者……

“你们要是不在一起，那我就不相信爱情了。”夏小千总是这样说。

“别胡说，我跟林川，就跟林川跟你，是一样的。”

夏小千“嗤”一声，“鬼才信你们！林川对你可比对我好太多了！他会给我准备早餐吗？不，他从来就只会记得给你带早餐。他会给我买生日礼物吗？不，他从来就只记得你的生日，而且每次吃生日蛋糕的时候都把‘快乐’两个字切给你。他会接送我吗？也从来不，他的单车就只有你坐过……还有，你生病的时候给你熬中药，你鞋带散了给你系鞋带，遇到烦人的客人帮你拦下来，当你被烫伤碰伤立刻察看，就连你咳嗽一声他都会问问你……姜希，你说这还不是爱情吗？”

姜希默默地听着夏小千举出那么多的证据，她的心就像被温水熨帖着，那么暖，那么甜。她在问自己，这就是爱情吗？夏小千知道的只是冰山一角，林川对她的好那是怎么都数不清的，甚至……甚至第一次给她买卫生棉的人也是他。他看到她裤子上斑斑血迹就已知道发生了什么，把卫生棉放进她的书包里，后来每个月的那几天他都会提醒她不许吃生冷食物，不能剧烈地运动，他说得那么自然，她羞涩的心也渐渐自然，时光荏苒，他们已经是血脉相连的亲人，是一路成长见证彼此孤独与坚韧的朋友。

是的，夏小千与他们不一样，所以她永远没有办法像他们这样要好，这样彼此了解和珍视。“真羡慕你们！”夏小千拖着腮说，“那个让我喜欢的人会是谁呢？”

而爱情是这样的吗？姜希想起林川的时候，会不由得问自己。可是这种心跳，这种很想要守在一起，这种即使在身边也会觉得思念，这种做什么事都会在心里绕来绕去地想到他的心情不是爱情又是什么呢？可是林川会是这样想的吗？她的心里有着不确定，却不敢把这些疑问问出口。不过任谁都看得出，他对她是最最好的，这样想的时候她已安心不少。

02

CHAPTER

彼岸花·立夏

逆光在他的身后晕出光圈，她第一次这么清晰地闻到一个男生的气息，如立夏风暴一样不可抗拒的诱惑。站定的时候她觉得心脏蓦然语结，已知命运。

从冷饮店下班的时候，时间已经过了九点，姜希看了看天，月色朦胧，清风徐徐，透着说不出的静谧安好。夏小千捶了捶自己的胳膊，抱怨道："真是累死了，不如我辞职算了。"

张兴东嬉笑说："那不如你来做老板娘，既不用辛苦也不用辞职，整家店都你说了算！"

"滚！"夏小千白他一眼，"我就这点儿追求？就算做老板娘我也要做大公司的老板娘……至少得比我妈那家公司大。"

张兴东个子适中，颧骨很高，五官平淡，但有股洒脱的气质，人也风趣。不过姜希觉得他不是夏小千喜欢的类型，但夏小千会喜欢的又是哪种类型呢？

若不是夏小千常常打趣她和林川的关系，她甚至会以为她喜欢的人就是林川，但她那一副不介怀的样子，也让姜希在心里嘲笑自己，怎么可以对林川这么没信心？不能把自己变成那种嫉妒心重又善猜忌的女孩。

“不如我们去庆祝吧！”林川突然说。

“好呀！”夏小千也不问为什么，只觉得这是个好点子。

“太好了！”姜希激动地摊开手，“给我看看。”她已从林川的表情里猜到他收到大学录取通知书了。这些日子她一直没有问过他，但其实心里比谁都紧张，她跑到归元寺去祈祷，希望林川能愿望成真。

她知道林川报考的是华中科技大学，这所学校的经济学院在全国都排名靠前，更重要的是，华中科技大学是林川母亲的母校，他对那里有着特殊的感情。而对于姜希来说，更希望的是林川能留在这个城市，她不愿意与他分开，一天也不要。

林川把录取通知书递给姜希，她珍视地去看每一个字，心生哽咽。

“恭喜你！”张兴东笑着说，“今天由我做东，不用跟我客气！”

“好耶！”夏小千蹦跳起来，又拍拍林川的肩膀，“好样的！以后可要挣很多钱，让姜希吃好穿好，不用这么辛苦了。”

姜希脸又红了，在迷离的光线里偷偷地看了林川一眼，心怦怦地跳动。

而他浅笑着看着姜希：“今天才收到，寄到学校了，老师转来的。”

众人商量后决定去吃“小亮蒸虾”庆祝。“小亮蒸虾”虽深藏在陋巷里，但名气却很响，在这座城市开了好几家分店，都是那种简陋的装修，木椅木凳，搭起的棚子就是路边的夜市，人却是一拨一拨地不见少。这是吃虾最好的时节，汁多肉厚，又新鲜又美味，除了蒸虾，麻辣香虾也口味极好，一水儿的红油辣椒，香葱作料里一只只红彤彤的大虾透着亮铿铿的光。众人到的时候，已经人声鼎沸，桌子挨着桌子，好不热闹。

夏小千眼尖，看到一桌刚好埋单，立刻上前，桌子还没收拾她就占了下来，招呼大家坐下，又主动跑去点菜，生怕被别人抢光，没了新鲜的虾子。

几分钟后夏小千回来，是那种姜希没有见过的表情。满脸通红，眼神含笑，神色恍惚，是灿若桃花的表情。

“点菜了没？”张兴东扫她一眼。

夏小千只是傻笑，姜希扶住她的肩膀摇晃：“夏小千，你被下蛊了？”

“啊？”夏小千恍然过来，眼波流转地看向身后，姜希下意识地顺着她的目光看过去，看到一桌年纪相仿的男男女女坐在那边，桌上堆满红虾，还有琳琅满目的啤酒瓶，声音尤其嘈杂。

“认识？”姜希问。

“不认识！”夏小千扭捏地笑笑。

张兴东嘀咕一声：“花痴……我去点菜！”

像是察觉有人注目，严澎朝身后看了一眼，心里猛然一抽，整个人定住了。那不是那天送牛奶的女孩吗？自从那天后他再没有见过她，只是每到天快亮时会不由自主醒来，像被设了闹钟一样怎么都睡不着，只能抱着枕头在床上打滚。

脑海里都是那天她兀然的表情、惊吓的表情、愤怒的表情、冷漠的表情……那么多的她就像蚊子一样在他面前嗡嗡嗡，他怎么都拍不死，干脆爬起来跑到门口，透过猫眼往外面走廊里看。叶薇亚觉得他又无聊又可笑，不过就丢了一次牛奶，至于吗？他也觉得奇怪，为什么会对丢牛奶的事这么介怀，这么执着地要抓住偷牛奶的小贼。只能讪讪告诉母亲，他觉得小区治安不好。

他心情烦躁地盯着走廊，直到电梯“叮”一声响起来，他的心几乎要跳了出来。但从电梯里走出来的却是另外一个陌生的女孩，将牛奶放入奶箱里，然后离开。那一刻，他真的发现自己很无聊，在这里巴巴熬一个早晨是为了等她吗？他只是觉得那天的事还没有了结，得狠狠骂她两句才行，要不然这一肚子的火，咽不下去。

在遇到姜希的那天晚上他就梦见了她。梦见她衬衫纽扣掉的那一瞬间胸口露出的一片皮肤，他几乎看见那粉红色的胸衣，身体一热，从极度的愉悦中醒来。一连好几天他都没有见到她，倒是楼下邻居上来道歉，说家里小孩因为跑到这层楼玩，见到他们家没有拿牛奶就自顾自地拿走了。叶薇亚后来对儿子说，平时睡懒觉不到中午不起，现在这么大劲头每天天不亮就爬起来，真是够无趣的。

“他在往这边看呢！”夏小千声音发颤，手捏住姜希的胳膊，“我心跳得好快，姜希，你摸摸我额头，是不是发烧了？”

而那边严澎突然把椅子往后一推，拎着两瓶啤酒径直朝这边走过来，一直走到夏小千面前，此时的夏小千觉得整个人呼吸都不顺畅了，只是看着他，内心飓风肆虐。

“喂，刚才撞到你，这个……”他把黑啤递给夏小千一瓶，而她立刻接过来，他与她碰杯。虽说是道歉但他的语气里却一点儿道歉的意思都没有，自顾自仰头就喝，他的喉结一动一动，发出咕噜咕噜的声音，一口气就喝完了整瓶。夏小千想要阻止，却傻了一样只是望着他，直到他“啪”的一声把酒瓶子拍在他们桌上，她才猛然地醒转过来，也拿起酒瓶就喝。夏小千平日里酒量也不错，但因为喝得太猛被呛出几口，姜希赶紧扯下酒瓶：“小千，别喝了。”

“没事，我可以。”夏小千生怕她抢似的，身体躲闪了一下。

严澎的目光却看着姜希，而姜希却完全无视他。他心里顿生不悦，“既然认识了，不如坐一起。”

“不用！”姜希和林川同时脱口而出。

严澎这才朝姜希身后看了一眼，看出他眼里的保护欲和警惕心，玩味一笑：“怎么？我不就是不小心撞了她一下，不用这么记仇吧！”他话里有话，说话之间完全盯住姜希，而她淡淡地说：“我们是朋友聚会，不希望被外人打扰。”

严澎的朋友陈绍可见他久久不过来，也凑过来手搭在他肩膀上问：“认识的？”

“不认识。”没有等严澎回答，姜希先回答了。

“我认识，我认识！”夏小千突然急急举起手来，“我是夏小千，你呢？”

“你呢？”严澎问姜希。

“抱歉，我们的菜来了……”张兴东突然笑着挡在他们中间，“小千，快坐下吃点儿东西！”

姜希坐下，拉着夏小千也坐下。陈绍可站在旁边也察觉出严澎不受欢迎，扶着他的肩膀：“他们都等着你喝酒呢，怎么跑这里来了？”

严澎突然就借着酒精发起疯来，问夏小千：“你说，到底认识不认识？”

夏小千晕晕乎乎地回答：“认识。”

“你说呀！”严澎杀气越来越重，面沉如水。

“认识！我是夏小千！”

“让你说话！”严澎几乎是大喝一声，周围的声音突然就被吓停了，所有人都望向这边。

“你朋友喝多了吧，麻烦你带走他，别耍酒疯了！”姜希皱了皱眉对陈绍可说。张兴东和林川站起来，而严澎那一桌四五个男生也站起来跃跃欲试地看着这边，气氛变得又沉又僵，再这样下去势必要打起来。陈绍可嬉笑着跟他们道歉，连拖带拽地把他拉走，等到回桌才问：“严少，你怎么回事？难道你看上刚才那女的了？”

严澎蓦然转身，愤愤道：“我疯了？就算我是一只癞蛤蟆，也没必要找个母蛤蟆吧！”

陈绍可撇撇嘴：“说说而已，何必生气？不过那夏小千长得还挺漂亮……”

严澎烦恼地站起来，“我走了！”可他的目光往那桌一瞄，正看到林川在给姜希剥虾子，两个人眼角眉梢的亲近一目了然，他的心突然被揪了一下，又不由自主地坐了回去。

陈绍可见他今天神色不对，反复无常，也只当他大少爷心情不好抽抽风，没有多问。

一桌的人继续热闹喧嚣，而严澎却慢慢变成最闹腾的那个，但只有他自己知道，他有多么心不在焉，有多么烦躁郁闷。她是真不认识他了吗？

这么多天没见到，他的心就像在微火里煮着一样，满满的都是煎熬，他一直不知道自己是怎么了。直到看到她的那刻，他又惊又喜又酸楚，如醍醐灌顶般清醒过来，原来，原来——

他竟然在思念她。

他的心突然在自己面前无处遁形，就像一面菱镜，每一面都让他看得清清楚楚，他喜欢上她了。可是她竟然一副认不出他的样子，甚至连正眼都不瞧他，他委屈，愤怒……她怎么一点儿也没有察觉呢？

她在他的心里烧了一把火，撩得他不得安生，但自己却一副淡定安然的模样！一想到这里，他就有股无处发泄的怨气，恨不得拖过她来猛揍一顿。

从“小亮蒸虾”出来的时候，大家兴致都不高。一向话唠的张兴东也很沉默，草草地散去。回到家的姜希想了想给林川打了个电话：“林川，其实今天我真的很高兴！”停顿了一下，她鼓起勇气问，“你会在那所大学里等我吗？”话音刚落就听到门被拍得啪啪响。

“什么？”林川没有听清她的话。

“没事了。”姜希有些急匆匆地说，“我去开门，小千来了。”

“姜希。”

“我还在。”刚要挂电话的姜希听到电话里他喊她的名字，立刻贴到耳边，急切地说。

“晚安……”

“晚安。”姜希笑了，挂上电话去开门。外面已经被夏小千敲得山响，再敲下去估计整栋楼的人都要醒来了，姜希看了看闹钟，已经夜里十一点多了。她刚把门打开，夏小千突然一把拽着她的手说：“我东西丢了，陪我去找。”

“什么东西？”姜希说着已经跟她在外面了，被她拽得跑得飞快。夜风呼呼地掠过，姜希跑得气喘，不得不停下来：“等等，我跑不动了，到底丢了什么东西？在哪里丢的？”

夏小千突然一把抱住姜希，她的声音微微颤抖：“我把我的心给丢了。”

姜希已经猜到了。夏小千整晚神游一样的状态，见到那个人时恨不得眼里喷出两颗心来的模样，任谁都猜得出来，她从来就不会掩饰自己，从来就是那种一点点心思都在脸上的女孩，她终于遇到了那个她喜欢的人，就像命运一样狭路相逢。

在夏小千的描述里，她一头往前冲的时候突然撞到一个人身上，踉跄地几乎摔倒时对方一把扯住了她的胳膊，她抬起头来看到面前一个放大的面孔，逆光在他的身后晕出光圈，她第一次这么清晰地闻到一个男生的气息，如风暴一样不可抗拒的诱惑。站定的时候她觉得心脏蓦然语结，已知命运。

她的面孔熠熠生辉，即使在暗夜里也看得分外清楚，“可是他知道我的名字，我却不认得他。”

“你确定你喜欢他？”

“是一见钟情。”

“可是，我总觉得你说的那种男生的气息……很像是肇事的气息！”姜希迟疑地说，“他还没有张兴东好，至少张兴东不会发酒疯。”

“都怪你们！”夏小千嘟起嘴，“他是好心想要认识，可你们都防狼似的防着他！还把他赶走，破坏我的大好姻缘。”

姜希扑哧笑了：“他有什么好？”

“在你心里，除了觉得林川好还觉得谁好？”夏小千白她一眼，“陪我去那里找找他，也许他还在，至少我得问清楚他叫什么名字，他住在哪里。”

电光石火间姜希突然想起来他是谁。他就是那个污蔑她偷牛奶的男生！她恍然过来，原来他咄咄逼人地问“认不认识”是因为他真的认得她。只是当时她一心都在夏小千身上，又讨厌这个发酒疯的家伙来破坏他们给林川的庆祝，根本就没有多想。

夏小千已拦了一辆的士，拽着她再去“小亮蒸虾”，要重新认认真真地“认识”一下她一见钟情的男生。一路上夏小千都在絮絮叨叨，重复着她当时的心情，她的灼热、欢喜、激动和澎湃。连姜希都被感染了。

她想起她问林川那一句没有被回答的话了，你会在那所大学里等我吗？是呀，大学里有那么多优秀的漂亮的女孩，他会不会喜欢上别人呢？

他一直在她的身边，可是为什么她还想要把他抓得更牢呢？患得患失的心情是爱情的一部分吗？望着这夜色，流光溢彩交织成梦，她真的很想走进林川的梦里，走进他的心里，看看自己到底在不在。

回到原处的时候，早已经没有夏小千所要找的人，但她并没有太多的失望。在她看来，她的欢喜是她终于遇到了那个让她怦然心动的人，真真切切感受到懵懂心跳的初恋，是那种如花开般，下一秒美过这一秒的感觉。

夏小千把手圈起来，大声地喊：“我喜欢你！我喜欢你！”

对于夏小千来说，喜欢一个人只是一秒钟的事；而对于姜希来说，喜欢的感觉早已经牢牢扎根在心里，与每一次呼吸相应。

整个夜晚，夏小千就是这样，不断地喊着，说着，在楼梯口跳来跳去，在马路上跑来跑去，她整个人都沸腾了。

03

CHAPTER

潜入夜·小满

原来喜欢一个人就像掉进了陷阱里，你根本不知道坑在哪里，当你发现的时候，你的心已经如小满的雀儿落入情网。

九月是开学的日子，林川去学校报到的那天姜希也跟着去了，那所大学有高大的法国梧桐，有满池塘的荷花，有幽静的林间小道，也有宽敞明亮的图书馆……到处都弥漫着一股子浪漫的书卷气息。姜希随着林川慢慢地参观着这所学校，听着他讲述这所学校的历史，阳光下的他显得意气风发，俊朗挺拔，她整颗心都沉醉了。

“姜希，能答应我一件事吗？”林川突然站定，侧过身认真看着她。

迎着他的目光，她有些紧张，也有些期待。

“以后不要再打工了，你已经高二了，学校的功课会很紧。你现在的任务是好好学习，不要把时间都荒废掉。工作的事交给我。”他停顿了一下，“我不希望你过得太辛苦，你应该跟小千一样，像她那样轻松和活泼。”

“可是……”虽然感动，但她的心里也隐隐地失望。姜希，你在想什么呢？难道你在期待这个时候他会向你表白？

“学费的事有我呢！我是男人，都交给我来扛！”林川揉了揉她的头发，暖暖地注视着她，“姜希，以前我没有能力，但现在我可以了，我会很努力赚钱！”

姜希动容地看着他，努力点点头：“我一定也会考上这所学校。”她在心里又默默地说了一句，这是跟林川你的约定，我一定会做到的。

陪着林川找到班级，注册缴费，然后去他的男生宿舍。四人间，两个上下铺，两个上铺都已经被铺好了床褥，另外两个下铺空着，林川选了靠里面那张下铺，把行李放在上面。

“你好，我是许子安，来自四川，他是苏杨，北京人。”在林川上铺的男生探出头来，自我介绍。他戴着一副黑框眼镜，皮肤黝黑，一笑就露出肉肉的牙床。坐在另一铺上的男生挥了挥手：“嗨。”他理着清爽平头，眼神活泛，一看就是北京胡同里长大的小子。

“林川，本地人。”

“本地人呀，真好！以后就跟你混了！”许子安朗声笑道，又看了姜希一眼，“你女朋友呀？”

姜希心里一怔，脸微微发烫。

“妹妹。”

在帮林川整理衣服的姜希听到他的解释，垂下眼帘，心里有些黯然。她知道她和林川的关系从来就没有确定，像邻居，像朋友，像兄妹……也像情侣。但他们之间却从来没有表白过，不过周遭所有人都早已认准他们是一对，就连姜致远也说，林川是个不错的孩子，你们在一起爸爸很放心。

正闲聊着，门被篮球撞得“咚”一声巨响，大家回头去看，看见一个穿着一身运动装的男生，他身材魁梧健硕，额头上细细密密的汗珠，抱起篮球抱歉地跟大家打招呼。

“喝点儿水！”他身后的中年女人咋咋呼呼地举着杯子到他面前，“这天太热了，小心中暑。”女人身材丰腴，穿金戴银显得有些俗气，但身后跟着的年轻小伙子帮他们把行李放好，称呼她廖总。她挥了挥手让他下楼去等。然后又是一番自我介绍。

“廖总”从包里拿出一堆江浙酥糖糕点堆在桌上，“在家靠父母，在外就靠朋友了……来来来，吃糖。”说着她抓起一盒酥糖塞到姜希手里，就像哄小孩一样，让姜希接也不是放也不是。倒是她儿子陶健一把扯过母亲的手：“妈，你知不知道你的样子像在发喜糖？”

其他人都无声地笑了。

“这孩子怎么讲话呢？你说妈这不是不放心你嘛。让你报考本地大学你非得考外地来，这千里迢迢的妈回去怎么睡得着呀？干脆我把公司搬到这边来发展……”

“真是烦人！”陶健坐到桌前，由着母亲替他整理，满脸的不耐烦。

从小到大，姜希见过无数因为母亲唠叨而烦不胜烦的孩子，只有她知道这是怎样一种甜蜜的负担。这么多年她每次去探视母亲都觉得内心压抑而酸楚，高墙电网，戒备森严，就连讲话旁边也站着人，她每每见到母亲都穿着同样的衣服，唯一变的就是她渐渐老去的容颜。她皮肤松弛，眼袋很深，头发已花白。想想母亲才四十来岁却已经比同龄人更加显老，心里的酸涩又有谁知。小时候父亲不怎么让她去见母亲，怕对她的成长不利，后来她主动提出要跟父亲一起去，父亲也就同意了。他们坐上四个小时的车才能到监狱，探视的时间很短，然后又是四个小时的路程。在路上的那段时间，姜希的心总是沉甸甸的，她对母亲怀着复杂的心情，有依恋也有怨恨。她在想为什么母亲要犯错？如果她不被利益所动，他们这个家就是完整安好的，她也可以像小千那样无忧无虑地长大，可以在整个青春期里都肆意妄为，任性胡闹。不，她不行，因为她顶着一个“犯人女儿”的名字，她是在冷眼和鄙夷中长大的，除了林川和夏小千没有人跟她玩，别家孩子的父母都怕孩子跟她在一起被带坏了。她得把脊梁挺得更直，得让目光更加坚毅，才不会被那些闲言碎语刺痛。是从九岁以后知道，她跟别的孩子不一样了。

“到了吃饭时间了，走，带你去食堂。”林川说。

“别去食堂吃了，今天我请大家吃！”廖总热情洋溢地说。她这样尽心巴结儿子的同学，不过是希望平日里大家多照顾自己的儿子一下，可怜天下父母心。

姜希以为林川一定会拒绝，没想到他答应了，而且在席间侃侃介绍起本地的美食风景和天气，让廖总对他的印象非常好。倒是姜希在一边索然无味，苏扬突然问她：“你真是他妹妹？”

姜希看了一眼林川，不知如何回答，迟疑着点点头。然后苏扬不再与她说话，只是在每一道菜上来的时候都会转到她的面前示意她吃。只是一顿饭的工夫大家都熟悉了起来，陶健也并没有令人讨厌的公子哥气息，倒显得很憨厚可爱，许子安话最多，说着一口川普，听起来有点费劲，而苏扬跟他聊起索尼游戏机来仿佛找到了共同语言，恨不得马上就回宿舍切磋一番。

姜希默默地看着，觉得还是只有林川最为成熟稳重，他不聒噪，也不贪玩。

想想林川的大学生活已经开始，而她还有两年，还需要两年的时间才能与他并肩站立。

姜希的高中是重点，因为是按片区划分，建二小区正好在招生范围内，所以她从初中到高中一直都在这所学校。她的成绩并不算太好，只能算是中等，就算她的语文成绩在全班排前十名，但数学却常常不及格，严重偏科。在班上她是那种很不打眼的女生，性格内向，沉默安静，其他同学倒也不怎么注意她。因为她学习自觉又用功也不会让老师操心，所以她在学校就像一束小小的影子。若是大家记得她，一定是“夏小千最好的朋友”。夏小千是班上最活跃的分子，一呼百应，男生女生都拥戴她。她可以在课堂上与老师争执，可以在不想上课的时候自顾自换了座位跑到最后一排睡觉，可以把椅子往后一推站起来就朝外面走，也可以把校服裙子裁得很短，跟校长理论因为校服太难看……她是那种晃眼得让人想晕的女生，既叛逆又乖张。如果姜希不是从小跟她一起长大，就不会把她当朋友了。她们的性格真的差别太多，她只想把自己藏在不被人注意的角落，而夏小千却只想往阳光下蹦，她要让所有人都注视她，不过，她真的很美。后来姜希在一本杂志上看到碧姬·芭铎少女时代的照片，惊觉原来夏小千就是这样呀，美得很有侵略性。

下午第一节课刚结束，夏小千就窜到她面前：“陪我去个地方。”

“下堂课是老班的课！”老班是她们的班主任，虽然才三十来岁，但总是板着一张面孔故作深沉严肃，想用这样的方式来“唬”住这帮调皮捣蛋的学生。高中生不像小学生那么唯老师马首是瞻，也不像初中生那么青涩胆小，高中是最无法无天最让人头疼的阶段，管束起来老班信奉的是严、厉、紧！但不可否认老班对他们真是尽心尽力，就算是老婆生孩子也没有落过一节课，平日里上个自习他都会在外面时不时地巡查，常常给班上几个成绩落后的学生开小灶，想出各种鼓励激进的方法让大家培养学习积极性。

“管他呢！我有很重要的事。”夏小千看上去真的很着急。

“可是……”

“别可是了，我已经写了假条了，就说我肚子疼，你陪我去医院。”也不管姜希的反驳，夏小千把她的文具书包一收，拖起她就往外面跑。这个时候的学校大门是锁着的，但这难不倒夏小千，从操场的围墙一翻出去就是小路，她已经翻过无数次，伸手敏捷得可以和成龙媲美。

两个人从围墙上跃下，姜希拍了拍膝盖上的灰：“小千，你到底有什么重要的事？”

“我打算去找他。”

“谁？”

“就是那个，我喜欢的那个人呀！”

“怎么找？”

“一间学校一间学校地找，我就不信我找不到他！”

“你疯了？”

“你不觉得他很温柔吗？”夏小千陷入憧憬里，满眼都是桃花。

姜希额头上冒冷汗，他也叫温柔？姜希真的怀疑这个人有狂躁暴力症，又粗鲁又没礼貌而且他被她母亲追打的样子真的好搞笑。

“那天他扶……”

“停！”姜希毫不迟疑地打断她，“我耳朵都听出茧子来了，不就是蓦然语结。”

“是呀！喜欢一个人的感觉就是这样。”

“你真的打算一间学校一间学校地找？”

“难不成去报纸上打广告？”

姜希原本想要告诉小千，其实她知道他家的地址，但想想那个人粗暴的样子她决定什么都不说。也许小千只是一时兴起，过些日子就会把这个人忘记。

那天他们赶在放学之前去了旁边一所高中，就站在一排梧桐树下，夏小千把自己变成了望夫崖，她把脖子伸得老长在络绎不绝的人群里不断张望。

可是直到学校大门锁上她们都没有见到人影，只得怏怏往回走。

夕阳下她们的影子长长的，夏小千突然转身看了看她们的影子说：“姜希，知道吗？很多时候我就是这样走在你们身后，走在你和林川的身后，看着你们的影子肩膀靠着肩膀。我真的好羡慕你们有这么深厚的感情，所以我一直盼望着有一天有一个人的影子也能跟我肩膀靠着肩膀。我们四个人，两对，我们都要幸福，一直地幸福下去。”

还没有等到姜希回答，夏小千就像见到鬼一样被定住了。

姜希望过去，从街那边骑着单车过来的人正是夏小千心心念念的人。

严澎早看到她们了，其实他在这里绕了很多圈了，心里直暗骂姜希是个浑蛋，放学也不准时回家，不知道到哪里鬼混去了。他哪里知道她和夏小千也正在找他。其实那天和他们一起在“小亮蒸虾”吃饭的朋友里有跟姜希和夏小千是一个学校的，像夏小千这样在学校里既漂亮又招摇的人，就算只见过一面也会被记住。严澎已经鄙视过自己很多次，不要做些无聊的事，但他还是在放学后跑到了她学校的附近转悠，就在这条街上撞见了她。他觉得他真是着魔了，没见到她的时候心里混乱得要命，一见到了，她就是有让他生气的本事，对，是冷淡，他真受不了她那种冷冷淡淡的样子。还想他怎样？他已经来找她了，他在她学校外的书报刊像傻瓜样边翻书边偷望，可总等不到她，又不甘心回家，那种被思念举得高高又被失望摔下来的滋味他第一次品尝到。

“你来找我！”夏小千惊喜雀跃地扑过去，扬起的面孔娇艳欲滴，就像是一枝尽情享受着阳光照耀的花朵。

姜希握住斜挎的书包带子，想着没有自己什么事儿打算先走，但没想到严澎绕过夏小千，径直把单车横放到她面前，一只脚撑地，很痞很拽地说：“喂，是不是被发现偷牛奶所以把你开除了？”天知道他很想要好好说话，但每一次出口都变得这么冲。微风掠过，夕阳的光犹如在她乌黑的头发上包了一层膜闪闪发亮，那双沉稳安静的眼睛睫毛长得像菊花，纤细优美的脖颈上有一枚小小的黑痣，就像可爱的小瓢虫，让他有股冲动想要去抚摸。

姜希皱皱眉，“就算是，又怎样？”

“你们认识？”夏小千狐疑地盯住姜希，“你不会认识他也不告诉我吧？姜希，你怎么可以这样？你已经有了林川，你不能喜欢上别人！”

严澎浑身猛然一颤，姜希，哦，原来她的名字是姜希，原来那个在她身边的人是林川。原来她已经有了林川，那他呢？他该怎么办？他汹涌澎湃的感情该怎么处置？

姜希丢给夏小千一个“你是白痴”的表情，转过身朝前走。如果目光真的有穿透力，她已经被严澎万箭穿心了。她不知道严澎的胸腔无声地撕了一个口子，疼得撕心裂肺。

他骑着单车朝灰掉的天空闯过去，那个晚上，他在小区的球场上打篮球到深夜，挥洒着他旺盛的精力和愤怒。咚咚的声响在夜空里砸开来，就好像砸在他的心里。

“去把你哥喊回来。”叶薇亚说。

“给失恋的人一点儿伤心的权利。”严彤耸耸肩膀。

“你哥失恋了？”

“看他样子就是！”

叶薇亚思忖一下，然后笑了：“这小子，终于开窍了。”

他们在家揣测着严澎的时候，他正在给陈绍可打电话：“你不是号称人际广吗？帮我找个电话号码，七中，姜希。”

“姜希是谁？”陈绍可莫名其妙，“这大半夜的！”

“别废话！”严澎不耐烦地说。

二十分钟后，陈绍可打来电话，不仅告诉了他姜希家的电话号码，连她的家庭地址、学校班级通通都给查了出来。

“虽然不是名人，但她跟夏小千关系好，问了夏小千就知道了。”陈绍可又补充一句，“你难不成看上这个姜希了？”

严澎停顿一下，闷闷地说：“看上又怎样？人家也没看上我！”

陈绍可讶异得三秒没说出话来：“不会吧？你……你……你……你认真的？”

可是他没有等到答案，电话已经挂掉了。严澎只听过一遍，却已经把电话号码记在了心里，他真的疯掉了，他整个人被她折磨得又痛又苦，他必须找她说清楚！现在、立刻、马上！他不管不顾地打了车朝她家奔去，在建二小区的门口给她打了电话。是她接的，只是一声“喂”他已经就听出了她的声音，内心酸涩，当机立断地说了一句话：“我在门口等你，不出来你试试。”

他心里已经抱着决心，如果她今天晚上不出来，他就去敲门。就算把整个建二小区闹醒他也要找到她，他要问问她和林川到底什么关系，这太重要了！

谢天谢地，她出来了。她穿着套头衫手放在荷包里磨磨蹭蹭地往外走，一副不情不愿的表情。姜希已经猜到是谁，只是不明白他为什么来找她，她跟他有什么好说的？

“你是不是打错电话了，你找小千？”她立到他面前，看到他铁青一样的脸。

“你有男朋友了？”他单刀直入地问，眼睛直逼着她。

“什么？”姜希被他突然的一问怔住，抿了抿唇，“没有。”

他就像临刑前被宣布无罪释放的犯人难掩狂喜的心情，原来喜欢一个人就像掉进了陷阱里，你根本不知道坑在哪里，当你发现的时候，已经掉了进去。可是为什么会喜欢上她呢？她漂亮吗？不算！她可爱吗？更不算！她有气质？才怪！她的脾气就跟茅坑里的石头一样，又硬又臭！可他就这么自虐，就是喜欢上这样一块石头！满脑子都是她，吃饭的时候，喝水的时候，看电视的时候，跟朋友聊天的时候……甚至是在梦里他都能撞见她那双深潭一样幽深静谧的眼睛。17岁的他，那样深刻地喜欢着一个人，又为这样的喜欢而感觉惊慌失措。他不知道该怎么办？怎样面对，怎样相处，怎样表达，他还是个蛮横无理的小子，面对她时，就章法全乱。

“既然没有男朋友，那就由我来做。”他不想掩饰自己，他就像一头豹子，一旦看准了猎物就会紧紧咬住，怎么都不放。

这一句姜希听清楚了，慢腾腾地回答：“这句话你应该去跟小千说，她喜欢你。”

“可我喜欢你！”他脱口而出。

她怔住。为什么？为什么喜欢她？为什么是她？他们连今天不过才见了三面而已。

“你给我听着，我喜欢你！”他快要被这句话逼疯了，每天在胸腔里要炸掉。

“我不喜欢你。”

“林川，是他吗？”他哀伤地看着他，心里不断地说：求你了，否认吧，求求你，否认掉！

可是她缓缓点了点头：“这样的感情你不会懂的……总之，以后不要再打扰我。”

他就像被关进栅栏的困兽突然间暴跳如雷，在她没反应过来以前已经抓住她的手腕，他另一只手扣住她的下巴，带着一种不可理喻的霸道，狠狠地吻了下去。她的唇跟想象中一样绵软甘甜，带着暖暖的温度，他凭借本能辗转吮吸，而她在猛然一震后下意识地大力推开他，手不由得举起来朝他脸上劈下去。

他抓住她的手，眼睛发红地看着她：“我一定会让你喜欢上我，我发誓！”

她挣脱掉他的手，用手背狠狠擦了擦自己的嘴，唇齿里迸出一句：“我就当被疯狗咬了！”

那个夜晚，如此漫长。他们都失眠了。

04

CHAPTER

生悸动·芒种

直到遇到姜希，他才迎来了爱情的芒种。就算所有的漂亮女生站在一起，他也能一眼就看到她，她那双刹那间撞进他心里的眼睛，带着光华顿生的悸动。

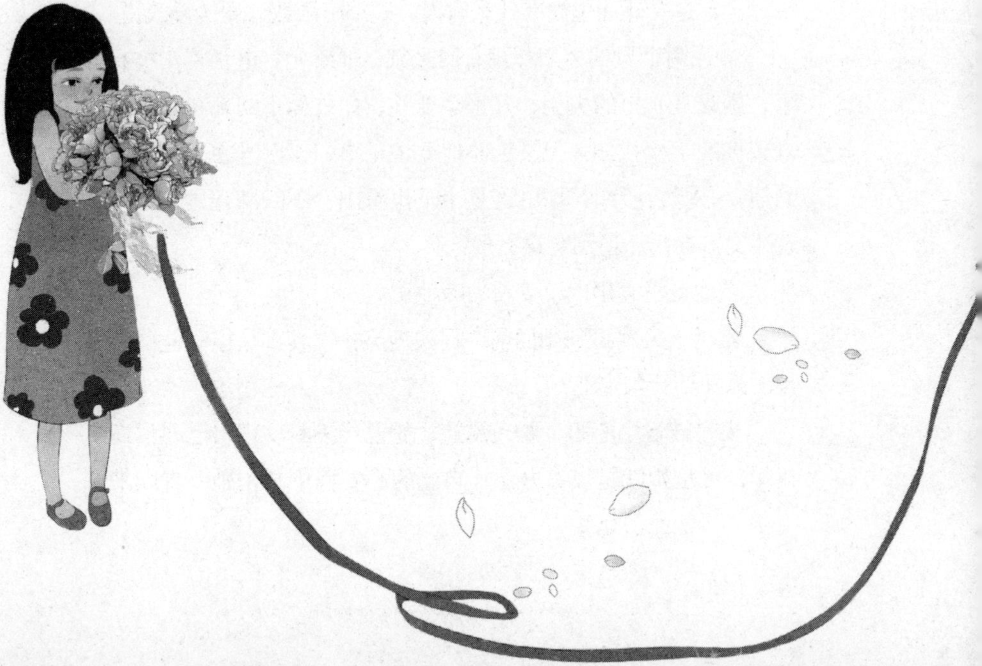

因为答应林川不再打工，姜希没有再找别的短工来做，只是坚持周末的时候去张兴东的冷饮店帮忙。入秋后的冷饮店生意逐渐冷淡，专职的员工只有两人，张兴东自己也忙着学业很少过来，这会儿店里没有什么客人，她拿出函数试卷慢慢改错。

最近两个星期林川都没有回过家，他给她打电话说学校有事，她难言心里的失望，几乎想要问，如果你不回来我可不可以去你的学校找你？但又担心他要忙正事，自己过去只会打扰到他，心里百般纠葛。就连夏小千也看出，不断鄙视她："一趟公交车而已，还用想这么多？"

"他说了有事。"姜希喃喃地说。

夏小千突然凑到她面前，促狭地笑："其实是担心他被学校的狐狸精给勾走吧？"

姜希被说中心事，神色尴尬。她已经不断反省自己要信任林川，可是她就是没有办法让自己的心安稳下来，她一直以来就特别没有安全感，总觉得会失去，很害怕被抛下。即使知道林川对她很好，但他们之间真的是恋人吗？

“你是猪呀！”夏小千大大咧咧地拍拍她肩膀，“爱一个人才不在乎对方怎么想！”

爱一个人才不在乎对方怎么想。姜希在心里默念这句话，可她却做不到。她太在意林川了，在意他的一举一动，一颦一笑，在意他的每一句话……她跟夏小千到底是不一样的。夏小千是那种永远没有心事的孩子，遇到烦恼的事就去看漫画，在书店里随便挑中一本，一边走一边看，边看边傻笑，等到家了，漫画看完了，傻笑够了，烦恼也都通通过去了。她活得这样轻松这样愉悦这样肆意，每天都是电量满格到处乱窜。

虽然看着函数卷子，但她的心思却在神游。直到玻璃门被推开，她习惯性地喊了一声：“欢迎光临。”看到眼前的人，面上的笑容就垮掉了。

夏小千竟然和严澎一起进来。

“严澎，你想点什么？”夏小千殷勤地把单子递给他，又朝姜希眨眨眼睛，那意思是，很惊喜很意外吧？姜希想起那晚的情景，再看看欢天喜地的夏小千，心里不由纠结起来，到底要不要阻止他们来往？夏小千今天显然是精心打扮过，一件牛仔坎肩配白色T恤，深蓝色的哈伦裤，显得很干练很有英伦范儿。她嘴唇纤薄而且形状天生俏丽，裹了一层唇彩，晶莹透亮的像枚果冻。夏小千从小就臭美又爱打扮，自己决定穿什么，若是母亲不同意就把衣服裙子往书包里一塞，出了门找个地儿就给换下来。大冬天的她可以穿大衣配薄丝袜，修长挺拔地往雪地里一站，回头率百分之百。她知道自己漂亮，更知道怎么打扮自己能变得更漂亮。而姜希常常都是校服、校服、校服，若不然就是衬衫牛仔裤，她们俩站一起，视觉上旁人就自动把姜希归到路人甲里了。

“笨死了！”严澎一把抢过姜希放在桌上的试卷，“才六十二分？你的智商到底有多低？这么简单的题一道也不会！”

姜希气恼，伸手去抢，但他的手已经扬高，她踮脚再抢，他也踮起脚尖，如此几次，她发现自己几乎整个人贴到他胸前，冷哼一声不再去抢。

夏小千正跑到后面换工作服，没有看到这一幕，等到她出来发现两个人一人朝向一边，严澎正在嫌弃地看着试卷，姜希正在擦拭柜面，两个人互不理睬，她不由笑了：“姜希，你不是小气的人呀？严澎跟我说了上次是误会，但你好像很记仇呢！”

“我没有！”姜希觉得那就是一件绿豆芝麻的小事，她才不会计较。她只是莫名讨厌他那种咄咄逼人的架势，跟他待在一起，她会有一种说不清的压力，会变得尖锐、敏感、不自觉地自卑。就好像……好像他们是两种人，两个世界的人。对，她没忘记那天她往他家一站时的感觉，她狼狈不堪，而他那种优越感其实一直让她耿耿于怀。

“你没有？”严澎玩味地看着她。

当着夏小千的面，她努力笑笑。

“那你为什么不再来送牛奶？”这就是他想要问的问题，为什么那天以后她不再出现。

“因为同事家住附近，所以跟她换了片区而已。”姜希回答他，却看了夏小千一眼。她是怕误会吧，怕他这样执拗地问下去会让夏小千看出端倪。他说他喜欢她，那会是真的吗？她不怎么相信，像他那种人……她也承认，他长得好看，不是那种花样美男，而是明朗蓬勃的帅，阳光，大气，清俊，硬朗，还带一点点痞，放在哪里都是受欢迎的。不过童话里王子应该是跟公主在一起，姜希不是公主，她也不想当公主，她只想做林川的小平民，这就够了。

“对哦，要改试卷，我都忘记了！”看到严澎手里的卷子，夏小千懊恼地叫了一声。

“不如你回家去拿，我来给你讲题。”严澎心里一动，笑着说。

“真的？”夏小千乐得蹦跳起来，“那你等我，我很快就回来。”说着，她已经飞一般地出了门，玻璃门咯吱一声地合上，不知为何，这让姜希的心微微有些紧张。店里另外的员工一个正在后厨准备食材，一个请假外出，前厅除了她还有一对埋头喝着一杯奶茶的情侣，一个抱着电脑敲字的年轻男孩。姜希认得那对情侣，他们常常来，总是点一杯原味奶茶，两支吸管，一人一支头碰头一边笑一边喝奶茶。姜希总会幻想，坐在那里的人是她和林川。她和林川是亲近的，但亲近却不亲密……

严澎手指叩叩柜面：“一杯烧仙草、奇异果果汁，阿萨姆奶茶，加珍珠加椰果……一份什锦刨冰，对了，还要奶昔。”

“你吃得完？”她白他一眼。

“心疼我的钱？”他坏笑地看着她，心里竟然有些自作多情，很荒诞。

她穿着鹅黄色的工作服，面庞白净静谧，清纯美好得就像清晨的露水，让他想要靠近。

姜希“嗤”一声，直接下单，在收银机上摁了几下：“一共六十八块。”

他从钱包里掏出一张纸币，直接递给她。她去接，而他不松手，两个人就那样对峙着，她看他一眼，压低嗓音愤懑地说：“你到底想干吗？”

他想干吗？他不知道。这样和她待在一起，他的心里又幸福又郁闷。她就不能给他一个好脸色？她就不能对他稍微温柔一些？他从小众星捧月，从幼稚园起就有女生来向他告白，说喜欢他，他长得帅气又优秀出众，不管怎么玩，成绩永远都在前列，身边永远围绕着一群样貌出众的朋友，但不管怎样他都是木秀于林。从来都是别人喜欢他，她们给他写情书送礼物，争抢他衬衣上的纽扣，到底是男生，还是有着沾沾自喜的虚荣，不过用叶薇亚的话说，他不开窍，情商很低，好像觉得所有女生都是一个样。直到遇到姜希，他才知道，就算所有的漂亮女生站在一起，他也能一眼就看到她，她那双刹那间撞进他心里的眼睛，带着光华顿生的悸动。

“你用的是什么洗发水？”她转身时发丝扫过他的脸，他的心跳快得让自己都羞愧，声音柔和起来。

“不要伤害小千。”她停顿一下，严肃认真地看着他，“我不知道你是什么居心，但如果你伤害她，我不会放过你。”

“真的？”他的眼里竟然放出光来，“不放过我，一辈子吗？”

“我到底有什么好？”

“你什么都不好，可我就是……就是喜欢你！”他深深地看着她，眼里竟然有一丝哀求。

她微微动容，“对不起。”

他深呼吸，然后笑起来：“你喜欢林川就继续喜欢吧，那是你的事，我会继续喜欢你，这是我的事！我们比比看，谁坚持得久。我一定会赢过你的！姜希，我会喜欢你，比你喜欢他更久、更久、更久！”

她垂下眼帘，握在手里的杯子紧了紧。

“你受伤了。”他静静地说，指了指她的手背。她低下头，看到刚抬东西时被木板上的刺割伤的口子，不疼，一点点的血。他从包里拿出一枚创可贴，想要伸手帮她贴的时候，她朝后躲闪了一下，“不用。”那种疏离、冷淡、拒绝……他真的很想好好跟她相处，但他的心里也真的很想要发火！她为什么总要来惹他？他不知道第一次见她时他就注意到她脚上的伤口，所以后来一直随身都装着创可贴。他真是痴情，该死，他现在才知道他竟然可以这么痴情！可是所有的感情就像是一拳头打空了一样，徒然无功。

夏小千回来的时候，他已经坐在靠窗的位置上，目光淡漠地看着窗外的景色，犹如老僧入定般。夏小千把姜希拉到他面前，坐到一起，“一起来做卷子。”她把卷子摊开的时候，有些不好意思，因为她的分数比姜希的还低，五十八分。但严澎什么都没说，没说她笨，更没嘲笑她的智商。他把她们错的题一一在草稿本上列出来，给她们列出公式，讲解步骤。每一个步骤他都要确定姜希听明白了才会继续讲下去。

夏小千反应快一些，严澎又说得很仔细，用各种步骤解析，再找出类似题的规律，所以她不断点头示意明白。而姜希却还是一脸茫然的样子，好像他说的都是废话，气得他好几次把笔都摔了，然后又捡起来继续给她讲解下去。

“所以说你们女生小学初中成绩会好些，到了高中就不行了！动脑的东西多了个个都变成了笨蛋！”他不无抱怨地说。

“那我不要听了！”姜希站起来。

“好好好！我收回！”严澎的语气竟然柔软得像在哄孩子。

“严澎，你真的好棒！”夏小千一脸崇拜，“你不仅长得帅，成绩好，而且对人这么有耐心！”

这赤裸裸的奉承，让姜希白了夏小千一眼，而严澎却全然收下，“不懂还不虚心，真是麻烦死了，快看下一题！”

……

几道题下来严澎发现姜希对数学是打结的，她的概念和理论都混淆在一起，而且喜欢死记硬背，不懂灵活和变通。他恨不得把她的脑袋打开重新梳理一下，但就算他气急败坏也好，怒不可遏也好，她都是不疾不徐的样子，若是他再发火，她就说不要听。败下阵来的人一定是他。

齐刷刷的落地窗，阳光落在他们的脸上，是最明亮青春的颜色。

窗外是微凉的秋季，斑驳的青石板街，摇曳多姿的老槐树，这繁华盛世纯美安好。那是严澎心仪的女孩呀，他抬眼看着她的时候，总有种不知今夕何夕的惘然感。

玻璃门再一次被推开的时候，姜希一抬头眼睛顿生光彩，严澎顺着她的目光看过去，面色一沉，是林川。他穿着铁灰色的针织衫，米色休闲裤，看到面前的一幕虽然吃惊但面上只是淡淡微笑。

“林川！”姜希毫不顾忌严澎的感受，惊喜雀跃地迎上去，“不是说这个周末不回来吗？”

严澎抬手敲了敲夏小千的头：“还要不要听？”

夏小千从来没有被人敲过头，但一点儿也不生气，反而觉得这样既甜蜜又亲切，吐吐舌头说：“其实林川的成绩也很棒呢！现在好了，你就给我一个人讲题，姜希就由林川负责了。”

“想到有本书在家，回来拿。”林川对姜希解释，看着他们面前的卷子，“怎么？在温习功课？”

姜希面上一红，不好意思地把卷子挡了挡：“改试卷。”虽然林川的成绩很好，也常常把笔记借给她，给她讲功课，但遇到不会的题，她却不好意思去问，生怕多问几次她还不明白他会觉得她笨。喜欢一个人总是想要把自己最好的一面展露出来，即使她的伤心难过狼狈丢脸，他统统都看见过，但她还是会不由得想把自己笨拙的地方藏一藏。

“林川，你都不知道，一听说你这个星期不回来姜希都要哭了！”夏小千揶揄地说，“真是一日不见如隔三秋！林川，我看等到她十八岁，你就赶紧把她娶回家吧！”

姜希满脸都是娇羞，低垂着眼睛说：“我去收拾！”

严澎的心被夏小千的话戳了个大窟窿，又酸楚又心痛。

“严澎，我的卷子！”夏小千无奈一看，卷子上被严澎画上几道重重的线条，连卷面都破掉了。严澎看到了，把笔一扔，“不想讲了。”

此时林川走到姜希身边，帮着她一边收拾一边闲聊。远远望去，两个人默契十足。

“真的好羡慕他们！”夏小千不知死活的说，“两小无猜青梅竹马……”

“我要走了。”严澎火大地站起来。

“啊，现在就要走？不如我们一起吃饭吧！”她停顿一下，扭捏地说，“以后也许我们四个人会常常在一起呢，要好好相处。”她今天从建二小区出来的时候正好看到严澎，只当他来找自己，欢喜地迎过去。

“好呀！”他突然改变了主意。

“那还要等一会儿，等到姜希下班。”

严澎坐在那里用整个下午的时间喝奶茶，这对他来说是难以想象的。他是那种好动、根本静不下的男生，但现在他坐在这里一点儿不觉得时间漫长，看着她忙碌的身影，会觉得慢慢流逝的时间都变得美好起来。

姜希原本以为严澎一会儿就会离开，但没想到他竟然耐心地等着她下班，想想他们三个人都在等她，而且客人也不多，就跟同事打过招呼先走了。他们商量了一下决定去吃“糊涂烧烤”，严澎做主点了一大堆东西，又点了一打啤酒。看到林川先坐下，自顾自就坐到他旁边，生怕姜希会坐在那里。他跟夏小千的话比较多，聊的都是各自学校的事，原来严澎的学校并不是上次她们去找的那间，是一所外国语实验学校，也是高二，跟她们同龄。

“那么你打算将来报考哪所大学？”夏小千问。

“我只选清华。”清华一直就是严澎的一个目标。他早就对未来有过设想，大学毕业考斯坦福大学的研究生，虽然那不是最好的经济学院，但它在硅谷，那是一个充满机遇和挑战的地方。他要从那里开始拼出他的天下，他一直这样雄心勃勃，一直有着旺盛的斗志和宏大志向。

“你呢？”夏小千问姜希。已经是高二了，关于大学好像又近了一步。

“算了，不问你，你要考的不就是林川的学校？”夏小千自顾自地说，“那我也考北京，只要是北京，随便哪所学校好了。严澎，到时候我们一起，好不好？”

严澎自动忽略这句，对着姜希冷冷地说：“你成绩这么烂，高二了也不知道努力，就这水平考什么大学？把谈恋爱的心收一收，要不然以后你还是个冷饮店小妹，谁要你！”

姜希被他说得气恼，“要你管！我哪有，哪有谈恋爱！”

“就算她一直是冷饮店小妹，林川也不会抛弃她的！”夏小千不服气地说，又问林川，“是不是？是不是？”

林川没有回答，但他的手突然握住姜希放在桌面上的手，这就是最好的答案了。那是他们第一次牵手，小时候的那些不算——这来得太突然了，姜希被震住，缓缓抬头对上林川含笑的眼睛，她暖暖冲他一笑，用手上的力量回应他。而坐在她对面的严澎，冰凉的杯子在他滚烫的手心里，寒气沿着掌心往上走，一直走到他心跳的地方，把那个地方冻得生疼生疼，疼得跟刀子剜一样。他从来没有感觉到这么无能为力，那是他喜欢的姑娘呀！他的心里有厮杀的声音，跟他决斗，跟他拼了！死都要把她抢过来！

“真是受不了！”夏小千拍拍额头，继续说，“严澎，我跟你讲，他们从来就这样不顾我这个孤家寡人的感受，常常当着我的面卿卿我我，甜蜜得让人不齿！”

是不是应该觉得欢喜呢？可是为什么姜希觉得从那一刻开始，林川离她不是近了，是远了？他有好些个周末都没有回来，有时候她往他手机里打电话，却是冰冷的女声提醒用户已关机。她甚至都不知道他到底在忙什么，功课？社团？工作？可是这些不安这些疑问却问不出口，她在林川面前，越发地小心了。

05

CHAPTER

伤心碧·夏至

原来她的静谧淡漠是因为她内心有个伤口，在这一刻，一个少年的孤勇和热血不期然夏至。他要保护她，不管她是不是喜欢他，他都要在她的身边，不离不弃。

姜希终于还是没有忍住去了林川的学校。她站在林川宿舍楼下，找了个男生帮她喊林川，可是，下来的人不是林川，而是苏扬。林川不在，他特意下来说一声，怕她久等。

“你没打他手机吗？”

“打过了，关机。”姜希抿了抿嘴唇，“我找不到他，林川……他是不是有什么事？”

“你不知道吗？”

姜希扬起面孔看着他。

“他跟陶健盘下一间店铺，在推广陶健家的产品。”在苏扬的解释里，姜希知道了，陶健父母在杭州有一家造纸厂，他们往全国批发各种印刷品纸张和办公用纸，但最主要的销售地还是江浙那块。林川跟陶健母亲通过几次电话，说服她在这边成立一个分公司，他会打开这边的市场提高他们的市场占有率。姜希想起林川第一次见“廖总”时的殷勤，也许从那时起他就已经有了计划要跟她合作。但他是怎么说服她的呢？想来他决定要做到的事一定可以完成，而他做事情从来就是胸有成竹，事先绝不张扬，等到做成再淡淡地说出来。他心思缜密得连姜希都惊讶，他真的比她成熟太多。

“我陪你去找他，我去过一次，本来他们也想让我加入，但我没什么兴趣。”

“这样太麻烦，你给我地址，我自己去……”

“没事，不远。”苏扬说完径直朝前走，姜希疾步上前跟在身后。今天苏扬的话挺多，甚至说了很多他小时候的事，姜希微笑倾听。苏扬说她是个很好的倾听者，也许是吧，她的生活好像乏善可陈，没有多少鲜活有趣的事。

林川学校附近是一个出版城，有很多出版文化公司，他就把店铺开在那里，这样也方便洽谈业务。店铺并不算大，四十来平，里面还杂乱地堆放着水泥、沙、乳胶漆等等，空气中有股装修的淡淡松脂味儿。

林川穿着工装裤正站在梯子上一点一点地刷墙面，长时间的抬手使他的手臂有些酸楚，但只是停顿一下又继续，看得姜希眼睛润湿。她还在为他周末没有回家而伤感，却不知道他每天都过得这么辛苦。陶健在一边玩着电脑游戏，头都顾不得抬一下，所有的事情肯定都是林川亲力亲为。他说过他要开始创业，他一直在为了她而努力。

苏扬招呼了林川一声，他回头这才看见站在身后的姜希。林川的身上、头发上都是斑斑油漆，就连脸上也沾着白灰，却浑然不知，他从梯子上下来，她抬起手替他抹掉：“我来看看你，你电话打不通……”

陶健这才从电脑前抬起头来："哈哈，我打通关了！"苏扬走过去看他玩游戏。

"最近有点儿忙。"林川放下手里的刷子，心情愉悦地说，"其实是想弄好了再让你来看！前期投入全是廖总垫的资金，而且纸张也会先发过来，等到回收货款再跟她结算。我已经去找过几家印刷厂签了几个单子下来。姜希，以后别担心钱的事，有我在呢！"

虽然建二局是不错的单位，福利待遇也好，但姜希家欠下亲戚朋友很多钱，这么多年都在慢慢地还，生活过得很拮据。姜致远也赞成姜希打工，因为他觉得在逆境中长大的孩子要多受一些磨炼才能更加坚韧。林川的母亲一直病着，花去家里很多钱，他的家庭负担也很沉重，所以他们一直努力地赚钱，为的是帮家里减轻负担。

"一会儿把衣服换下来我给你洗。"姜希闷闷地说。

林川拍拍她肩膀，"我挺好的。"

陶健把电脑合上，伸了个懒腰，"林川，我还有事，先回去了。你一个人能搞定吗？"

"没问题！"

苏扬看了姜希一眼，跟陶健一起走了。这时姜希才把不满说出来："为什么他不帮忙？"

"他是老板呀！"林川笑道，"如果不是因为陶健，廖总也不会这么信任我。他什么都不用做，只要等着看公司的业绩就好了。"

"可是全是你……"

"我没事！只要能成功，什么都可以付出。"他的眼里都是笃定，是对未来的美好愿望，他一直等待着创业的这一天，在没有背景、没有人脉、没有资金的情况下，他会凭借自己的努力打下一片天空来。他是那种把目标放在心里并默默为之努力的人。

那天在姜希的坚持下，她一直帮林川刷完了所有的墙面，直到夜幕四合他们才惊觉时间已经很晚。两个人又累又乏，饥肠辘辘，半天的时间累得姜希的手臂都快断掉了，终于在完工时长吁一口气，就着身上的脏坐到灰扑扑的地上。林川坐到她旁边，手撑着地面朝后仰欣赏着他们辛苦劳作的结果，“看起来也挺平整。”他抬手揉揉手臂，姜希看到地上他那个清晰的手掌印，轻轻地挪过去，手掌盖在了那个印迹上。

夏小千的生日她妈妈在酒楼帮她定好位子，又在旁边的KTV定了包间。每年她的生日都邀请一大帮的朋友，盛大而隆重。她穿着V领礼服带着小小皇冠从旋梯上下来，娇俏的小发卷，葱茏的长睫毛，尖尖的下巴微微扬起，又美又高贵。姜希微笑地望着她，夏小千的生活就是童话，她就是那个唯一的公主，骄傲得不可一世。

很多人围着她，送她礼物，而她的目光却一直频频地看向门口。姜希知道她在等谁，这些日子她也鲜少看到严澎，倒是夏小千常常念叨说去他的学校找他，去看他打篮球踢足球，看他参加奥数比赛，还有他们学校的校庆晚会上他表演的节目竟然是唱歌，拿着一把吉他的他坐在灯光里，帅得让人想要尖叫！她拍了他很多照片贴在墙上，她妈问是谁，她就说是明星，没想到她妈竟然相信了。她说：“你知道他那首歌是原创吗？歌名是《顽石点头》，真奇怪的标题，喏，是石头。”

夏小千穿过包围着她的人走到姜希和林川面前，偏着头抚抚自己的脸，“我今天好看吗？”

“美呆了！”姜希由衷地说。

“那他会喜欢吧？”夏小千眼睛里闪着光。

“当然，除非他是瞎子！”

夏小千笑起来，朝林川胸口捶打过去，“是不是又没给我准备礼物？讨厌啦，每年都只记得给姜希准备，重色轻友！”

林川从口袋里掏出一个锦盒，“送给你。”

“给我？”夏小千难以置信。

是一枚发卡。他送小千之前已经送过另外一枚给姜希，原本打算把这份礼物交给姜希来送，但姜希说小千总抱怨他没有送过生日礼物，这一次就由他自己来送好了。

夏小千举了举发卡，“我很喜欢，谢谢你，林川！”因为她头上戴着小皇冠不好再别发卡，又没有其他的口袋可以装，就把发卡交到姜希手里，“帮我拿着。”

这个时候，严澎跟陈绍可出现在门口，夏小千蝴蝶一样地扑过去，挽住他的胳膊，“等你很久了呢！”严澎的出场在满池的人里造成了不小的震荡，而这正是夏小千所预想到的效果，他多帅呀！高大，挺拔，帅气十足，而站在他身边的她与他是多么登对般配。

陈绍可倒是没怎么注意夏小千，而是在人群里寻找那个让严澎得失心疯的女孩，他不太记得她的样子，那应该是不怎么漂亮的吧，否则他一定会记住。

看到林川身边的姜希时，陈绍可想了起来，就是她。她穿着灰色的卫衣，眉眼虽然清秀，但这样的清秀女孩一抓一大把，真看不出有什么“特别”，竟然会让心高气傲的严少鬼迷心窍。说起来，夏小千跟他倒真的很配，她常常去他们学校找严澎，自然跟他的朋友也熟悉起来。她真的很可爱、很真实，不虚伪，而且非常快乐，不像面前这位姜希，心事重重的样子。

切蛋糕的时候，夏小千把姜希拉到自己身边，她大声宣布，严澎是她最喜欢的人，姜希是她最好的朋友，她要他们跟她一起吹蜡烛。

夏小千今天特别快乐，等到生日歌唱完的时候，她笑着说：“我要送自己一份礼物！”说完，她已经转身踮起脚来朝严澎的唇吻了下去。欢呼声，鼓掌声，口哨声……在肆意的喜悦里，夏小千对严澎说：“把你的初吻送给我，就是最好的礼物。”

下意识里姜希抚了抚自己的唇，那天晚上的情景又浮现在脑海里。初吻，那是她的初吻呀……但，是不是，那也是他的？

她甩了甩大脑里的胡思乱想，抬头的时候却看到林川若有所思的目光。她在心里踹了自己一脚，不是有林川了吗，为什么还要去想别人？

好在严澎今天对她也很冷淡，只是由着夏小千挽着他的手臂以一种“他是我的”的姿态面对所有人。去唱歌的时候，姜希和林川先离开了，夏小千有严澎在，也顾不得他们，但她的那份快乐所有人都感受到了。

姜希和林川在夜风里一路散步回家，晕黄的灯光下姜希朝身后望了望他们的影子，她的手真的很想像夏小千挽上严澎那样自然，但她的手却只是抬起来又微微地垂下。那一次在餐厅他握住了她的手，但在那以后他再没有牵过她的手。他们是恋人吗？是吗？似是而非的答案，但姜希不愿意去深想。

跟林川道别后，她推门回家，看到父亲坐在沙发上睡着了，手里握着遥控器，电视画面是欢快的综艺频道，姜希把电视关上，回卧室拿了毛毯给父亲盖上。他的鬓角已经有了白发，额头上有浅浅的褶子，姜希知道这些年好些人劝父亲跟母亲离婚，十年呀，怎么熬？但他总是摇头，说如果她再回归社会连个家都没了该怎么活。姜希也知道，父亲不愿意那样对待母亲也顾及着她的感受。她希望的是一家三口还能够团聚，所以这些年父亲慢慢地熬着，在单位里谨言慎行，勤勤恳恳，从不惹是非口舌。

姜致远醒来，看到给他盖被子的女儿："回来了，小千的生日很热闹吧。"

姜希默默应了一声，"嗯。"

"你的生日……会不会在心里责怪爸爸没有给你办盛大的生日会？"

姜希伏到他胸前："生日能和爸爸一起过，就很好了。"

"这些年你也受了不少委屈……你妈，快回来了。"

姜希一怔："妈妈要回来了？"她一直盼着这天，等了八年了。

"是因为表现得好才提前回来的吗？"她激动万分，完全没有察觉到父亲有些躲闪的目光，"太好了，妈妈要回来了！"她的眼泪流了出来，是激动，是高兴，是幸福，是感慨！妈妈，多少次她在心里呼喊着，可是她却不在她的身边。

姜致远抚着女儿的发，不忍心告诉她实情。让她多开心一下吧，多一天是一天，真相如此残忍，女儿怎么能够承受？姜致远也湿了眼睛。

电话铃响起的时候，姜希接了起来，喂了好几声也没有人应，正准备挂断突然想起了严澎，果然，一个低沉的嗓音，“别挂，是我。找你有事，在你家楼下。”

他的声音里有着说不清的伤感，她不忍拒绝，跟父亲说了一声就转身出门了。刚走到楼梯口，突然一个黑影从身后抱住她，她吓得几乎尖叫，但严澎的声音传来：“别害怕，我只要一会儿，一会儿就好。”她绷直的身体突然放松了下来，他贴着她的颈项，酸楚地说：“我只是想来告诉你一声，今天……那不是我的初吻。”

“严澎，你喝醉了。”

“就不能喜欢我一点点吗？一点点就好。”

她咬了咬唇。

“你对我的心到底做了什么？为什么会这么痛？姜希，你知道吗，长这么大我从来没有这么难受过，我想要什么都会有，我喜欢什么都会得到，可为什么你连正眼都不看我一眼呢？”

“小千喜欢你。”

“别跟我提她，我说了我不喜欢她！”

“我也说过了……我不喜欢你。不要来找我了，这样只会让你更加难过。”见到他这么难过她的心也会有感觉。

他的手静静地垂下去，“算了，我早知道你会这样说。不要来找我，不要来找我！”他自嘲地笑起来，“我是个垃圾吗？就这么让你讨厌？”

她沉默不语，回答不出。不，不是讨厌。是那种想逃离的感觉。说不清。总觉得他是夏小千的，一定要离得远远的才可以。

放寒假前，伍月欣从高墙里出来，回家后又直接住进了医院。是那个时候姜希才知道母亲病了，是保外就医才能出来的。她瘦了很多，脸色苍白得像一张纸，嘴唇干裂，见到姜希，只是微微笑，带着些许怯意和讨好。她坐在床边木头椅上低着头吃饭，饭粒掉到桌面上，她忙不迭腾下手来捡，那种小心翼翼让姜希就像吞了一枚刀片，整个胸腔都被划开。她想要抱抱母亲，却只是把手放进裤兜紧紧地蜷缩起来。

走出医院的时候她找了公话亭想要给林川打电话，可是他的手机一直关机。她拨了很久，站了很久，在一个数字与另一个数字之间手指哆嗦，心里一直在苦苦地哀求，接电话，林川，接电话呀！可是永远是那个冰凉的女声在回应她。她终于绝望地放弃。

妈妈才四十三岁！她怎么可以得癌症，怎么可以还是癌症晚期？她从来没有想过母亲会以这样的方式离开她的生命，她甚至宁愿她坐牢，这样至少她可以隔一段时间去见她一次。

走在寒峭的冬日里，她整个人绵软无力。暗暗的街道，行人面目不清，光秃秃的树枝上挂着几枚枯黄的叶片，像悬而未掉的手掌狰狞恐怖，水泥钢筋的城市像被冻住一样冒着阴冷的气息，就连天都压得很低，灰蒙暗沉，欲哭无泪。

严澎骑着单车在建二小区外晃荡的时候一眼就看到了姜希，她的脸上是那种绝望无声的悲恸，没有眼泪却比号啕大哭更让人觉得凄然。他飞速上前挡在她的面前——当思念饱和得无处躲闪时，他总是会来到这里，这条街，这条她回家的必经之路，远远地尾随她一段，然后默默回家。

“被林川甩了吗？”他皱着眉，没好气地问。

她从面前的阴影里抬起头，一眼看见他，眼里刹那间全是泪。她从来没有像现在这样感觉到孤独，即使这么多年她一直沉默安静，但她的内心却有着坚韧的愿望，等着妈妈回来，等着一家三口的团聚。她所有的努力好像都是为了这一天，但现在这幻想就像纸张一样被撕开了，妈妈多可怜呀，即使在女儿的面前她也像是个罪人一样抬不起头来，她们母女的那种亲近那种爱腻的感觉呢？为什么现在会变成这样？什么都不对……

他从来没有看到过她哭，最常有的表情就是一脸的静谧，而现在眼泪大颗大颗地从她水汪汪的眼睛里滑落下来，他的心忽然软得没有力量跳跃又不知如何安慰，只能恶狠狠说一句：“再不说话……我就亲你了！”

但这句话没有杀伤力，她只是哭，眼泪扑簌而下。

他叹口气，嘟囔道：“别人还以为我欺负你了！要不……换个地方？”这人来人往的街上，她在马路上哭得厉害，任谁都会望上几眼，他只想带着她走，“上车。”

这一次她乖乖听话，默默地坐上他的单车。她的手轻轻拽住他的衣襟，头靠在他的背上，他一下就呆掉了！挺了挺背，觉得那仿佛不是自己的，几秒钟后终于缓了缓情绪慢腾腾地踩着单车朝傍晚的光影里驶去。

她一直在哭，他的心都被打湿了。却不敢停下来，也不敢问什么，怕这般的亲密会突然被破坏掉，戛然而止。夜色越来越沉，她的眼泪终于慢慢地止住，在他身后轻轻地说了声：“我要回家了。”

一直到她家楼下，她都没有说她为什么哭。他心里抓狂得要命，但又怕一问她又会哭。一直到她离开，他才想起来应该去问夏小千。

刚准备给她打电话，夏小千突然从身后跳出来蒙住他的眼睛，故意粗声粗气地说：“猜猜我是谁？”严澎拉开她的手，不耐烦地说：“幼稚！”

“我看到姜希坐你单车回来的，你在路上遇到她了？”夏小千自顾自地说下去，“我也正准备去找她呢，她真可怜，妈妈才回来就快要死了！她爸去请长假……”

“小千，我不喜欢你这么说。”严澎有些不悦。

“什么？”她不明白，“我没有说错呀！”

严澎不高兴的只是她说到“死”时的轻松，她虽然在说姜希可怜，但她的脸上却是那种无所谓的表情，那是她最好的朋友呀！她妈妈病了，那就是她今天伤心绝望的原因了。

严澎不想跟夏小千解释他的不悦，“到底怎么回事？”

也是在那天，他才知道发生在姜希身上的事。原来她的静谧淡漠是因为她内心有个伤口，在这一刻，他的心里升腾起的是一个少年的孤勇和热血，他要保护她，不管她是不是喜欢他，他都要在她的身边，不离不弃。

严澎转身离开的时候直接给母亲打了个电话，知道她还在公司就直奔那儿去了。叶薇亚正在开会，一屋子正襟危坐的高层，儿子就那样推门闯了进来。秘书抱歉地说：“叶董，我没拦住……”

“妈，我找您有急事。”

叶薇亚示意会议结束，待到会议室里只剩下他们俩，面孔板起来说：“真是胡闹！没看见我在开会吗，有什么事不可以等我回家说？”

严澎也不跟母亲回嘴，只是巴巴地说：“妈，我求您件事，帮我救一个人。”

“没头没脑的，你妈又不是警察，怎么救？”

“不是，是生病了！”

“更奇怪了，你妈也不是医生。”

“妈，我求您找最好的医生，最好的治疗！不管花多少钱都要治好她！”他几乎都要哽咽了，“这很重要！妈，我求您了！您那么有本事，一定会有办法的！”

“是谁？”叶薇亚被儿子的表情震住了，声音放软，“别急，跟妈妈说，妈妈会尽力。”

严澎把姜希家的事说了一遍。

“你很喜欢这个女孩？”

严澎垂眼回答：“她难受的时候我觉得我的心都要碎掉了。”

叶薇亚早就从儿子最近的变化里知道他恋爱了，看他不许旁人问的样子也知道那不过是儿子的单相思。她从侧面问过陈绍可那个女孩的情况，从一个母亲的角度来说她并不喜欢姜希，性格太内向的女孩不适合儿子，她更喜欢那种明朗简单的女孩，给儿子带来的是快乐。但既然他这么喜欢，她也不会去反对。

“这件事交给妈来处理！”叶薇亚拍拍儿子的肩，“不过现在的医学并不发达，很多疾病都没有治愈的良药，只能尽人事听天命。”

有了母亲的承诺，严澎放下心来，思忖一下又说：“妈，我不想让她知道是我在帮她，让她觉得欠着我。”

“我知道了。”叶薇亚微笑应允。

第二天秘书就把伍月欣的资料交给了叶薇亚。她仔细看过医院的诊断，就算是个外行她也知道伍月欣的病情回天乏力，黑色素瘤是癌症里最严重的一种，何况现在已经扩散到淋巴，即使动手术也只能是拖延时间。不过既然她答应了儿子，还是会尽力。她给北京的一位权威打电话，麻烦他能亲自过来一趟，诊断一下病人情况。她准备给伍月欣所住的医院打电话时，想了想还是决定自己亲自过去一趟。

06

CHAPTER

照沟渠·小暑

她真的很依赖他，很需要他在身边。这么喜欢的林川，是她心里的一棵树，小暑的天气里撑起叶脉庇护了她整颗心。

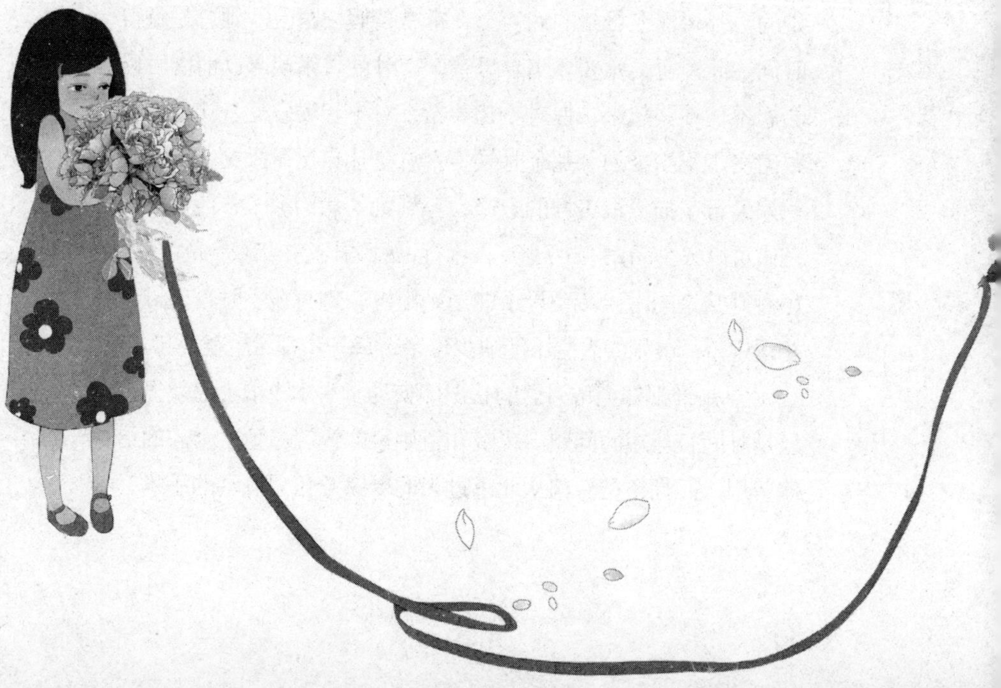

期末考试，姜希的成绩并不理想，从二十多名一下跌到四十多名。老班找她谈话，很着急她现在的状态，问是不是家里有事但姜希什么都没有说。她不愿意为自己开脱，这些日子她的心都牵挂在母亲的病情上，常常请假去医院。她总是觉得时间如此短暂，她要多陪陪母亲。有时候母亲谈起以前的时候会忍不住地哭起来，说对不起姜希，对不起姜致远，让他们也跟着受了不少委屈。那个时候姜希总是让自己微微笑，她一遍一遍给母亲描绘很美好的未来，等到她的病治愈了，他们一家三口可以去公园，去游乐场，去旅行，去弥补这些年缺失的光阴。还有她结婚的时候希望母亲能送她出嫁，她有孩子时希望母亲能帮她带……她的人生不能缺少母亲，每一步都希望在一起。

可是谁都知道伍月欣的状况即使动了手术也很容易复发，只是时间长与短的问题。医院知道她家的情况减免了全部的治疗费用，而且还是专门从北京过来的专家给伍月欣动的手术，在手术后伍月欣就一直住在单独的病房。姜致远去问过医院，说是一个医疗基金会给他们提供了后续的帮助，不仅他们一家，这家医院一共有五名癌症病人会得到这样的帮助。

手术后伍月欣回家住了些日子，然后准备进行化疗和放疗。即使疾病的威胁让他们一家过得都不轻松，但至少一家人在一起了。姜致远尽心地照顾着妻子，找来偏方给她熬中药，听说艾叶泡脚对身体好，每天晚上都会打上一盆热水帮妻子洗脚，一点一点地加热水，照着穴位图按穴位，然后放到自己的膝盖上给她擦脚。那个时候伍月欣的眼睛都是湿润的，她说："何必对我这么好……我对不起你们啊！"

姜致远笑了笑："没有什么对不起对得起的，在一起是命，注定的！"

那个时候姜希觉得如此幸福，虽然父母没有给她一个完整健康的家，但他们用感情证明了什么是相濡以沫，她总是会想起她和林川，他们的感情也会经得起时间，经得起磨难吗？

最初母亲回家还小心翼翼，但有一天姜希陪着母亲去晒太阳，母亲微笑着回忆起她小时候的事来，她的手紧紧地握住母亲的手，那层疏离和隔阂荡然无存。她们是血脉相连的亲人，是这世上的至亲，不可缺失。

姜希没有告诉父母，她每天晚上都在摆地摊。虽然母亲的治疗费被全免，但回家后要吃中药，要补充营养，开销也是一大笔，她只是告诉父母她每晚会去冷饮店帮忙，其实是去夜市卖围巾帽子和手套。她连林川都没有说，怕他阻止。他现在也非常忙碌，新公司没有请员工，拉业务、发货、盘点仓库、与各方洽谈全是他一个人。陶健根本帮不上忙，起初还过去看看，后来就忙着追女生去了。而且林川的课程也紧，他母亲中途又发了一次病，被送进了医院，他几头地跑，每每姜希见到他疲惫不堪的样子，只是心疼，心里的那些话都生生地压了下去，她不能再给林川添烦心事了。

她每晚从七点摆摊到十点，虽然才三个小时，但生意很好，有时候一个晚上清算下来会赚一百来块，只是天非常冷，她的手又生了冻疮，又痒又疼，肿得透亮。冻到不行的时候她就起来跳两下，虽然她卖这些，但自己却舍不得戴一顶帽子，怕戴旧了卖不掉。

这天晚上生意也是如常地好，来了好几拨人，每次都买好多。后来来了个男生，也不挑，只说："我买两百块的，给我包起来。"

哪有人这样买东西，她心里微微一动，问："两百块只能买一条围巾。"

对方迟疑地朝身后看了一眼，"这么贵？那也行。"

"他在哪儿？"姜希一猜就知道是谁。

"你知道了？"

她点点头："你让他过来。"

没一会儿，严澎就抄着手摆出一副酷酷的样子走过来，"猪呀，有生意也不做！"

"你才是猪！"她瞪他一眼，面上却笑了。

他猛然看到她的笑容，石化在原地。她什么时候冲他这样灿烂地笑过，就像是被正午的太阳晒着，有片刻的眩晕感。

她不是不识好歹的人，严澎这么帮她，她内心是感激的。她一直记得在知道母亲生病的那天，他怎样骑着单车在街上晃晃荡荡由着她哭，那个时候的她真的无助极了，就像一个溺水的人需要一些安慰，而那时他出现了。天知道她有多感激他的出现。

“这个围巾多少钱？”两个女孩过来蹲在姜希的地摊前，举起一条水蓝色的针织围巾。

“五十。”严澎回答。

“别听他的，二十八。”姜希瞪他一眼，蹲下去给她们推荐围巾。不知什么时候严澎就站在她身边了，他穿着一件羊皮大衣，英俊挺拔的样子就像一面招牌，惹得过往的女生都停下来问问价格，她们根本就不听姜希的介绍，就算严澎胡乱指着一顶帽子说这个最适合你了，对方也一定会立刻买，而且一点不还价。

姜希把一把零钱捏在手里，一张张弄平整，然后拇指食指翻飞地数钱，严澎忍不住说：“看你的样子真像是守财奴！”

她把钱数好后小心地放进口袋里，“到现在为止你有一分钱是自己赚的吗？你不知道赚钱的辛苦，所以你花起钱来心安理得！还有，以后不许你再花钱找人来买我的东西……以前买了的我也不退了，大不了把这个送给你！”她从围巾之中选了一款深蓝白格子的针织围巾递给他。

“送我的？”他惊喜地问。

“如果不喜欢可以自己挑。”

“勉勉强强吧。”他耸耸肩膀一把抢过来，只要是她选的他都会喜欢。他把围巾在颈项上绕了绕，又说，“你帮我戴吧，顾客现在提要求你得服务周到！”

她“嗤”一声，“那我不送了！”

他突然把她的手抓过去握住，她又惊又急地想要抽出手来，被他呵斥：“别动！”他从口袋里拿出冻疮药来，一点一点慢慢地给她抹上，还不忘损她几句：“你这个手就是给兔子吃，兔子都嫌弃这胡萝卜太丑！真是笨死了，都裂成这样了不知道擦药吗？真不明白你怎么活到现在的，头脑不好使，又糊里糊涂的。”

擦好药，他又对着上面哈哈热气，这才依依不舍地松开，把药揣回自己兜里：“这个药得每天擦，明天我再来给你擦，免得你忘记。”

“严澎。”她迟疑地说。

听见她叫自己名字的瞬间，他的心就像一杯温润的水，带着最熨帖的温度。

“以后……”

他烦恼地挥挥手，眼里有受伤的痕迹：“行了，知道你要说什么。不就是不要来找你吗？大路朝天各走半边，我爱到哪儿，就到哪儿，你管得着吗？再说了有我在你生意多好呀！”

姜希赶紧从包里拿钱出来：“那我分你一部分！”

严澎气恼得扯了扯她的发梢：“你真是猪！”

虽然姜希一再要求严澎不要帮她摆摊，但每天他比她还准时，早早地占了位置，一边跺脚发脾气说她慢死，一边抢过她的背包帮她摆摊生怕她赶他走。姜希也就由了他，他那么一个爱耍酷的男生却拿着一条围巾大声吆喝招揽顾客，又对每一个女生送上笑容说服她们买她的东西，就连被要求合影之类的也会同意。而且他每天都会记得给她手上的冻疮上药，观察那些冻疮有没有好一些。他依然会吼，会发脾气，不好好说话，但他对她却是真心地好。她感觉得到，却是更加纠葛，要怎样拒绝他才能放弃呢?

大年三十晚上零点零分，她接到严澎的电话。他稀松平常地说："喏，在你书包里有你的新年礼物！快去看看，然后回个话。"她把电话放到一边，跑去打开书包，里面有一个粉红色皱纹纸包起的礼物袋，打开来，是一双手套。

"怎样？比你的眼光好多了吧？"他像个讨要表扬的孩子，微微有些紧张，又要表现出一副不屑的模样。

她握着手套静静地对电话里的他说："真的，真的以后不要再来找我了。"

电话"啪"一下就断掉了，然后是嘟嘟嘟……的声音。她捏着话筒，好半天才发现自己捏得太紧，手都疼了……

四月的时候伍月欣做完了第七次化疗，只是她的精神状态一直很差，免疫球蛋白下降得厉害。化疗就是在杀死癌细胞的同时也会破坏掉自身的免疫力，身体会变得虚弱，而每一次的化疗都是一种痛苦的煎熬，会低烧，恶心呕吐，头昏乏力……姜希看着母亲如此受罪心如刀绞。但又能怎样呢？他们都在与时间赛跑。

这个城市一到了春天满街都是姹紫嫣红，就连空气中都有着花香弥漫。白云苍狗，天蓝得细软透彻，可是看着这些美好景致的时候，姜希的心却焦躁，喧嚣，一团乱麻。

那天姜致远回家的时候，说手机里有个中奖信息，"是在超市购物中的奖，一看就是骗子也懒得理，但没想到还打电话过来了，非要身份证号说奖品是三亚双飞六日游。"

“然后呢？”伍月欣笑着问，“也许真是中奖呢！”

“反正报个身份证号就算是骗子也不能怎么样，我就给他们了。”

姜希听来却有一种奇怪的感觉。

周末一大清早姜希听到客厅里有人说话，然后母亲来敲她的门：“小希，你同学来了。”姜希从卧室里出来一看，竟然是严澎，又惊又气，“你……”

严澎走近一步打断她：“不是说了带阿姨去落雁岛玩的吗？快去收拾！”然后又对伍月欣说，“阿姨，您也加件外套，别着凉了。”他在长辈面前又乖巧又礼貌，而且剑眉星目的样子和举手投足可见的好教养，让伍月欣看在眼里也是喜欢。姜致远看到严澎虽然没说什么，但深深看了姜希一眼，让她的脸微微地红了。姜希心里直怪严澎的自作主张，但看着母亲心情大好也觉得今天能去郊外走走挺好，这个城市变化好大，离开八年的母亲还没有认真地打量过它。

楼下停着一辆小轿车，司机见到严澎他们下楼，立刻下车拉开车门。

严澎凑到姜希面前，生怕她拒绝，“别废话，赶紧上车。”

姜希一怔，不知如何是好。她承认他的安排让她感动，但他们是什么关系呢？他有必要为她做这些吗？而这时母亲已经在严澎的安排下坐在了副驾的位置，姜希迟疑一下坐到了后排中间的位置，一边是严澎，一边是父亲。坐前面的伍月欣频频回头，就像所有长辈一样开始盘查他的情况，想知道女儿到底交的是怎样的朋友。几轮下来，连严澎父母的工作、家里几口人、准备考什么大学诸如此类的问题都问了一遍，严澎也一一回答，然后凑到姜希耳边低声说：“我怎么觉得是在考核女婿？”

他的呼吸喷在她的耳朵里，痒痒的，让她下意识躲闪了一下，回头给他一个警告的眼神——不许靠这么近。他也给她一个眼神——那又怎样？伍月欣从倒视镜里看到，只当是小情侣的眉目传情，心里乐了。她俨然已经把严澎当成了姜希的男朋友，只是又有些担心，这孩子看着家境不错，他知道她的事吗？会嫌弃姜希吗？

落雁岛是东湖的一个小岛，有山有水，树木葱郁，小径古幽，是踏青的好去处。严澎准备了食物和水，还带了相机给他们拍照。他殷勤地在伍月欣身边嘘寒问暖，一副小女婿的模样，让伍月欣开怀大笑。

姜致远私下里问女儿：“最近怎么很少见到林川？”他知道女儿和林川一直要好，难道是他们的感情出了问题？

“林川在忙公司和学校的事。”姜希垂下眼。

“那个男孩喜欢你吧！”任谁一眼都看得出来严澎的感情。

“爸，他……”

“爸不干涉你交朋友，但这么多年林川一直照顾我们家……不能辜负他！”

姜希抿了抿嘴唇：“爸，我知道。”她看了看不远处正在给母亲拍照的严澎，“他跟我是两个世界的人，我对他真的没什么。”虽然姜希对严澎非常冷淡，但他完全忽略过去，只是一心一意地照顾着母亲，为他们拍了很多的照片。那一天伍月欣非常开心，她一边拉着女儿的手，一边拉着严澎的手，然后让姜致远为他们拍照片。

四月的风徐徐缭绕，姜希看着欢喜得像孩子的母亲，眼眶湿润了。她还有多少时间，他们还有多少相守的时间？命运在他们的心里撒下一把碎玻璃，每一次跳动都踩得生疼。

察觉出姜希的伤感，严澎突然抬起手臂环住她的肩：“现在最重要的是让阿姨开心，是不是？”

她侧过面孔看着他，极认真地说：“谢谢你。”

“那就以身相许。”

她用手肘朝他顶过去：“就不能好好说话？”

“就是在好好说话！”他捂住胸口夸张地皱起眉，“我真没发现你是暴力狂！”

她挥起拳头又朝他比画：“要是再……再……”

“再哪样？是不是这样？”说着他又厚脸皮要把手搭在她肩膀上。

她躲闪了一下：“严澎，你再这样我生气了。”

“好好好！”他收回手挠挠自己的后脑勺，嘟囔道“小气鬼！”

虽然姜希一再反对严澎的自作主张，但每个周末他都会准时出现，给他们安排去哪里玩。伍月欣很喜欢严澎，对女儿说：“真是不错的孩子，心眼好，实在，而且他知道我们家情况一点儿也不介意，看得出来他真的很喜欢你。”

姜希能说什么呢？既然母亲这么开心，她不想去破坏母亲的心情，虽然母亲也知道林川，但她觉得林川城府太深，根本不知道他心里在想什么。其实母亲并不知道姜希对林川的感情，只是随意地聊天，当是邻居家的孩子提了几句。只是那几句却让姜希不好意思跟母亲再提到林川了。就让母亲误会吧，如果这误会能让她更放心一些。

这个周末林川回来了，正好看见他们一家跟严澎一起下楼。林川并没有表现出惊讶，只是淡淡一笑，跟他们打招呼。严澎挑衅似的故意忽略他，扶着伍月欣径直朝前走。

擦肩而过的时候，姜希低低地对林川说："我晚点回来找你。"他点点头。

他们是去看电影，但整场电影下来姜希都不知道在演些什么。她的脑子很混乱，担心林川误会生气，这些日子他们真的很少见面。几乎都是她去他的学校找他，即使他们在一起的时候他也在飞快地接着电话处理着各种事情。合上电话他总是一脸抱歉，她宽慰他没事，只是来看看他就好了。关于母亲的病，她也很少去跟林川谈论，他们能说些什么呢？比比凄凉吗？他的母亲是疯的，她的母亲得了绝症？在林川的面前，她努力让自己独立一些，可是却更加想要依靠。

从电影院出来的时候她被人群推搡了一下，严澎及时扶住她，皱了皱眉："你的魂被狗吃了吗？整场电影一动不动，你在练打坐吗？"

她瞪他一眼："你好好看电影，看我干吗？"

"我就在看你能保持那个姿势多久！"他扯了扯她的发梢，"猪，别动。"

她茫然站定，然后看着他蹲下去为她系鞋带，他的后脑勺一片的温柔，她的心有了片刻的失神。然后他站起来，没好气地说："真是笨死了，鞋带不系好万一过马路的时候踩着鞋带摔下去被车撞了呢？"

她笑了，“会有人这么倒霉？”

他认真点头：“报纸上说的。”他觉得自己变成个操心的家长了，又啰唆又絮叨，天气凉了就想知道她会不会多穿一件，下雨了也会想这个笨蛋有没有带伞，看着一辆车从她身边擦过，心都紧张地跃出来，如果又在她手上发现伤口就会很生气她这样粗心……他满心都是她，吃到好吃的就会想让她吃，不管别人怎么鄙视他都会再叫打包带一份，然后直接送到她家，她虽然不欢迎他，但她母亲欢迎，他把东西放下赶紧就走，逃得比兔子还快；听到喜欢的音乐也会推荐让她听，把耳塞强行塞到她耳朵里，然后逼着她听完整首；就连听到好笑的笑话，他也会在心里记下下次见面的时候说给她听。

他知道她的数学成绩不好，上个期末考得很糟，就把那些难题一道道抄下来，然后把详细步骤写出来，再在旁边用括号标注出为什么要这样解析。他整理笔记提纲，又怕她不认得他的龙飞凤舞，把每一个字都端端正正地写成小楷……被她喜欢是需要很多运气的事，他已经不去想那些了，他只知道为她做这些的时候，他真是发自内心的快乐。

姜希敲开林川家门时，他的母亲正在发病，缩在床上癫狂混乱，手里举着剪刀胡乱地刺：“走开！都走开！不要伤害我儿子！”房间里一片凌乱，姜希见过无数次这样的场景，却还是每每被震住。林国安叹口气：“今天才发现她把药偷偷地藏起来，没有吃。”

“妈，我是林川，您的儿子！”林川怕剪刀伤到母亲，小心翼翼地靠近，“小时候我因为贪玩从树上摔下来，您记得吗？

我的膝盖上还有疤痕，您看……”

“对，林川是从树上摔下来过。”她点点头，目光柔和起来。

“妈，剪刀给我！”

林川试探地伸出手，刚要一把抓住剪刀的时候他母亲的手一挥，在姜希的低呼声里林川的手血流如注，而他母亲也吓住了，赶紧扔了剪刀，怯怯瑟缩起来。

林川把手藏到身后，隐忍微笑：“别怕，妈，没事呢！不过现在你要听话，要把药吃了我才不生气。”

“我吃药。”她使劲点头，目光涣散地看向一边，“快下雨了，要去给林川送伞。”

“你吃了药我就去。”林国安赶紧端过杯子，拿药给她。

即使林川紧紧捂住手，但嫣红的血还是从指缝里渗出来，姜希的眼泪一下子就落了下来，赶紧找来云南白药和纱布替他包扎。林川母亲不发病的时候是好好的，像正常人一样，什么都记得，但一发病就混乱了，每次都要闹过一场，慢慢安抚隔好些天才能恢复过来。特别是春天的时候，她最容易发病，等到清醒过来看到林川身上的伤，却不记得是自己弄的了。

姜希的眼泪掉在纱布上，林川笑笑：“没事，只是一点儿伤口而已。”

“你在学校没有人照顾，怎么办？”她的眼泪流得更凶了，悲哀淡淡晕染着她的心。

“我会照顾好自己。”他抬起另一只手抹掉她的眼泪，“这么多年都这样过来了，我也习惯了。”

这句话里透着多少辛酸无奈，只有姜希知道，这么多年他们是怎么过来的，他们的心里又有怎样的沉重和伤痛。

“出去走走吧，家里太乱了。”他说。

月色朦胧，他们静静地走在夜风里，看晕黄路灯下浮动着氤氲的光粒子。

“对不起，最近太忙，没有顾得上问问伍阿姨的病情。”

“妈妈……妈妈的病情不太乐观。”姜希的鼻翼酸楚，突然悲伤得不能自已，一头扑进了林川的怀里，紧紧地抱住他痛哭起来。为什么他们都要面临这样的不幸？为什么他们就不能获得幸福和快乐？这么多年他们都背负着沉重，努力地想要活得更加明朗，但生活就像一张血盆大口，透着阴阴的凉气。她真的好辛苦，好难过，有时候会突然在街口就停下来，看看黛青色的天，是有神在那里操纵着这一切吗？如果是，为什么偏偏要给他们这样的命运？

林川抬起手来轻轻地拍着她的背，她从来没有这样在他面前哭过，以前受了欺负委屈只会噙满眼泪，用手背揩过去，一副倔强坚韧的模样。

她不想在林川面前故作坚强了，即使她一直在沉默，却觉得精疲力竭，声嘶力竭。她真的很依赖他，很需要他在身边。这么喜欢的林川，就是她心里的一棵树，撑起的叶脉罩住了她整颗心。

突然之间他的面孔在她的眼前放大，他的鼻息扫过她的脸色，在她没有闭上眼睛之前他的唇已经覆在她的唇上。她的脑海里空白了一下，几乎站不住，然后紧紧攥住他的衣襟，微微闭上了眼睛。他的吻温柔得就像一朵蒲公英，让她的心醉了又醉，醉了又醉。

许久后，她睁开眼睛，对上他含笑的表情。微风掠过，在光和影之间，有温暖的感觉，在四处地流淌。

五一的时候，姜希一家去了三亚。是那个中奖的名额，她总觉得这件事跟严澎有关系，但见父母很开心的样子，她什么都没有说。

严澎送他们去机场，又是一番叮嘱和唠叨。母亲把父亲拉到一边，让他们俩说会儿话。

“是你安排的吧？”她问。

“都不知道你在说什么！”他无辜地看着她。

“我不想欠你太多。”

“你什么都不欠我，是我上辈子欠了你！”他嬉皮笑脸地说，“活该我被你欺负！”

“……”

“行啦！真跟我没关系！”是稀松平常的语气，他下巴微扬，眼睛微微眯起，“你就跟林川好好相处吧，把我当成朋友也好，亲戚也好，同学也好，都无所谓啦！我只希望你开心！”不，这不全是他的心里话，他希望她开心，但他会一直等着她，谈恋爱了等着她分手，结婚了等着她离婚……对，他就是抱着这种孤注一掷的心情在喜欢她。没事，时间还很长，他们有一辈子要纠缠呢。

07
CHAPTER

叶归根·立秋

八月的阳光宁静地铺满整个世界，梧桐树的树干蓬勃向上，而他的心却带着立秋微微酸楚的感觉朝着深不可测里沉了下去。

伍月欣是在十一月去世的，渗入肌肤的冷雨下个不停，天空中数不清的云朵不断汹涌，像前仆后继的兵团。医生准备再次给她动手术的时候却发现没有办法动手术了，癌细胞已经吞噬了她的内部器官，他们只得把她的伤口又缝合上。

伍月欣在弥留的日子一直处在半昏迷状态，醒来的时候看着身边的丈夫和女儿，眼里全是留恋。医院给她用了最好的止疼药来减轻她的痛楚，但药效的时间越来越短，以至于后来连止疼药也止不住蚀骨的疼痛。医生来询问如果伍月欣不行了还需要抢救吗？姜致远黯然了一下："不用了。"他不忍看着妻子痛苦挣扎。

即使知道母亲很疼，即使知道她一直在挣扎，但姜希仍然舍不得放手，她不断地哀求母亲要撑下去，要跟病魔做斗争，要加油要努力！但母亲却只是用唇角微微的牵扯来回答她，那时候的她已经说不出话了。她的眼睛半睁着，混沌的泪慢慢地流下来。

姜希的心里都是悲凉的痛楚，分离的日子在一天天逼近，她总是在夜里从噩梦中惊醒过来，然后抱着膝盖悲恸哭泣。有好几个夜里，父亲从医院打来电话让她赶去医院，她知道是母亲不行了，她在冬夜冷峭惨白的月色里疾奔，生怕母亲等不到她，每一次她都祈求着母亲要醒来，她舍不得她离开。而母亲真的挺住了一次又一次的病危，苦苦地熬着。姜希就再也不回家住了，因为是单间，所以可以在病房里支床，她和父亲轮流休息，然后另一个人守着。监测的仪器发出细微的声音，母亲的心跳脉搏一直很微弱，但她迟迟地没有咽下最后一口气。

严澎在医院里看到姜希的时候，忍不住想要抱住她。几天没见，她的大眼睛深深地凹进去，嘴唇上起了皮，瘦得让人心疼。

“跟你说过要好好吃饭，好好休息！”他又气又急，“你这样折磨自己，阿姨会心疼……我也会心疼！”

“我没事。”她缓缓摇头，眼泪漫了上来。这些天她连学校也没有去，即使是高三。但现在什么都不重要，她要守着母亲，守着她们最后相聚的时光。想来她真的很感激严澎，母亲回家的这些日子他一直在给她和母亲制造回忆，一家三口的出行，他出了不少力。

严澎也住进了医院，姜希怎么赶都不走。

“我把阿姨当亲人，现在我也要守着她！”他耍着赖皮，又嘀咕一句，“指不定将来我是她女婿呢，得好好尽孝！”

见她眉头一皱，他立刻又说：“唉，我就是开玩笑！知道你跟那谁好着呢！”

姜希知道严澎是不放心她。怕她不吃饭不睡觉，也怕母亲走的那刻她承受不起，她还能怎么说呢？他任性起来蛮不讲理，她就算不理他，他也会做他想做的事。不过有他在这里她和父亲也轻松不少，他帮忙照顾母亲，一日三餐都会准备。就连护士也打趣："你男朋友真是超好，人又长得帅，你好有福气。"

她一再解释那不是她男友，但严澎一脸恰到好处暧昧的样子，她们只当姜希脸皮薄，不好意思承认罢了。说到福气，她苦涩一笑，有福气吗？没有母亲的孩子比谁都差了福气。

姜希也觉得严澎母亲真是放纵他，他一连几天不去学校也不回家，家里人竟然也不闻不问。她不知道严澎跟叶薇亚如实汇报了，而且态度很坚决，意思是这个时候他必须得守着姜希，不能在她最痛苦的时候坐视不管，如果那样他在课堂里也学不进去。当然他也保证过，一定不放松学业。叶薇亚知道他就是一根筋，阻拦也没用，也就点头应允了。

伍月欣是在夜里十一点离开的，心跳只有五十多下，然后一点一点地往下跌。姜希握着母亲的手，竭力隐忍住内心的惶恐、绝望、痛楚，她忍住没有掉眼泪，因为别人说把眼泪滴在死者的脸上，会让她带着今世的痛楚离开。这个时候她宁愿偏信轮回转世，死亡也许是另一个开始，是另一种重生呢？人生最大的悲楚无助莫过于看着至亲离开，怎样撕心裂肺地想要留住，却都是惘然。伍月欣带着对女儿和丈夫的牵挂离开了人世，她一直后悔当年的错误，如果她没有贪恋，他们的人生会不会都不一样？

直到母亲被白布覆盖住脸，车轮推走的咕噜声渐渐远去，她忽然之间听不到声音，只会嗡嗡响，然后双腿渐渐放软，缓缓蹲下，眼中泪水碎裂，哭到崩溃。而自始至终，有个人一直紧紧地揽着她，让她在他的怀里瑟缩发抖，悲恸痛哭。

是从什么时候开始，在她每一次难过的时候，陪伴她的人，变成了他?

母亲离开后，生活还得继续。姜希收起手臂的黑纱，开始回学校上课。在旁人眼里她没有多少变化，跟以前一样沉默，身边总是唯一的朋友夏小千。只有姜希知道，她已经变得不同了，她是一个没有妈妈的孩子了，是这个世上一根孤零零的草。

她总是会看母亲的照片，然后忍不住哭起来。她的情绪始终很低落，来来去去的时候就像一个影子，原来她一点儿也不坚强，所有的微笑和坚韧不过是一层伪装，她努力让自己昂起头，努力让自己笑对风雨，但她根本没有办法面对这样的创伤，她甚至有念头想要随母亲一起离开。林川尽量抽时间陪她，可她依然是郁郁寡欢的样子。

那天她又忍不住去了母亲的坟墓前，抱着冰凉的石碑痛哭了一场。

有人拽起她的手臂，粗鲁而凶狠。在泪眼迷离中她看清了，除了严澎还会有谁!

“姜希，你看看你自己什么样子？”严澎看着她把自己折磨得瘦弱不堪，心里真是着急上火。已经过去两个月了，眼看着高考就要来临，而她却沉浸在悲伤里不能自拔。

“你不是我，你不会懂！”她愤怒地甩开他的手：“你知道我九岁的时候妈妈就去坐牢了吗？十年！那个时候我所有的期盼所有的希望都是十年以后妈妈能回来！被欺负的时候，被嘲笑的时候，被冷言冷语的时候！这是我的信念！我总想要让妈妈看到女儿长大了，很坚强，很快乐，可是不是这样的！我一点儿用也没有！我就是这么脆弱，这么不堪一击！”

“小时候别人打我，我从来不还手，因为我怕还手了我就变成了坏人！因为在别人眼里我就是个坏人的女儿，我身上流着坏人的血！我走到哪里都带着坏人的印迹！你试过十一岁开始打工吗？那时候你在哪里？你被父母庇佑着，你还在撒娇任性，可我得努力攒钱！走在街上我连一支雪糕也舍不得买……你知道那是什么滋味吗？”

“你不要管我了！你也不要再对我好了！就让我自生自灭吧！”

他突然举起手来，狠狠甩了她一个耳光，“啪”的一声，把他们都震住了。

“姜希！谁都可以自生自灭，但没有我的同意，你不可以！”他怒吼，“你生病了吗？你残废了吗？那些生病的人都还在努力地挣扎，你有什么资格自哀自怨？你不是有林川吗？你还有林川！还有爸爸！你这样他们不难过吗？阿姨在天上看着你呢，你要让她死不瞑目吗？”

他的声音柔软下来：“会过去的，会好起来的！就算你没了全世界，我也会在。”

她蹲下去，抱着自己的膝盖哭得不能自已。

他静静地守着她，看夕阳的余晖渐渐散去。他不能分担她的痛苦，但至少他会一直陪着她，陪着她走过这段艰难辛酸的日子。

城市的灯光渐次亮起，像坠落在地面上的星星，而那些陈旧泛灰的柏油路上，破裂处钻出一丛又一丛野草，在这寒冬里，稳稳扎根。

严澎还是常常来找她，在她放学的路上或者给她打电话让她下楼。他给她大叠的复习资料和试卷，在上面勾画出重点，又从书包里拿出她做的卷子厌嫌地丢给她："又错了好几道，那个三角函数的题你老是出错，我都说了多少遍了！我给你出了十道那样的题，今天得全部做完，否则不许睡觉！"

她看着他柔柔一笑，"谢谢。"那天他虽然打了她，但她应该被敲打一下的，要不然只顾任性地悲伤下去，忘记了还有很多重要的事。是他帮着她从悲伤里走了出来，开始努力地学习，全力以赴地迎接高考。这些日子他为她做了很多，多得让她有些无措，到底还要欠他多少呢？

"如果真要谢，那就甩了林川，喜欢我吧！"他嬉笑说。

她的笑容立刻收起来，把卷子什么的往他手里一塞："那我不要了！"

"你这个臭女人！"他气急败坏，"开开玩笑不行？"他又塞还给她，嘴里嘀咕，"真希望有天林川抛弃你！"

"严——澎！"她拿起手里的包朝他头上打下去，"你再乱说！"

他一边躲闪一边整理自己的发型，臭美得要命："真是丢人……说过不要打头啦……"在回去的路上他总是忍不住欢喜地吹起口哨来，即使她心里喜欢着别人，但至少她不排斥他了，她对他不再冷淡、不再生疏，虽然总是戒备十足，但好歹他们讲和，是朋友的样子了。

他对自己说，没关系，指不定有天林川就变心抛弃姜希了呢！

有天夏小千看到她那些卷子，一把抢过去，撇了撇嘴："真没想到，他的字还挺好看的。"

"小千……"她嗫嚅。

夏小千心无芥蒂地拍拍她的肩膀："从我第一次去看他打球的时候他就跟我说他喜欢的人是你，他这个人吧还挺坦荡的，不过我知道他没戏！你跟林川那么好的感情，他就靠边站吧！有时候我觉得他就是优越感作祟，因为喜欢他的人太多了，遇到一个不喜欢他的人，他不乐意了。凭什么呀？他人帅又优秀，你什么都不如他……我这样说你别生气，真的，他心里肯定是这样想的，觉得你这样的还不喜欢他，他就不服气了，所以拼命地来追，不过是证明他自己有魅力。我早看透了，所以我也不急，等他撞了南墙，反正他早晚是我的。"

姜希艰涩一笑，心里备感意外。她一直觉得对不起小千，每次严澎来找她，她都希望他赶紧消失，免得被小千看到，但原来她很早以前就知道他来找她的事，只是故意不说。而也许严澎就是那样吧，得不到所以才想要拼命地追，不过是为了证明自己罢了。这样想的时候为什么她的心有一点点难过呢？是因为她希望严澎真心喜欢她吗？不是意气用事，不是为了证明什么，是因为她，所以才喜欢。

"你不会喜欢上那家伙了吧？"夏小千突然问。

她怔了一下："当然没有。"

"林川对你那么好，你可不能脚踩两条船！这样会伤害到林川的！"夏小千自顾自地说，"对了，我已经决定考北京的艺术院校了，反正他在哪里我就在哪里。姜希，我们一起加油，你一定要考上林川的学校，要是做不了他的师妹，多遗憾呀！"

是呀，她对自己说，如果不能做林川的学妹那得多遗憾呀！

又一个春天来临，天空碧蓝，阳光璀璨。而整个高三的气氛也骤然肃穆，老班每天都在黑板上刷刷地写距离高考还有多少天，他铿锵有力地动员大家要抓紧时间，珍惜时间。姜希每天看书到十二点，早上六点一过就起来背英语单词，就连吃饭的时候旁边也放一书本，她知道自己基础差，又拉下好多课，之前几次考试都快要垫底了，心里也着急。父亲劝她不要太辛苦，如果真的考不好可以选个一般的学校或者复读一年。姜希不想给自己退路，她要考上林川的大学，和他同校两年，这样她也能够在他忙的时候帮他分担些。

林川的公司现在已经开始请员工，他基本上只是出去谈业务，其他事情分配下去，但并不比以前轻松而是更加忙碌，他要拓展更多的市场，每每想到林川抱着各种纸张样品奔走在一间又一间公司的时候，姜希就觉得心疼不已。

高考的日子带着初夏的闷热终于来临。几次的模拟考姜希排名升得很快，最后一次模拟考奇迹般地考到了全班第十一名，但这个成绩要考华中科技大学还是很危险，她把每天的睡眠时间压得更短了，熬夜熬得眼圈发黑。

考试前一晚，林川回来替她加油，他为她清点考试用具，替她削铅笔，为钢笔吸水，事无巨细地叮嘱她。姜致远在旁边满脸含笑地看着他们，然后感慨地对林川说：“这么多年，我们小希多亏有你！”他说的是实话，自从妻子入狱他心情一直不好，加上粗心大意的性格，也无暇照顾女儿，从小到大几乎都是林川庇护着姜希，不让她被别人欺负。

姜希深深看着林川，觉得幸福安稳。

那天晚上她准备休息的时候，玻璃窗被小石子砸响了，往窗外一看，就看见严澎杵在那里，挥着手让她下去。他给了她一个笔袋，打开来看，有铅笔，有钢笔，有橡皮擦，有圆规、尺子……他的脸上是稀松平常的笑容，“我在里面下了咒，如果你不用我准备的笔考试，就会考得乱七八糟，一败涂地！”

“我偏不用！”她瞪着他，“林川已经给我准备好了。”

“你都跟他好了，用用我的笔有什么关系？”他巴巴看着她，“行了行了，也不让你这个臭女人为难了，爱用不用！”他又故作洒脱地拍拍她的肩，“别担心，就算你没考上华中科大，林川跟你分手了，还有个清华的青年才俊要你呢！”

她皱皱眉：“你能说句人话吗？”一来找她不是咒她考不好，就是咒她跟林川分手。

“知道了！心想事成马到成功一路顺风财源滚滚！”

“什么乱七八糟的？”

“总之就是你一定会考好的……能不能也鼓励鼓励我？”说着他不管不顾地抓过她的手放在自己的胸口贴住，自言自语地说：“好了，我感受到了！”

她无声地笑了，心里默默地对他说了句，加油。

高考结束后，姜希整个人却没有觉得轻松，反而是更多的忐忑和紧张。她一遍一遍地估分，可是怎么算总分都不理想，如果按照华中科大往年的收分，她还差了一截。心里懊恼得要命，急得嘴巴里长了泡，喝水都疼。林川安慰她没关系，就算不能考华中科大，只要是武汉的学校也挺好。老班也建议她不要硬填华中科大，这样会影响后面的选择。

到底要不要填华中科大呢？她真是矛盾极了，只怪自己平日里不好好学习，现在才会这么凄惶地选择。最终她还是在林川和老班的建议下没有填华中科大，而是心不甘情不愿地填了离华中科大不远的地质大学。这所学校离林川最近了……只是不能做他的学妹，她悔死了。

事实证明林川和老班是对的，她差了华中科大九分，虽然最后的成绩比估分要高一些，但还是与华中科大失之交臂。

“别难过了，也就十分钟路程！”夏小千安慰她，“已经离得很近了！再说林川对你一心一意，他也根本不在乎，对吧，林川？”

林川微笑，牵住她的手：“我只希望你开心一些。”

“又受刺激了！”夏小千拖着腮头往下一垂，“你们就恩爱吧，甜蜜吧，早点结婚吧！”

“少胡说，还早呢！”姜希羞涩地扫了林川一眼。

“你今年十八吧，十八岁就到法定年龄了……”

“对了，你真去北京呀？”姜希只想岔开话题。

“当然，严澎在哪儿我就在哪儿呀！”

姜希的心忽然停顿了一下。是呀，严澎要去北京，以后就是天各一方了。不知道为什么她竟然觉得有些难过，因为她已经把他当成了朋友？就像知道夏小千会离开一样，她的心里也不舍。

整个八月都在离别，高中班里的同学天南地北地分开了，组织了一场又一场聚会和谢师宴，只是他们的脸上并没有太多的伤感，因为他们对未来都有着憧憬和向往。那是一片崭新的天地，此时的离别根本算不得什么。姜希没有摆谢师宴，也很少去参加同学聚会，她性格原本孤僻，素日里交往的同学也颇少，何况整个暑假她还要打工赚钱。

林川本来不同意的，说学费由他来交。但姜希坚持自己要赚一部分，她不希望跟心爱的人牵扯到太多的金钱，这会让她尴尬。夏小千觉得很不理解，说："林川的钱不都是你的钱吗？你以后嫁给他了，房产证是你们的名字，存款是你们的名字，又何必分得这么清？"

姜希每每想到结婚心里就甜蜜如糖，从很小的时候起她的愿望就是嫁给林川，做他的小妻子。在出门的时候为他整理领带，在他回家的时候为他开门，做很多好吃的菜，把家里收拾得整洁而温馨……有一天跟林川牵着手散步经过一家酒店时，看到有人在草坪上举行婚礼，新娘穿着贴身窄窄的白色婚纱，盘起的头发上一圈白色小花，艳光四射的让人屏住呼吸。林川看到她的目光，笑了笑，"若是你会比她更美。"

"真的？"她娇羞地问。

"傻瓜，我什么时候骗过你？"他娇宠地捏捏她的鼻翼。

"我们会一直在一起吗？"她深深地看着他问。

林川与她十指相扣："只要你不松开我的手，我一定不会放开你。"这是林川第一次说这么甜蜜的情话，他是那种内敛含蓄的人，很有自制力，也把情绪控制得很好，他只会用行动来表达他的关切和重视。

她动容地看着他，笃定地说："林川，我不会松开的，因为我不舍得。"

那天回去的时候，他们在门口遇到了严澎。严澎扫了一眼他们紧紧牵住的手，觉得自己的心变成了一座四面洞开的城池，她可以自由地来去，而他却在里面被自己困住。他把手抄进裤兜里，懒洋洋地走近："真好，一考上大学就公开关系，也不用辛苦地藏着了。"

林川不动声色地看着他："姜希说你给她不少帮助，替她谢谢你。"

"那是我跟她的事，轮不着你来谢！"他的语气里火药味十足。

"谢谢你！"姜希抿了抿嘴唇。

"不要你谢，是我欠你的！"

她站在空气中斜切下的一溜阴凉里，而他站在阳光下热气腾腾，气势凌人，他觉得这根本不是他的风格，但无力感却如此清晰。他想要洒脱一点儿地面对她和别人牵手的事实，早知道她喜欢的人是林川，可是真的看到他们这样要好内心却酸楚不堪。阳光下她频频抬头去看身边的人，眉眼间的温柔何曾对他这样？就算他为她做尽一切，也比不上另一个人什么都不做。

"找我有事吗？"她轻声问。

严澎不语，看着林川。

林川了然地对姜希笑笑："我先回家，晚点来找你。"

"一天要二十四小时黏在一起吗？刚见过又要见！"严澎没好气地说。林川不理会他，很有风度地离开，倒显得严澎又小气又别扭。

"收到通知书了？"他踢了踢脚下的石子，闷声闷气地问。

"嗯。你呢？"

"废话！"

她也察觉出他今天情绪特别糟糕，"考试的时候……考试的时候我用了你的笔。”她带着两个笔袋到考场，想起严澎霸道的语气，竟然迟疑一下用了他为她准备的笔。

“安慰奖吗？”他冷冷看着她，“为了安慰我才告诉我你用了我的笔！”

“随便你怎么说。”她的语气也冷淡下来。

“为什么拿到通知书不告诉我一声？”

她心里“哦”一声，原来他生气是在这里。为了她的高考他攒了不少的力，也为她做了很多的事，但她竟然一直没有跟他说一声结果。

“为什么每次都是我找你？你就不能找我一次吗？”他不无委屈地说，“因为这个暑假你一直跟他黏在一起，所以连个电话也吝啬打给我！你……你太不够朋友！”他觉得自己真是荒诞极了，他一直想要证明自己在她心里的位置，一直忍住不出现就是想看看她会不会找他，即使一个电话也好，至少她把他当成朋友。他收到无数的电话，大家都在奔走相告考上什么学校了……可她竟然什么都没有说。他一个人忍得辛苦，却从夏小千那里知道她忙着恋爱，忙着跟林川卿卿我我，情绪陷入全面恶劣中。“朋友”？他要的只是朋友关系吗？从来就不是。

她咬了咬唇。

“算了！你就是块石头！”他冷哼一声，“怎么都焐不热！”

她不知道该说什么，只能沉默。

“我要走了！”他赌气地说，“去北京了，以后也不在你面前碍眼了！你心里一定很高兴吧？不说话，不说话就是我说对了！不过你得答应我一件事，以后要是林川甩了你，一定要告诉我！我得狠狠嘲笑你一下！”不是的，他心里不是这样想，他想说的是如果你们分手了，我能不能排第一个候补？可自尊心让他说不出这么可怜兮兮的话来。

他伸出手："那，再见吧！"

她看着他轻风掠水般的微笑，然后抬起手臂轻轻地揽了揽他："再见！"他的手僵硬地停在半空中，没有想到她会主动拥抱他，他怔住来不及反应的时候，她已经旋即离开。他看着她的背影，然后心脏开始狂跳起来，他的手心很烫，湿湿得全是汗。

八月的阳光宁静地铺满整个世界，梧桐树的树干蓬勃向上，而他的心却带着微微酸楚的感觉朝着深不可测里沉了下去。

08
CHAPTER

象牙塔·大暑

她站在十字路口，依稀看到那个把手揣在裤兜里走得懒懒散散的少年，她感觉有点大暑日下的眩晕，朝前走了几步，突然被自己的念头吓住了，那个人在北京呀！

姜希在地质大学的专业是设计，她一向喜欢安静，觉得就这样，捧着一块石头又一块石头把它们设计得光彩夺目，是多么美好的一件事。林川已经大三，功课很紧，还要忙着公司的事，有时候姜希见着他喝得微醺，又疲惫又困乏的样子很心疼。她也知道没有办法，做业务就得陪着应酬，因为业绩很好，公司给林川配了车，一辆沃尔沃，开到姜希宿舍楼下的时候，总引得周围女孩艳羡。

姜希并不喜欢张扬，关于林川的事说得很少，大家只知道那是她男朋友，其他就不知了。私下里揣测要么是官二代要么是富二代，姜希听了苦涩一笑。只有她知道创业的艰难，风吹日晒里他都得抱着一叠样纸不断与人周旋，他那么清高的性格却与各色人马打交道，更累的是心。但他从来不在姜希面前抱怨，只是隐忍努力，面对她的时候总是妥帖的笑容。

姜希进大学没多久，张兴东打算结束冷饮店生意，去深圳发展。那天他请姜希和林川吃饭，但林川临时有事没有去，只有姜希和另外几个员工一起。在冷饮店打工是姜希做得最久的工作，大家相处得也很愉悦，在那里有她很多美好的回忆。

后来，大家转战KTV唱歌，气氛热络温暖，一并抢着话筒。姜希坐在一边安静地倾听，她不怎么会唱歌，而且会的歌也很少，就算听了很多遍，但张口也是一句都不会。那时候严澎非把耳塞塞给她，让她听，但她真的不觉得他喜欢的歌有多好听，都是些快歌，很饶舌。严澎就说她笨死了。在他去北京后，她倒是偶尔会想起他来，他一直没有给她打过电话，只是时常给她邮寄一张明信片过来，明信片上全是北京的景，深的胡同巷子，横过天空的电线杆子，街口陈旧的邮箱筒，或者只是一株老槐树……深邃的颜色带着种难以言说的孤独感。除了地址他一个字都不写，她也不知道说些什么，索性从来不回。

她与夏小千也很少联系，她到大学依然如鱼得水，参加各种社团活动、忙着结交朋友、参加聚会，打过电话来也不提严澎，姜希有时候会想问问，但又觉得太过唐突，也就真的断了他的消息。张兴东坐到她身边，手里握着一杯酒，“你跟林川怎样？”

“挺好。”

沉默一下，他问：“小千，跟你联系过吗？”

“有过，她说挺适应，就是北京干燥有风沙，你对小千……”

“她有一颗很野的心。”张兴东笑了笑，“知道我什么时候喜欢上小千的吗？有一天她就趴在那里老半天一动不动，我好奇过去一看，原来她拿着放大镜在看蚂蚁。我说蚂蚁有什么好观察的？她朝我鄙夷一笑，然后我发现了那只蚂蚁还在陶醉阳光的温暖，但只用了须臾的时间就被焚尸如焦。也许旁人会觉得她真是心狠，但我觉得她很特别，不是因为漂亮，而是因为她有一种狠劲，做什么事都非要达到目的。”

他又说：“姜希，你们不是同一种人。”

“小千的性格活泼开朗，很讨人喜欢。”

张兴东不置可否地笑笑：“小千讲话做事其实都很有目的性的，虽然我从来没有跟她表白过一句，但是我却已经被她拒绝过无数次，她的心思比你想的要深。”

姜希对张兴东的这一番话不甚明白，在她看来，小千就是那种单纯又明媚的女孩，而且没有心事不藏烦恼，你看她捧着漫画书傻笑一路的表情就知道她有多可爱了。在她看来，张兴东只是因为得不到而对小千有些非议罢了。

姜希还知道，其实深圳的公司一直都在邀请张兴东过去，但他不舍得把冷饮店盘出去才一直没有走。那家冷饮店林川问姜希如果她喜欢，他可以接手，她拒绝了。因为没有林川，没有夏小千的冷饮店，已经不是她所想要的了。回头望望，这才发现青春已成为过往，而他们已经从稚嫩的模样变成了现在的容颜。留在那些青春里，曾有的欢笑、烦恼、茫然、苦涩……现在看来也依然深刻。那个晚上姜希突然间有些伤感，因为离别，因为聚散，因为失去，因为迷雾重重的未来，她站在十字路口，依稀看到那个把手揣在裤兜里走得懒懒散散的少年，她朝前走了几步，被自已的念头吓住了，那个人在北京呀！

林川从学校退学的消息是苏扬告诉她的。大三以后林川就在公司附近租了套公寓，又用攒下的钱在郊区买了套两室的新房，让父母住了过去，那是带暖气的小区，在这个城市并不多见。大三下学期的时候林川公司的业务开始转向，他把原来的公司卖掉，另外注册了一家投资咨询公司，一共有五个股东，其他四人姜希没有见过，只是简单地听林川提了提，是在卖掉原来公司赚得第一桶金后林川终于开始做了他想要做的事。他学的是经济，一直对证券股市基金市场有兴趣，而且觉得在资本市场上最容易创造奇迹。

林川变得有些不同，姜希说不太清。他一直对她很好，一举一动都熨帖着她的情绪，但就因为这样她才会觉得有些不安，会觉得他们的心不贴近，讲话总是很刻意地顾及对方的感受。他们一起吃饭，一起看电影，一起散步……像所有情侣那样约会，可是，让她难以启齿的是他很少跟她有亲密的动作。他牵她的手，会搂着她，吻她的时候多是额头，除此以外他们就没有更进一步了。他的公寓，有时候她也去，替他收拾和打扫，但即使天下瓢泼大雨，时间再晚他也会坚持送她回去。她已经做好准备，如果他留她，她会答应。在她的心里，林川是她这辈子唯一想要托付的人。可是，为什么，他从来不这样要求？迟疑之中她甚至用匿名给网上一位情感专家发电邮，对方回她，两种可能，要么很爱怕伤害到，要么不爱没有兴趣。姜希只觉得说的都是废话，她就是想知道为什么，但现在还是不知道缘由。若让她直接问林川，死都不会。

林川总是很忙，即使与她见面也是随身带着电脑，跟人谈业务中英文混合，有时候约会到中途就要回去处理事务。好几次来接她，她从宿舍下楼几分钟的时间，他就困得在车上睡着了。他要开会，要做计划书，要见客户，要执行项目……她知道，林川有多渴望成功。他的每一步，全是汗水拼来的。而姜希做着安安静静的女友，对他所有的忙碌报以理解和支持。

闲时林川带她逛街，只要她眼睛停留过的东西通通会买给她。她说林川不要乱花钱，他笑着说，我挣钱就是为了让喜欢的人可以买所有喜欢的东西。他带她去的地方渐渐不同，高级餐厅，奢华会所，他喜欢打扮她，买很多礼物送给她。他亦知道她不喜欢应酬，所以从来不带她去商业场合——他这样的好，可为什么她就是不安呢？

在林川的公司楼下见到苏扬，她笑着与他打招呼。

“我来找实习的公司。”苏扬自嘲地笑笑，“你瞧，都是同学，但三年过去差距就这么大了，他是公司老板，我却只是想在他公司找个实习的位置。”

“其实林川很辛苦。”

“现在才知道林川真的是很有主见很有野心的人！你知道他跟陶健闹得不愉快吗？”

姜希茫然地看着他：“我不知道。”

“其实也没什么，商业场上出卖几个朋友也无可厚非。”他停顿一下，“哦，林川退学了。”

姜希还没有来得及消化他的第一句话，却被第二句话给震住：“为什么？”

“大概是因为赚钱比较重要。”苏扬的语气里有些酸，“不管怎样，看到他有今天的成就，我还是很替他高兴。”

说完苏扬转身离去，留下很多问题困扰着姜希。她上楼见到林川，他正在会议室开会，秘书知道她的身份特别热情，端来咖啡又奉上杂志。她心神不宁地朝会议室走去，透过玻璃窗看到他坐在正中的位置，大屏幕上放着计划书，他专注地倾听，掷地有声地提问……什么时候起，在姜希记忆中穿白衬衫的少年已经成为现在成熟睿智的男人？在她的身边，那些还带着青涩笑容的少年忙着踢球和追女生，而林川已经拥有了成功的事业。三年而已，三年的时光这么短，但林川却做到了。

那个晚上她有很多的疑问，却只是生生地压在胸口。她告诉自己要相信林川，一定是苏扬嫉妒才会说了“出卖”这种话。他们从小一起长大，她清楚了解林川的为人，他比谁都善良。

“是不是不舒服？”林川察觉到她的恍惚，体贴地问。

她抿了抿唇，“林川，还有一年就毕业，这样放弃……”

他浅笑一下：“是遇到苏扬了吧，难怪你今天不太对劲。”他走过来双手从身后环抱住她，弯下腰，头枕在她的颈窝处轻轻地摩挲，“我只是希望能早一点成功。”

“不是已经成功了吗？现在，现在你比很多人都强。”

“这不够。”林川深深呼吸，“这离我想的还差很远。”

“其实这样已经很好了，林川，我很满足了！我们比小时候的生活优裕太多！我只是不希望你这么辛苦……”

“对我来说，这算不得什么。”林川站起来，走到窗前，背对着她，“我要让我喜欢的人崇拜我、仰望我，让她住别墅，开名车，夏天的时候去巴黎购物，冬天的时候去瑞士滑雪……”

“这些对我来说不重要！林川，最重要的是你！只要你在我身边，就足够了！而且，你知道的，我一直很崇拜你，一直仰望着你！”

林川转过身微笑，“所以我要让你成为全世界最幸福的人！”

关于陶健的事姜希始终没有问，而林川已经办好了退学手续，姜希也无从阻止。她觉得林川对成功有些激进和偏执了，但他所做的一切都是为了她呀，她能说什么呢？

夏小千放暑假回来的时候，跟她一起的人是严澎。她给姜希打电话让她到机场来接，那时候她们已经有三年没有见过了，白驹过隙。每个寒假暑假夏小千都在满世界地飞，她到处旅行，最喜欢的地方是印度，她说她很迷恋那里的慢生活，每个人都是温和的样子，在那里你会觉得即使最穷的人也能悠闲地活下去。她还在印度接触了禅修，说当人静静地观察自己时，才会正视内心深处的那些念头。即使她不回来，她的父母也没有在意，他们常常去北京看她，在那边团聚。

有时候夏小千会在电话里打趣她："你们，有没有在一起？"

姜希怔一下，然后明白她的意思，低低地说："这个……"

"到底有没有吗？"夏小千在那边肆意大笑，"别告诉我你跟林川谈了这么多年恋爱竟然还清清白白，我真得问问林川是不是有毛病？"

"才没有呢！我们，我们只是想把最好的一刻留到结婚。"

"总是要结婚的，这有什么关系？姜希，我得提醒你一下，林川可是很有市场的，如果你不把他抓牢了，他也许会跟女秘书或者女客户好上呢！"

"林川才不会！"

"好吧，你们俩真是纯情！"夏小千笑。

"那你呢？"姜希突然问。

"不是了。"她坦白地说。

姜希的心突然瑟缩了一下，有点微微地刺疼。她知道夏小千喜欢的人是谁，那么刚烈的性格，除了他再也没有别人可以值得付出。他们在一起了，他们终于在一起了。她跟夏小千三年未见，跟严澎也是三年未见，她没有刻意地去想过他，只是偶尔会在某个瞬间触动到她。比如经过夜市时，会想起他为她招揽生意的模样，比如看到大街上青碧少男少女时，会想起他骑单车横陈到她面前的情景。还比如，她整理抽屉时发现他给她写的一大叠的复习资料……三年间，除了那些明信片他再也没有联系过她。

有一年寒假，她在路上看到陈绍可，她都不认得他了，但他带着女友拦在她面前，等到自我介绍一番才知道他是严澎的好友。他说严澎大二的时候作为交换生去了德国。原来这两年他一直在国外，难怪她没有见到过他。不过陈绍可又说了，严澎寒假也回来了呢，你可以给他打个电话。

她微微地笑了笑，没有回答。

她没有打电话，严澎也没有来找她。那是大三的寒假，林川买了新楼，因为他忙，所以装修的事都是她在处理，夏小千说林川是等房子装修好就向她求婚。她心里隐约也在期盼，在装修的时候总觉得那就是她和林川的家了。

夏小千回来的那天，林川有事，就让苏扬帮忙去接。苏扬大学毕业后就在林川的公司上班，开口闭口提到林川，都是“林总”。后来姜希常常见到苏扬，他来接她或者送她，都是林川的安排，他比以前更加忙碌，生活的节奏非常快，想来也是，动辄都是千万的资金运转，一点儿差池都不行。看着忙碌的林川，姜希不禁在心里问自己，对于林川来说，到底多成功才算是成功呢？他的同学毕业后还怀揣文凭到处投简历找工作的时候，他却已经在四十六楼的写字楼里指点江山。很多人都羡慕姜希，觉得她找到这样的男友很幸运，就连父亲也常常说，姜希，你得打扮自己一下，总是穿得这样素林川会不喜欢的。

她知道父亲是担心林川嫌弃她，她只是一个学设计的大三学生，而在林川的身边围绕着大把出色的女子，但是只有她走进了林川的生活，知道林川所有的过去不是吗？他们有着别人无可比拟的深厚感情。

夏小千从人流里出来的时候，蜜棕色的皮肤，穿着一件墨绿色的裙子，波西米亚风格的大摆，垂在一边的大卷发，大墨镜推到发顶，有着野性难驯的热带风情，看得人眼睛发疼。

还没有走近，她已经欢呼尖叫着扑了过来，抱着姜希啪啪地亲上几口："小希，想死我了！"经过的人频频侧目，还以为夏小千是某个小明星。

"你一点儿没变！"夏小千感慨地说，"时间过得真快呀！我都三年没有回来了！"

"倒是你变了！"姜希笑，由衷地说，"越发地美了。"

"没有行李吗？"苏扬淡淡问。

这时，夏小千朝身后看了一眼，"他在拿行李，我着急见你，先出来了。"

"他"，不言而喻就是严澎吧。突然之间姜希顿住，连抬头去看一眼的勇气都没有。她不明白她是怎么了，这个人对她来说并不重要，可为什么她全身绷紧，连呼吸都变得困难了？接踵而来的记忆像潮水一样从身后淹没过来，带着一些让她不齿的悸动。

严澎出现在她的视野里，穿着一件黑色衬衫，松开三颗纽扣，下穿休闲裤和运动鞋，戴着深色的太阳镜，已经没有学生时代的那种青涩，举手投足之间更成熟和稳重了。他拉着拖箱，另一只手揣在兜里，迈着懒懒散散的步子朝她走来。走到他们面前，他并没有看姜希，只是恼怒地对夏小千说："凭什么要我拿你的行李，自己去！"听到他这样说，姜希的心里竟然无声地笑了笑，这就是她所熟悉的严澎，蛮横霸道我行我素。

"讨厌！"夏小千白他一眼，但并不生气，"我自己去。"

严澎这时才看到姜希，皱皱眉厌嫌地说："还那样呀！"她穿着衬衫牛仔裤，眉目清浅，一双瞳孔清澈见底。时间无影无形，却带着风一样的喧嚣。

四个人的车里，夏小千一直不停地絮叨着回到这里后要去哪里要去哪里。姜希微笑着倾听，但脑子里混沌混乱，车窗外是一盏又一盏路灯划过的痕迹，她的手下意识地蜷缩起来，但也感觉到一种微微的颤抖。

林川在路上的时候打了电话给苏扬，说是已经订好餐厅给夏小千接风，他直接开车载他们过去就行。夏小千一把抢过苏扬的电话："好你个林川，本小姐三年没回来，你不亲自到机场来接！太没诚意了！算了，看在姜希的面子上原谅你了，不过我要带个朋友过来。你认识的，严澎……是呀，我男朋友！"

夏小千就坐在姜希的身边，挂了电话手挽着她："林川真的好有出息！你等了这么多年，苦尽甘来，以后就只等着做少奶奶吧！"

"靠男人迟早都会被甩！"严澎没好气地说。

"林川才不会！"夏小千不服地说，"就算全世界的男人都变心了，林川也不会！他跟姜希的感情有多深不是你这种肤浅的人所能了解的。”

“不就是青梅竹马两小无猜？要我说，那谁心里指不定早后悔了！就在一棵树上吊死，还是颗歪脖子树！”

“我不许你这么说小希！”夏小千愤愤地说。

“我也觉得姜希不错！”苏扬突然插嘴，“真的，她比很多女孩子都好。”

严澎“嗤”一声：“她是比很多女孩都笨！”

不知道为什么，听到严澎这样讲话姜希的心里觉得很温暖。他总是这样恶声恶气，总是这样冷嘲热讽。但这是她所熟悉的那个严澎，一点儿也没有变。

“就在前面放我下来吧。”严澎淡淡地说。

“一起吧，我已经跟林川说过了！”夏小千眼巴巴地看着他说。

“我也有饭局，不掺和你们的了！”他心里在生气，心有些微微地疼。一路上姜希都在沉默，不管他怎么激她，与他还嘴的人都是夏小千。夏小千说他是她男朋友，他也没否认，就想看看她什么表情，但人家是风轻云淡岿然不动。在她心里一直提防着他，不管他是努力靠近也好，故意疏远也罢，她都是淡淡的表情。他真是挫败极了。三年来他回来得很少，寥寥数次，每次回来去找她都看见她不是在去找林川的路上，就是从林川家出来……他真想抽自己一个大嘴巴子，犯贱呀！直接上去一把抱住，就算她喊流氓他也要把她紧紧地搂在怀里，可他竟然不敢！只能像个偷窥狂一样跟着她走一段，见着她幸福安好的样子，然后黯然离开。

有交换生的名额，他干脆去了德国，想着走得远远的，管她是死是活。他突然明白，只有离她远一点儿，他才可以继续洒脱，只是思念就像一缕青烟，时不时从心里钻出来。那些明信片全是他自己拍的照片，在想她的时候，他就会拿出相机拍上一张，然后做成卡片邮寄给她。他在心里咒骂自己，要这么深情吗？但原来感情是世间最无法控制的事，悲哀的是他能选择的只有爱还是更爱。

三年来，夏小千常常联系他，他并不反感，因为他总能从她那里听到她的消息。

你就死心吧，人家林川又优秀又出众，早把你甩几条街了。

想她有什么用？她才不想你，她从小到大的愿望就是嫁给林川，我敢保证一毕业他们就结婚。

我可警告你，姜希现在很幸福，你要是去搞破坏会天打雷劈的！

把你的痴心省省吧，他们都住一起了，没你什么事！

……

夏小千总是鄙视他打击他，每一次听到她的名字他的胸腔就被划过一道，有着难以言喻的疼。他已经不是那个想要跟林川决斗的莽撞少年，他已经知道，一个人不爱你，就是不爱。他只能退到她的世界之外，远远地望着她。这很难，真的。爱情这东西碰不得，特别是得不到的感情，会要人命的！

09
CHAPTER

备嫁衣·处暑

姜希的心里有种说不清的伤感，为他们像处暑时渐渐冷却的爱情。想来她真的是幸运的，这么多年林川包容着她的一切，她的内向、她的沉默、她的木讷。

姜希用钥匙开门时，像是有感应一样，一转身看到了在黑暗中陡然现身的严澎。她手里的钥匙“啪嗒”一声掉在地上，心直跳起来。他自顾自地走上来，仿佛一步步都踏在她的心上，他捡起来塞还给她：“我是鬼吗？每次见到都被吓到。”

她艰涩一笑：“你每次出现能不能打个招呼？”

“跟着你半天了，梦游似的。要是真遇上坏人，都被先奸后杀了！”

“除了你，谁跟着我？”脱口而出的时候她自己都被怔了一下。

他扯扯她的发梢：“瞧你嘚瑟的样子！”他微微叹口气，“我这辈子真是栽你手里了！”

他的话让她的心颤了一下。稍微退后一步，想要拉开他们之间的距离。月色像大鸟的翅膀轻轻拢在她身上，有一种和美的光芒，一缕散发被风拂过面颊，特别动人。

“小希。”他呢喃一声，希冀的眼神软软地罩住她。

她扬起面孔等他说下去，但他却扶着她的肩膀朝她吻了下来，他滚烫的唇让她的心蓦然一滞，却鬼使神差地闭上了眼睛。他的吻带着肆虐和侵占，像刮在小腿上的荆棘，带着微微的疼。他不甘于浅尝辄止，用舌头去抵开她唇齿。她在那一刻清醒过来，然后一把推开他，下意识摸摸自己的唇，心里悲愤不已。她怎么了？她今天是怎么了？自从见到他的那一刻她就很不对劲了，即使林川在她身边，她也置若罔闻。她想起高一那堂物理课，是要做碳酸溶液的分解，她用大瓶子配上单孔胶塞，然后插到玻璃罐子里，再加入一些碳酸氢钠，在把另一支试管内的浓盐酸倒进瓶中时，竟然把管口对准了自己，“哗”地一下碳酸氢钠跟浓盐酸反应，蹿起来的火苗一下烧了她的眉毛。对，跟严澎在一起的感觉就是碳酸氢钠和浓盐酸对准自己，会烧起来，会危险——因为她没有按照既定的步骤来！她想要躲开，想要逃开，每一次见到他都有一种负罪的感觉。直觉里，他就像一颗炸弹，会炸掉她的生活。

他朝前一步，为刚才她的回应而狂喜，心脏的跳动陡然加快：“小希……”

“不要误会，我只是抱歉！”她急促地说，“我不知道怎样感激你！你对我的好让我不知所措，我总欠着你……我只是想要还！”她都不明白自己在说什么，只是拼命地解释，不像是对严澎，却像是对自己！

“这样不够！”他的神色恢复冰冷，“你以为一个吻就能弥补我吗？”他愤怒了，上前一步，把她的手臂扭到身后，然后歇斯底里地朝她胡乱地亲下去，她的眼睛，她的唇，她的耳垂，她的颈项……她拼命地躲闪，然后抬起脚来重重地踢了他一下，他吃疼地松开她。

“你滚！”她为自己感到羞耻，面色愠怒。

他已经疯掉了，还拿理智来做什么，“你以为你对林川忠贞不渝吗？我早亲过你了，你敢告诉他吗？而刚刚你还回应我了！姜希，你别否认，你刚才没有意乱情迷？”

“不就是一个吻吗，我跟林川什么没有做过！”她口不择言地回击他，只想要逼走他！

这句话就像一把小刀，在他的思维里重重地切了一下，他望着她，眼里全是痛楚，他早知道他们谈了这么多年恋爱不可能什么都没有做过，他一直去忽略这个问题，不想要正视，但现在这句话让他知道，他没有机会也没有希望，一丁点儿都没有了。

他茫然转身，留下一句话在空中游荡，“我不在乎。”

有片刻的时间她就站在那里，浑身冰凉颤抖，她被刚才的自己吓到了。为什么难过像一阵飓风卷住了她，因为他的深情感动她了吗？不，他们四个人，这样已经很好。她和林川在一起，他和夏小千在一起，没有纠葛，没有困顿，可为什么她觉得自己不确定了呢？那个瞬间她转身往楼下跑，她想要告诉他，不是，不是为弥补他，不是因为愧疚……

她看到他了，坐在车里，长久地伏在方向盘上，身影孤独而忧伤。

她朝后退了一步，再退一步。风猎猎地扑面而来，她狠着心转身而去，如果这样能让他远离，那就让他离开吧。她的世界已经很好，不能再把它弄乱。

有一天姜希回家的时候，看到家里坐着个中年女人，丰满的身材，穿着一件碎花的裙子，一见她就站了起来，脸上是那种爽朗热情的笑容：“小希，你回来了，很热吧，我去给你切块西瓜。”

姜希愣了愣，看着有些嗫嚅尴尬的父亲，一下就明白过来了。是呀，父亲等了母亲那么多年，而母亲去世三年多了，他也很不容易。

“这是薛姨。”姜致远怯怯地看看女儿。

“薛姨，您好。我来帮您吧！”她微笑着跟进厨房，姜致远感激地看着女儿的背影，知道她已经接受了他们这个家里会出现别人的事实。这几年他们的生活大有改善，三年前他在路上遇到曾经和他们建二局合作过的房地产公司老板，那时他还是建二局的工程师，在妻子出事他工作调配后就再也没有碰过图纸，这个方老板力邀他到他的公司上班，薪金福利都很优待。姜致远考虑了许久，他不确定自己过了这么多年还有当年的业务水平，也担心在私人公司里的不稳妥，现在的工作虽然憋屈，但好歹旱涝保收，有个固定的收入。他已经四十多岁，已经没有闯荡的勇气，岁月磨平了他的斗志。是看到姜希大热天里还要外出打工，他才下了决心要为了女儿重新振作起来。他接受了那个公司的聘请，又开始重操旧业。因为有扎实的功底加上这么多年他在建二局的积累，到新公司后竟然做得很好，设计的楼盘既人性又时尚，推出后反响十分不错。工作上的着落，让他的心境也开阔起来，薛群丽是公司的同事，离异，儿子跟了前夫，两个人一来二去地慢慢生出了感情。他知道女儿不会反对，但总担心她心里会难过。

那天薛群丽为他们做了一顿丰盛的晚餐，姜希在旁边打下手，礼貌周到，很有分寸，让薛群丽也很喜欢。说姜希心里一点儿不介意那不可能，在她心里，妈妈才是这个家永远的女主人，她也自私地希望爸爸能缅怀着妈妈，一直都只爱着妈妈。可是她也知道，父亲是孤独寂寞的，这么多年他都郁郁寡欢很不得志，有时候借酒消愁关在房间里呜呜地哭泣，她都知道。这几年父亲换了工作，心情才慢慢好了起来，也开始注意打扮自己，四十多岁的男人，有着魁梧的身材，穿上西装打上领带也有中年男人特有的沧桑魅力。

晚上薛群丽走后，姜致远敲了敲女儿的房门，站在门口有些迟疑："你薛姨性格不错，我看着是个过日子的人。"

"我也觉得挺不错。"姜希笑着说，"最重要的是爸爸您喜欢。"

"你长大了，有天跟林川结婚搬出去了，这家就我一个人……"姜致远有些伤感。

"爸，我挺高兴的，真的，有薛姨照顾您，我也放心多了！"

有了姜希的表态，姜致远这才安稳，开始计划着跟薛群丽结婚的事。他们本来只打算领个结婚证，但姜希觉得应该给薛姨一个婚礼，这是一种尊重的态度。林川也赞成，找了熟悉的婚庆公司开始着手安排婚礼的事。

这天姜希去婚庆公司谈婚宴的时候，旁边正好还有一对男女，那女孩频频地看向姜希，后来就径直走过来，"请问你是不是以前在虎泉那家冷饮店工作？"

姜希点点头，觉得她有些面熟，但想不起来是谁了。

女孩坐到她面前，“我记得你呢！以前你跟你男朋友都在那里工作，另外还有个很漂亮的姑娘是你们的朋友，她总是帮你赶走一群围着你男朋友的小女生。”

姜希在心里“哦”一声，恍然大悟，“是你！”是那个总和男朋友点一杯奶茶，两人一人一根吸管边喝奶茶边傻笑的女孩。那时候姜希可真羡慕他们呀，总觉得那是爱情的模样，只是一杯奶茶已经能喝出所有的甜蜜，纯粹而简单。

“你跟你男朋友终于要结婚了？”女孩问。

“不是，是我爸，他再婚。”

“哦，那你跟你男朋友？”她迟疑地停顿一下，“你们分了吗？”

“没，没有。”

“真好！我们分了。”女孩朝身后看了看，“那时候觉得这辈子嫁人一定是嫁给他，可没想到我现在嫁人了，却嫁给了别人。”

姜希的心里一惊，迟疑地说：“其实，其实你未婚夫也挺好。”

“我已经不去想了，初恋嘛，总是不太会去爱一个人，等到学会爱了，却把这个人弄丢了。”她握了握姜希的手，“好好珍惜吧。”

姜希的心里有种说不清的伤感，为他们那遗失沧海的爱情。想来她真的是幸运的，这么多年林川包容着她的一切，她的内向、她的沉默、她的木讷，他从来没有对她提过要求，给她一个舒适的位置让她做着自己，而她竟然还在心里跟严澎牵扯不清。她实在不是称职的女友。

那天姜希接到夏小千的电话，神神秘秘地说要来接她。她来的时候手里提着个袋子，拉着姜希旋进房间，打开来，是一条米白色乔其纱裙，一层一层的纱直垂到脚踝，美得让人失神。

“快换上！”夏小千笑道。

“穿这么隆重？”

“参加我的宴会。”她拿过裙子在她面前比画，“我果然有眼光，这条裙子真称你。”

“不就是吃饭，有必要穿成这样？”

“今天让我来好好打扮你！”夏小千说着已经从随身的大包里拿出一堆东西来，看来她是有备而来。姜希由着她，看着自己在镜子里一点点地鲜活起来。她的五官清丽出众，化过妆后更突显优点，睫毛修长卷翘，一双眼睛像撒了一池钻石，晶莹交错，乌黑的头发绾在脑后用水晶夹子别住，颈项上戴一条圆润的珍珠项链，细高的鞋，脚踝处伏着色彩斑斓的蝴蝶。

“哇！”夏小千扶着她的手臂左看右看，不无得意，“我真是太棒了！”

到楼下的时候，姜希一眼看到了严澎的车，她的心停顿了一下。严澎也看见了她，目光有些呆，他从来没有见她这样的穿着，但怎么看都是忒清纯的模样，她踩着阳光向他走来，身后是黛青色的树和碧蓝的天，美得像一幅油画。

他下车绕过去拉开后排的车门，看着姜希与他擦肩而过，那么近的距离他闻到她身上淡淡的香气，鼻翼酸楚，胸腔一阵发紧。

夏小千自顾自坐到副驾，嘻嘻哈哈地对严澎说：“怎样？

看得都傻掉了吧？”

严澎的手握了握方向盘：“不过如此。”

“那你觉得谁最漂亮？”夏小千侧过身面对着他，“说呀。”

严澎沉默了一下：“我喜欢谁，谁就最漂亮。”有些低哑的声音泄露了他一直苦苦隐藏的情绪。车厢里的沉默，像水母一样浮浮沉沉。

他们到的地方是龟山电视塔，在二百二十一米的位置是旋转餐厅，通过巨大的落地玻璃，可以俯瞰这座城市的夜景。霓虹灯与道路照明将天空染成绚丽的色彩，浩浩长江上星星点点是行驶的轮渡，这城市繁华依旧。

林川已经落座餐厅，见到他们三人，起身迎接。整个餐厅只是少许的客人，低吟婉转的小提琴声在空气中蔓延。

“不是宴会吗？怎么就我们？”姜希低声问夏小千。

“是呀！很隆重的宴会，还没开始呢！”她埋了伏笔，朝严澎笑笑。后者别过面孔，心里有种可怕的直觉。为什么夏小千要精心打扮姜希？为什么说的一顿饭局要如此隆重？

林川绅士地替姜希拉开身边的位置，“你真美。”他低头与她耳语，她的脸立刻就红了。

侍者开始上菜，骨瓷的盘子里盛着精美菜品，雕琢镂空的花饰点缀，美妙绝伦，自然价格不菲。

“近来股市动荡，想必投资公司日子不好过？”严澎故作轻松地微笑。

“还好，公司多做金融基金，从目前来看很平稳。”林川稀松平常地回答，“我们现在在做内部重组，整合资产准备上市。”

严澎"嗤"一声："说得这么厉害，你以为上市这么简单。"

"不要谈工作的事！"夏小千及时阻止，"严澎，这道菜很可口，你试试。"

但严澎就是不放过林川，整个晚餐总是针对林川，挑衅挑刺，玩世不恭的模样惹得姜希皱眉。但林川始终很有风度，不疾不徐地回答，倒显得严澎幼稚可笑。

餐毕，林川起身说走开一下。

姜希注意到，严澎的眼睛中凭空多出一个棱，深深地看着她。

片刻后，大厅灯光突然渐次灭掉，一束灯光照在姜希身上。在她还没有反应过来的时候，小提琴音乐变成了结婚进行曲，林川单膝跪地，举着一枚钻戒深情地看着她："我一直觉得不知道该怎么来爱你，总觉得把全世界捧在你面前也不够，但是，我会努力的，我会一直一直努力，让自己成为你想要的那个人！嫁给我，好吗？"

姜希被这样的浪漫给惊呆了，她一直期待的一幕终于近在眼前，泪水夺眶而出，伸出手，让林川把那枚戒指缓缓地戴在自己的无名指上。周围是掌声和喝彩声，当灯光亮起时，姜希才发现整个餐厅一片火红，到处都是玫瑰，林川在玫瑰里紧紧地拥住她。

夏小千挽着严澎的手臂，"看到了吗？他们终成眷属。"

严澎脸上是一种克制而漠然的神色，故作的笑容早已不在，他被打回了原形，任由着胸腔无声地撕开一处伤痕，那种疼痛，永远不会结疤，永远血淋淋。他终于知道了，这就是夏小千的目的，要让他亲眼见证姜希嫁给别人，要让他永生永世记得这一幕——他愤然地转身，把那一屋子的浪漫甜蜜远远地抛在了身后。

夜风里，他把车开到极速，闯过一个又一个红灯，惊险得差点儿撞上栏杆。那个时候，他疯掉了，他的脑子里只有她戴上戒指的那一幕，缓缓绽放的笑容带着让他刻骨深髓的疼。他终于停了下来，像是被逼进角落的野兽，在浩荡的风里，伏在方向盘上失声痛哭。

逶迤的云层里，满满的都是清晰的划痕，带着尖锐的响声，让人的神经末梢都要抽搐。原来最痛苦的事不是爱上她，而是知道她不爱自己，这才是最大的痛苦。

10

CHAPTER

弥裂痕·白露

有些疼像白露微凉天气的水纹一样，在她心里一圈圈荡开，她奋力投入林川怀里紧紧拥住，好像生怕一下秒他就会消失。

姜希在大四的时候开始实习，老师介绍她到一家珠宝公司给设计师打下手。她的工作就是做些广告招贴或者跑跑腿之类琐碎的事，设计总监 Estelle 是个四十来岁的女人，穿着妆容都很精致，给人一种盛气凌人的感觉，其他人都有些怕她，巴不得不理会她。在这之前听说她已经气走过好几个助理，根本没有人愿意做她的助理。

姜希与她相处确实有几分难，她总是拿挑剔的眼光看她，评论时毫不留情面地苛责。姜希的专业知识并不算强，她不是那种特别有灵性的女孩，有时候开会被批得体无完肤难免沮丧，除了更努力别无他法。林川总是揽着她的肩膀说，何必去受气，我完全可以给你开这样一间公司，让你做你喜欢的事。

是呀，林川的公司上市后，身价赫然已是上亿，财经媒体对他的访谈总是力捧，摊开报纸杂志姜希总能看到林川的消息，他们的公司又收购了哪家又并购了哪家又投资了哪家。不过是六年而已，林川已经取得了傲人成绩。他买了更大的房，换了更好的车，送他父母去海边的疗养院……他也可以让姜希做一切她想做的事。

姜希想也没想就拒绝了，“其实总监只是要求很高，跟着她我能学到东西。”

“不要委屈自己，”林川总是温柔如水，“你知道的，我只希望你快乐！”

这样的日子真的很快乐，之前她从未想过会拥有这么多，她盼望的只是和林川天荒地老地过下去，现在的一切如坠梦中。

认识Diana是在公司的会议室，Estelle让她去取电脑里的设计草图，敲门进去的时候看到一向自傲的Estelle竟然恭敬地立在一边，而坐着的竟然是个年轻的女子，她有着让人过目不忘的特别，不是那种艳丽逼人的大美人，而是那种淡漠肆意的表情，她没有留头发，就那样顶着一个光头，穿一件朱砂色棉布口袋似的裙子，手上夹着烟。

姜希把设计草图交到总监手里，垂手立在一边等吩咐。

“Diana，这是戒指的款式，新到的蓝宝石成色非常纯，近几年很少见到。”Estelle殷勤地把草图一页一页递给她，她不语，只是扫过两眼就放一边，直到草图看完。

“都不满意吗？”Estelle小心翼翼地问。

“不是，挺不错，但觉得不是我想要的那种感觉。”Diana扫了一眼姜希颈项上的玉石项链，那只是普通的老坑冰种缅甸玉，但因为浅紫色底，阳绿的飘花煞是好看，姜希就把它做成了挂链，雕的是林川的侧影。不过就连林川自已也没有细看过，只当是她随身佩戴的小玩意儿。

“那个……”Diana 指了指她的项链，“谁设计的？”

姜希下意识摸摸颈项处的项链，平日里都贴身挂着，今天怎么掉了出来，“我自己做来玩的。”

“感觉不错。”她站起来，“就由你来设计吧。”

Estelle 立刻说：“Diana，她只是实习生。”

Diana 把手里的烟在桌面上直接弹了弹：“那她也是设计师吧，别担心，价格照旧。”

Estelle 一直把 Diana 送到电梯口，这才转身，板起面孔：“既然客户指定由你来做，那这个机会你要珍惜，Diana 不是一般的客户，她是我们公司的大客户。”

“我，恐怕……”姜希整个人都要晕掉了，她总觉得自己设计的东西难登大雅之堂，何况这是跟 Estelle 对抗呀，如果对方满意她的作品不要 Estelle 的，那她还想待下去吗？她宁愿 Diana 只是顺口说说，可是那是一枚很难得的蓝宝石，如果能亲手来设计它，这又是她心里小小的虚荣。

“别推辞了，试试吧。她的口味很刁钻，你不过只是炮灰！”Estelle 摇摇头，“最后还得我来完成。”

自从父亲结婚后，姜希常常住在学校宿舍里，周末才回家一趟。她知道新婚燕尔，要留空间给他们，而且家里的摆设装饰渐渐都变成了薛姨的品位，就连她的房间也堆了些杂物，她回去的时候薛姨满满当当地做一桌子菜，很热情，但她却觉得薛姨的热情只是好客而已。在新妻子的照顾下，父亲的气色好了很多，在建二小区里见着人也都是爽朗地打着招呼，一改往日黯然回避的态势。姜希觉得有了薛姨的父亲，活出了滋味，他们一起去公园跳舞，一起去菜市场买菜，长点的假期还计划着出门旅行。姜希不回去，父亲也没有多问，只当她是跟林川腻在一起，常常说的是，“我女儿虽然不怎么聪明，但是很会挑老公。”

这是什么话？姜希想要反驳，但看着父亲春风得意的样子也就由了他。在建二区，谁提到林川都会竖大拇指，林川的公司现在跟建二公司也有项目合作，旁人总说：“早看出来了，林家那孩子有出息，从小就特别懂事。”

姜希默默听来，也觉得这一生遇到林川是老天对她的恩赐。这么多年过去，不管他怎么成功，对她却是一如既往地好，这样的好常常让她心生愧疚，觉得自己配不上那样闪亮的林川。只是林川太忙了，现在就像个空中飞人，而她又生怕自己会打扰到他，只能被动地等着他来找她。常常的，她去他的公寓，在那个全是林川气息的房间里，静静地思念他。

给 Diana 的设计姜希用了一个星期的时间，熬得双眼布满了血丝，但 Estelle 还是觉得过于简单，没有新意，“只是简单的六边形板戒，镶包的碎钻太小，根本显不出蓝宝石的奢华，应该做得更名贵才上得了档次。”停顿一下，她又说，“既然是你设计的，就这样给她送过去吧，看过不行就算了，你也尽力了。”

姜希抱着设计草图，按照 Estelle 给的地址去 Diana 家给她看。她住在这座城市里有名的汉街，毗邻东湖，都是民国风格的建筑，有阔大的露台和煤油式的路灯。Diana 的公寓在闹中求静的位置，装修风格和她的人一样简单至极，除了必要的家具没有其他多余的东西，都是原木，窗帘是白纱，徐徐的风扬起一角，很静谧。

Diana 盘腿坐在地板上练瑜伽，只是扫了一眼那设计图就说："就按你的设计做吧。"

"你喜欢？"姜希惊喜道。

她淡然一笑："我想我男朋友会喜欢。"

"可是，需要把设计图给他看看吗？若是……"

"不用了，我想给他一个惊喜。"

姜希还想要说什么，但 Diana 直接下了逐客令，"你走吧。"

姜希对 Diana 有些好奇，她从来没有见过这么特立独行的女孩，夏小千已经够肆意，但 Diana 的肆意是在骨子里，她活得很自我，穿着打扮家居……但这一切都很有品位。那么空旷的房间，全是白色，打扫起来得多费劲呀。她在心里鄙视了一下自己，像她这种小门小户的姑娘想的都是最琐碎的事，生存和生活。

后来戒指做成后，姜希又去见了 Diana 一次。这一次她约在东湖边上，她竟然混迹在一群老大爷里坐在小矮凳上钓鱼，那种又长又细的竿子，钓的全是一寸左右的小鱼，而她却顶着阳光专注地盯着浮漂，仿若这就是最重要的事。

好半天后，她才看向姜希："钓鱼其实真的很有意思，让你跟鱼比耐心，它会来试探你，一下又一下，然后等它放松警惕的时候你就赢了。"

"我，我从来没有试过。"姜希笑了笑，"我觉得很耗时间。"是呀，从很小的时候起她就在为生活奔波，她没有那么多闲情逸致去玩，去休闲，去享受。即使是现在，林川可以给她最安稳的生活，她也没有放松过自己。她知道自己不聪慧，只能用勤奋去弥补。

“那个剪影是你男朋友吧？”

姜希微微点头。

“他是怎样的人？”

姜希想了想，“很温柔，很善良，很努力……是我很喜欢的人。”

Diana 不置可否地笑笑，“你走吧。”

后来，姜希从 Estelle 那里打听到，Diana 的背景身世很不同凡响，父亲是隐形富豪，她从小在国外长大，做事风格乖戾低调，而且她是个厌食症患者，需要定期去看心理医生。莫名地，姜希倒对她有了好感，那种肆意的调调，不是任何人都能诠释出美感的。

认识 Diana 是姜希生活中的一个小小的插曲，她很快就忘记了。除此之外她依然只是公司里的实习生，Estelle 并没有因为她完成了一个单子而刻薄她或者重用她。但因为这一次设计的成功让姜希对自己有了些自信，她对那些未经雕琢的石头更加感兴趣了。

林川的生日是四月，那个时候姜希已经完成了毕业答辩，只等着六月学业结束离开学校。四年的大学生活恍如飞逝，想想当年她为高考拼死拼活，就像一场旅途，她终于走到了终点，然后又要继续新的旅程。想来今天的一切还是跟那个人有关吧，如果不是他当初在她任性悲伤的时候骂醒了她，不是他用尽全力地帮助她，她也不会考出那样的分数来。

那一晚，当林川把戒指套在她的无名指上时，她转身看到了那个人的背影，她的心里就像下着一场大雪一样，很静很静。

林川赶回公寓的时候，时间已经是十一点。姜希准备了饭菜，在正中的位置摆放了一枚蛋糕，她坐在椅子上，托着腮昏昏欲睡，林川说开完会就赶回来与她一起过生日，她也没有追问到底是几点，只是巴巴地等着。

林川进来的时候看到姜希伏在餐桌上，一缕散发拂在她的面颊，他轻轻走过去伏下身吻了吻她的额头，她睁开眼见到是他，也不动，两个人隔着咫尺的距离凝视。

“对不起，总是让你等。”

“那就罚你吃掉整个蛋糕！”她娇嗔地笑，抬手搂着他的颈项，“生日快乐！”

他点点她的鼻翼，“礼物呢？”

电光石火间，姜希突然怔住，看着林川手指上的一抹蓝，然后听到内心深处天崩地裂的塌陷声。原来如此。是因为这个原因Diana才会找她来做设计，不管她设计得如何，都得是她。她早知道她是谁，所有的桥段不过是为了这一刻的震撼。

有疼像水纹一样，在她心里一圈圈荡开，她奋力投入林川怀里紧紧拥住，好像生怕在下秒他就会消失。

林川也觉出了她的异样，轻轻拍着她的背，“怎么了？”

她摇头，说不出话来，很冷，就像有冰块咔啦咔啦地撞击着她。若非那是她亲手设计的戒指，她决然不会相信林川的背叛。她认识的林川永远是温柔善良的，永远是周全和稳妥的，可是，这枚戒指她亲手交给Diana，而她说那是送给男友的惊喜。

林川，面前的这个人是林川呀！他们从小一起长大，家境贫寒，经历多少辛酸苦楚，忍受多少煎熬磨折……可她真的了解他吗？这一刻她觉得林川如此陌生，让她看不清。

林川扳过她的脸，看到她苍白虚弱的脸，怜惜地说：“是不是不舒服？哪里？要不要去医院？”

她的眼泪就像被打翻的水杯，一下就涌了上来，紧紧揪着他的衣襟，拼命摇头。他抬手擦掉她的眼泪，但她只是惊惧地躲闪，那枚戒指就像一块陨石，在她的生活里撞出一个洞来。

“今天让我留下来，好不好？”她泪眼婆娑地看着他。

“小希……”他的眼睛里有迟疑。

“为什么？”她的嗓子里仿佛吞下一把碎玻璃。

“因为，我爱你。”这是林川第一次说“爱”，他从来没有亲口对她说过，即使是求婚的时候，但她一直深信林川是爱她的，这样的深情不是言语能够表达的，这么多年的相守陪伴，他们始终只拥有彼此，这比什么都重要。

她在心里默默地说，我原谅你，林川，因为是你，我原谅你一百次。

是谁说过，爱是很奇怪的一件事，什么都介意，最后又什么都原谅。

11

CHAPTER

不离弃·秋分

她轻轻地搂住他的肩膀，任由自己的心在秋分的回忆里感动。这个人，她一直在逃避，一直在拒绝，但他却一直坚守在那里，只要她回头，一眼就能望见。

姜希什么都没有对林川说。那枚戒指她在林川手上见过一次后就再也没有出现。她依然如常地等待着与林川的每一次见面，只是行走在风里时，影子像是被拽在身后，整个人缩小了一圈，但这拖沓沉重的脚步，交替着忧伤和不安的表情。

她没有对任何人提过这件事，就连夏小千打来电话，她都沉默了下来。这件事她决心烂在心里，林川对她的好足以弥补所有的过失。她终于知道为什么林川会突然开那么大一家投资公司了，因为Diana就是股东之一。她宁愿相信林川和Diana之间只是一场利益交易，也不相信他们之间会有感情。Diana也没有再找过她，她们彼此知道，却都隐忍不语，看着这个男人在她们之间游走。

她总是吃不好，也睡不着，她想起严澎的诅咒了，真的一语成谶，林川不要她了。那个时候她恨着的人竟然是严澎，是他，都是他下的咒语，让她的感情有了迂回曲折。

宿舍里很静，另外的三个室友都不在，有的去跟男友同居，有的住在实习单位附近。空寂的日子就好像池塘中伸出的水草，走一步都会被绕住。

后来，她终于忍不住去了 Diana 家楼下，看到林川的车停在楼下，直到天色发白他才从楼上下来，光洁的额头淡青色的下颌，穿着与昨日不同的一件中长灰的西装，将他的身形裁剪得挺拔修长。乔木青翠，芳草茵茵，他宛若城堡中的王子，有着让人倾慕的气质。

而那整整一夜，姜希看着清冽冰冷的月亮由西到东地落下……她的心犹如在被磔刑。她想起那么多往事来，如果林川的成功非要伴随着欺骗和伤害，她宁愿他和她永远都只是冷饮店的小工，就那么简单地相守，静静地相爱。

回去后她一头栽在宿舍里昏天黑地地睡，她不想醒来，也不想去面对。时间颠倒，晨昏不定，她觉得整个人都要枯掉了，无法自拔地痛楚。

宿舍里的电话响起时，她不想去接，但是响了又响，像追魂一样吵得烦人。她昏昏沉沉地接起来，头里还有一条锯齿线地疼，有气无力地说了一句："喂。"

"你病了？"这个带着迟疑的声音突然让她潸然泪下。

"你在哭？"

她哭得说不出话来，心酸不已地挂断电话，紧闭眼睛。走开吧，严澎，我的生活早已经与你无关，不管是幸福也好，不幸也好，我都会守在林川的身边，因为爱着他，无可救药地爱着。

不知道昏沉了多久，然后看到严澎的脸在她面前放大，大手抚在她额头上，她以为不过是梦境转了转身。

“笨蛋，烧成这样也不知道去医院！”他愤然的声音让她清醒不少，睁开眼看，果然是他。

“你怎么来了？”

“听见你哭，我能安心吗？”然后他回过头，对跟在他身后虎视眈眈的舍监说，“告诉你要出人命了还不信！”舍监一眼看出姜希病得不轻，着急地说：“赶紧送医院。”

姜希这才察觉是在宿舍，虚弱地说：“不用，我只是头昏，睡一下就好。”

“起来，我带你去医院。”

“呃，我只是有点儿困。”她缩了缩身体。

严澎哪会听她的，直接揭开她的被子，幸好她和衣囫囵睡下。他搜罗了一件外套披在她身上，“你那个男朋友呢？都病得要死了也不管你！是被甩了吧！”

他的话戳心，让她拼着力气朝他捶打过去：“你滚！我不要你管！你以为你是谁呀！你凭什么诅咒我？凭什么多管闲事！”她满脸是泪，歇斯底里，像龇牙的小兽要与他拼命。舍监见这样，只当是小情侣闹别扭也就退了出去。

他左躲右闪，却不忘颤颤问一句：“真分了？”

“你想得美！”她的指甲刮在他的脸上，立刻显出几道血痕，“我死都不会分手！”

他被她打得没有办法，只能抓住她的手臂把她往床上压下去，为了免得他踢到她，他的膝盖压住他的腿，愤懑嚷嚷：“你这个女人怎么这么狠？”

“我恨不得打死你！”

她被压在他身下，眼泪扑簌滚进发丝，因为发烧脸红扑扑的，楚楚可怜的样子让他忍不住心头一热，低头裹住她的唇，而她却不再挣扎，只是静静地看着他，眼泪流得更凶。他意乱情迷地吻着她汩汩涌出的眼泪，就好像一张干瘪的海绵遇到了水，只是不断地吮吸，吮吸。

他狂乱迷离地解开她的纽扣，身体涨得发疼，所有的相思在这一瞬间爆发出来，他以为他离得很远就能够继续洒脱，但每次有别的姑娘想要靠近他时，他竟然统统都给拒了。天知道他为什么要为她守身如玉，只是觉得他们之间还没有结束，他要是跟别人怎样了会对不起她！这么多年他跟陈绍可一直有联系，陈绍可换了好几茬女友，问起他来都还是孤家寡人，陈绍可直惊呼那姜希给你下咒了吗?

不，这个世间最短的咒语是一个人的名字，当他听到她的名字时心会懵然地抽一下，夹带着丝丝入扣的疼。不仅仅是听到她的名字，就连看到“姜”或者“希”这两个字，都让他内心酸涩。他不知如何自救，索性就这样淹死自己。

他很少往她的宿舍打电话，就算是打了，她接了也不说话，片刻的空白后她会自顾自挂了电话，而他会把话筒紧紧贴在耳边，生怕漏掉她一个字。

她的外套被他脱了下来，露出白皙的皮肤，他突然间停了下来，“为什么不反抗? ”这不是她的风格，她应该又踢又打胡乱骂他。

她蔑视地看着他：“你不就是为了这个吗？不过是一个臭皮囊，你要是喜欢就拿去，以后不要再费尽力气地来找我！”

他内心的澎湃仿若突遇寒流，瞬间冰冻。停顿了一下，然后一点一点替她把纽扣系上，艰涩无比地说：“对不起。”

她的心震了一下。这么多年她何曾听过他与人道歉，他的字典里根本就没有这三个字，现在他低头认错的样子让她内心烦乱。他没有错，是林川的事让她心灰意冷，只想自暴自弃。

他坐起来，“我送你去医院。”

“不用。”

“必须！”说完他扯过她的手扛在肩上，连鞋也不许她穿，就那样背着她朝楼下走去。她想起那个下午，她就那样坐在他的单车后静静靠着他的背，由着他把她带到任何地方。是从那个时候起，每一次她绝望的时候他都及时出现，每一次她想要缩进自己的壳里任由自己悲伤时，他都会站出来说，没有我的允许，你不准自生自灭！

她轻轻地搂住他的肩膀，任由自己的心在回忆里感动。这个人，她一直在逃避，一直在拒绝，但他却一直坚守在那里，只要她回头，一眼就能望见。她想起他说过的话了，比一比，是你喜欢林川久，还是我喜欢你久。他真是这世上最固执的人。

她的低烧和昏沉，让医生检查了许久，测心跳脉搏，又询问身体其他的不适，然后让他带着她去抽血，因为他不给她穿鞋，来来回回都是他背着，她气恼，而他却笑了：“现在你没办法打人了吧？再打我就把你丢到垃圾桶里去！”她才不信，在他手臂上狠掐一下，他当真找了个垃圾桶，把她对准脏兮兮的垃圾，她只能紧紧揽住他的颈项，让他暗爽不已。

只是看到医生严重的表情，又要抽血，他的表情凝重了。背着她直跑，她感觉五脏六腑都要颠簸出来，却知道他是真心地紧张。

拿到结果他自己去找了医生，出来的时候脸色很苍白，只是虚弱地说："没事，只是发烧。"

既然他不愿意让她知道，她也不问，只是"哦"了一声。

他去给她办住院手续，尽量故作轻松，但她看出来了他的手在颤抖，嘴唇也在颤，眼里全是慌乱。

他在医院里守了她一天一夜，吃过药输上液后她又昏沉地睡去，睡魔像古代棺椁的石盖，深深地压在她的头顶。每一次醒来看到的都是他立刻俯身下来，眼里全是情深。她的心渐渐安稳下来，由着他紧紧攥住她的手，在梦中静静地沉睡过去。

再次醒来，天已经放亮。面前的严澎双眼布满血丝，暖暖地看着她笑："饿吗？先吃点儿东西。"

她摇摇头，"我睡了多久？"

"已经有三十七个小时了，小希，我希望你这样一直睡又害怕你不肯醒来。因为你一直睡着我就可以留在你身边……"

她的心被狠狠地震了一下，动容地看着他："我到底有什么好？"

他的眼光胶着在她脸上，"不好，一点儿也不好。但就算我再后悔爱上了你，却也真的爱上了你。"从来没有想过骄傲如他会这样卑微地爱着，哪怕自己已伤痕累累。这么多年，他始终在无望地等待着她，就像那只捞月亮的猴子，做着一件无谓的事，真诚而又认真。

即使姜希的烧已经完全退掉，她的精神也恢复太多，但严澎还是不许她出院，"再观察一下。"

"不用了，你快回北京吧……我没事。"

"有本事你就照顾好自己，不然就老老实实让我来照顾你！"他蛮横无比地说。

她抿了抿唇，想起住院前他眼里的慌乱，也不再坚持。

液体输完后，他说出去走走。午后，医院花园里那些梧桐树繁盛茂密，满地的阳光，照射在鹅卵石铺就的人行道上，有着说不出的美。姜希发现经过的地方年轻女孩频频望向他们，再看一眼身边的严澎，穿着一件高领黑毛衣，灰色短风衣外套，下穿牛仔裤和运动鞋，有着男孩的明朗也有着男人的成熟，在心里，她也得承认，他是好看的。

“干吗偷看我？”他睨着眼坏笑地看着她。

“我哪有！”站在空气中斜切下的一溜阴凉里，她的脸微微地红了。

他抬手搭在她的肩膀上圈住，“是不是发现我挺帅，然后有了怦然心动的感觉？”

她“嗤”一声，推了推他：“别碰我！”

他突然凑到她耳边，暧昧不清地说：“我现在后悔了，那天真应该趁你病了都碰个遍！”

姜希气得狠狠踢了他一脚，疼得他龇牙咧嘴：“你这是谋杀亲夫呀！”

“你再胡说！”她面色微愠，举起手来佯装要打他。

他迅速跳到一边，一脸不满：“喂，我好歹也是个帅哥，这样被你又踢又打，多没面子。”旁边经过的路人见到他们这样还当是笑闹的小情侣，会心地笑了，惹得姜希跺脚返回病房。

护士见到严澎，急忙走过来，递过一张单子：“结果出来了，白血球已经升上去，没事了。”

严澎接过单子，仔细地去看，脸上的表情顿时松懈下来。

“你男友真紧张你，听说你白血球降得厉害一直找医生不停监测……”护士打趣地笑道，“医生都被他烦死了。”

姜希没有否认“男朋友”，只是看着严澎，心里微微地动了动。严澎确认过单子后，一把拉她入怀，紧紧地拥住不愿意松开。

姜希不由一震，抬起手来拍了拍他的背，像安抚一个孩子。

“真是吓坏我了，”他的声音哽咽，“医生说你白血球降得厉害，怕是……”

他说不出来，她笑着接了过去，嘤声细语地问：“白血病？”

“是。”

“谢谢你。”

“我不要你谢谢……只要你喜欢我，哪怕是一点点。”

姜希回答不出。只是心在刹那之间如释重负般，紧紧地拥抱了他。她曾经一直以为严澎的喜欢只是男孩的任性妄为，她忽略着他，抗拒着他，排斥着他，但原来她并不如她想的那样讨厌他，甚至她的内心充满了感激和动容，也许她也是有一些喜欢他的，只是她不肯去面对这样的自己，不肯承认这个事实罢了。

姜希在严澎的坚持下又在医院住了一夜，手机悄无声息，她翻出来的时候才发现不知道什么时候竟然关机了，恼怒地瞪了一眼严澎，后者无所谓地转头看向一边。

姜希刚打开手机，漏电提醒接踵而至，一大堆的来电提示中竟然没有林川的电话。她的心黯然了一下。是从什么时候起，她习惯了只是等着他来联络她？他不断地出差，开没完没了的会议，见形形色色的人，她总是会担心她的电话会影响到他。她总是告诉自己，等到他忙完了就会联络她。她的手上还戴着林川的求婚戒指，不管他在哪里，他心里都想着她，这不就够了吗？

“不回电话吗？”严澎扫了一眼她的手机。

“要你管！”她没好气地瞪他一眼，把恶劣的情绪撒到他身上。

从医院出来的时候，姜希坚持要回宿舍，她这副憔悴的样子不想让父亲看到。

“你身体还没恢复，我不放心你一个人，去我那儿吧。”

姜希一下就想到了严澎那个偌大的家，连连摇头：“我才不要去。”

“是我自己的房子。”严澎扫她一眼，“还有，只要你不同意我不会碰你。”

“我才不担心这个！”姜希撇了撇嘴，“你要是不送我回宿舍，我就在这里下车。”

严澎低低咒骂一句，又说，“真是被你气死了！”他的手无奈地在方向盘上捶了一下，还是乖乖地朝着她的学校行驶而去，她勾了勾唇角，露出自己也没有察觉的温柔笑意。

宿舍的楼下停着一辆现代，姜希认得是 Estelle 的车，满心疑问地下车，Estelle 见到是她，立刻扑上来拽住她的手臂：“姑奶奶，你去哪里了？”

“总监，您怎么来了？”

“问了好多人才找到你的宿舍，是 Diana 交给公司一个大单，做一家专卖店珠宝展示会，她现在点名要你做主设计。”Estelle 清清喉咙，“不过我还是会严格把关。”

姜希垂下眼帘，“抱歉，我恐怕不能胜任……功课太紧。”

“这是什么话？”Estelle 隐忍怒色，“你知道你在拒绝什么吗？做一个展示会的主设计是多少设计师的心愿，你一个实习生能够有这样的机会还不感激涕零，全力以赴？”

“你听不明白吗？”严澎察觉出姜希灰下去的脸，上前揽住她的肩膀，对咄咄逼人的 Estelle 说，“她不愿意！”

“姜希，不用马上做决定，考虑一下。”Estelle 扫了一眼保护欲满满的严澎，缓了缓语气，“不管是出于何种理由，但在前途面前我觉得都不应该放弃。”

姜希不明白 Diana 为什么要这样做。给她一个主设计的位置是补偿吗？她借用了她的男友，所以用这样的方式弥补，可伤害已经造成，再多的弥补也是徒劳。她交握着自己的手，悲痛得心都碎成了渣。

“发生了什么？”严澎扶住她的肩膀，“为什么哭？生病也是因为这个？”

她的眼泪呼啸而至，却只是咬了咬嘴唇：“别问了，你走吧！”

“到底怎么回事？ 那个 Diana 又是怎么回事？她为什么点名要你做主设计，是因为林川？”

“不是！”她突然被他猜中原委，尖锐地做出反应，“跟林川没有关系！我跟林川很好！只要你别出现，一切都很好！”

“如果你们很好，那为什么会这样难过？”

她的眼泪扑簌而下，整个人很混乱：“我没有，你不知道你真的很让人讨厌吗？总是动不动就出现在我的面前，像个幽灵一样缠着我！我很讨厌你！从认识你的那天起我就很讨厌你！”

他定定地看着她，努力地隐忍自己的怒火，手轻轻地垂了下来。

她看着他一脸的颓败，想要道歉解释，却只是转身向后跑去。

“滚吧，滚吧，你以为你真了不起！我要是再来找你我就不姓严！”他在她身后抓狂地嚷嚷，转身朝汽车轮胎猛踢几脚，然后拉开车门上车，只是坐在车里良久，他都没有启动。就那样抬头看着她宿舍的窗户，静静地坐着。

手机在那个时候响了起来，他扫了一眼，是叶薇亚，不耐烦地接起来，但并不立刻放到耳边。果然那边传来母亲清晰明朗的骂声：“你个混小子，今天不是跟面试官见面的日子吗？为什么不去？教授今天晚上的飞机回美国，你现在赶去还来得及！”

“我不在北京。”

“在哪儿？”

“妈，别问了。”

“跟那个女孩在一起？”

严澎没有回答。叶薇亚就知道自己猜对了，她依然记得儿子第一次闯进会议室来求她救那个女孩母亲的情景，她从来没有见过儿子用那种眼神那种语气与她说话。后来那个女孩的母亲去世，儿子又求着她给她父亲一份工作。同样的，他不想让那个女孩知道。叶薇亚知道儿子性格倔强，但没想到他的倔强用到感情上竟然这样长情，这么多年过去，一遇到那个女孩的事儿子就会变得不管不顾。可是她亦知道，这个女孩的身边一直都有着男友。叶薇亚在心里叹口气，柔声地说："既然回来了，就回家一趟。"

严澎应了一声，合上电话，想了想还是朝女生宿舍走去。舍监认得他，让他顺利地上了楼。

他站在她宿舍的门口，敲了敲门，小心翼翼地说："小希，别忘了吃药。六个小时一次，蓝色的三颗，白色的两颗，胶囊也是三颗……对了，要多喝水，不舒服就给我打电话！"

在屋里的姜希听到他的话，眼泪轻轻滑落，却只是抬起手来把耳朵捂住。

12

CHAPTER

遗忘里·寒露

他在心里一遍遍地说，请你爱上我，请你爱上我……不管要等多久。可是每一次，他都活在她寒露般清冷的遗忘里，每一次，她都冷冷地把他往外面推，严防死守不让他进驻她的内心。

姜希走进公司的时候，所见之人纷纷跑来恭喜，就连平日里毫无交集的同事也殷勤地与她攀谈。她明白这都是“主设计”这个位置带来的效应。但如果她接受了 Diana 的恩赐，是不是意味着她就要把林川让给她呢？

“小希，你总算来了！”Estelle 一见到她，难得地笑逐颜开，“我正准备去你学校找你，正好，专卖店已经把资料送了过来，你先看看。”

“总监，”姜希迟疑了一下，“我今天来是跟您说一声，我决定不再实习了。”

“我知道，我知道你还是实习生。”Estelle 笑着对旁边的秘书说，“把准备好的合同拿过来。”

“不是，我的意思……”

“我的意思是你现在正式成为我们公司的设计师，合同都已经准备好了，薪金如果不满意还可以谈。你知道即使是在这里工作了五年的设计师也很难有做主设计的机会。我可以这样告诉你，只要你做了这一次的主设计，你就成了业内一颗冉冉升起的新星，前途不可限量。”

“很抱歉，我真的不能接受。”

Estelle 脸色垮了下来，语气生硬冷漠：“是有了另外更好的公司，还是要让我把总监这个位置让给你？你知道的，Diana 为什么要把这个单子交给我们做，这关系着公司下半年甚至是明年的业务，而她唯一的要求就是由你来做主设计。”

姜希抿了抿唇，“是私人的原因……总监，如果我接受了，我会失去我最重要的……”

Estelle 怔了一下。其实她也猜到她们之间有些渊源，若不然为什么 Diana 会突然把这么大个单子交给他们公司来做，而姜希对于这个机会的拒绝这么坚决也一定事出有因，她叹了口气，把合同交到她手里：“如果有些东西是注定要失去的，为什么不先抓住一些现实可行的？不要着急拒绝，这对你对公司都很重要，再认真想一想。”

从公司出来的时候，姜希抬头看了看天，清冷的风里，天空却碧蓝得凛然，阳光璀璨得逼人，映在粗大斑驳的梧桐树上，泛出苍茫迟暮的光。

她在 Diana 家楼下徘徊了许久，纠葛得整个人都要疯掉的时候，终于决定上楼。敲开门，Diana 似乎毫不意外，淡淡笑了笑，单刀直入地说：“没想到你这么沉得住气。”

她穿着一件套头衫，随意地坐在地板的垫子上，她的眼睛轮廓狭长，带着股硬朗。

“为什么非要我做主设计？”

“你知道原因的。”Diana不回避地看着她，“不过我也知道你不会轻易答应的。”

“我感谢你为林川做的一切，可是这不能成为你巧取豪夺的理由！”

Diana淡然地笑了笑，点燃一支烟，深深地吐出一大团烟雾，缓缓地说：“有一段时间我特别瘦，皮肤上的毛细血管都清晰可辨。”她停顿一下，接着说，“我只是吃不下东西，吃什么吐什么，医生跟我说是厌食症，让我看精神科医生。那段时间即使是走在人群里，我也觉得我是个异类……在医院里我见到了林川，我去见我的医生，看到他的母亲正在发病，你知道的，他母亲疯了很多年，一疯起来很可怕，医生护士都不能接近她，而林川很镇定地哄着他母亲，不仅能让她的情绪缓解下来，还能配合着医生做很多事。”

“林川是一个很有气场的人，那一刻我觉得像我这样的异类也可以被珍视。”Diana手里的烟静静地燃着，她弹了弹烟灰，“我爱上了林川。”

“林川爱你吗？”姜希的心沉了沉。

“我想谈不上爱，是喜欢吧。”Diana别转面孔，“从认识他的那天起，我就知道他爱着一个人，但这没关系，我想要的只是他在我身边。我也知道他为什么和我在一起，因为他是一个有野心的男人，他这一生注定不会平庸，而是要站到巅峰上去，我是他脚下的石头，但我心甘情愿。”

姜希沉默了，她知道林川渴望成功，却不能接受他为了成功而变成不择手段的人，出卖陶健，为了利益和Diana在一起，而商场的尔虞我诈，他又做了多少伤害别人的事呢？可是要说怨恨她却不知如何去恨，林川所做的一切不都是为了她吗?

Diana把烟头摁在地板上，生生得就是一个黑烟，她却毫不介意，“我了解林川需要什么，但你呢?你能给他什么?我不介意你的存在，如果你也不介意我的存在，我们就这样和平相处下去。不过我更希望你能主动离开他，作为补偿，我会帮助你成功，就像帮助林川成功一样!如果你坚持，也许到最后你什么都得不到，但林川依然会离开你。”

“我不会离开林川，”姜希转过身，被人轻视了的苍茫感由淡到浓地盈满了心头，“除非有一天他不要我了。”

“随便你。”Diana冷酷无情地说。

姜希失魂落魄地回家，却发现家里空空无人。她推开自己房间的门，发现又多了一些杂物，书柜上母亲的照片也落了灰尘，她的鼻翼酸楚了一下，拿过相框，用手静静地揩拭。她知道父亲现在过得很幸福，可这样的幸福却会有些刺疼她，在她的心里宁愿父亲一直最爱的还是母亲，可为什么感情总是会变呢?Diana的话依然像雷一样在她脑海里炸响，她能忍受林川一直和Diana来往吗?若不然和林川摊牌，又哭又闹地让他做出选择?这样的事她做不来，如果林川真的怕伤害到她，为何又要做这样的事。如果林川选择了Diana，她又该怎样面对?只是想想，就已经心如刀绞。

傍晚的时候，父亲还没有回来，她给父亲打过电话才知道他们趁着假期去了黄山。姜致远在电话里歉意地说，临时决定，走得匆忙所以没有来得及通知她。而姜希听到薛群丽在旁边跟父亲说话，他便急匆匆地挂了电话。姜希握着手机，良久后，才发现自己已经泪流满面，一种苍茫的感觉涌上心头，像小时候被欺侮时那样孤苦无依。

空空荡荡的房间里，听到敲门的声音时，她的心突然颤了一下，几乎是疾步上前拉开了门楣，看清了眼前的人，心里不由得怔了一下。

“怎么？这么意外？”穿着藏青色衬衫的林川把西装搭在手腕上，微笑地看着她。

刹那间姜希被自己吓到了。为什么会觉得意外，为什么会有一种难掩的失望？不是一直在等林川吗？可在刚刚为什么想到的是另外一个人？不，只是因为她的心思太混乱了。

“才出差回来？”姜希垂下眼帘，不动声色地收拾起自己的心情。

林川注视着她，柔声地说：“本来想给你一个惊喜，但好像没有惊喜，只有惊吓呢！还枉我一出机场就到你学校找你，结果你不在，想着你应该是回家了。”

姜希努力笑了笑，“我只是有点儿伤感……我爸他们去旅行了，竟然连电话也忘记给我打。”从什么时候起，她在林川的面前变得越来越不像自己？开始撒谎，开始隐藏，开始言不由衷。他们从小就认识，可是现在她才觉得自己一点儿也不了解林川，他那颗温柔的心里究竟藏了怎样的心事？而她和Diana之间，他又会喜欢谁多一些呢？面前的林川，让她觉得陌生。

林川笑着点了点她的鼻翼，“原来某人是在吃醋呢！不过你有我呀！就算姜叔叔现在的重心在别人那里，可我会一直陪着你呀！”

姜希动容地投进林川的怀里："林川，你真的会一直陪着我吗？"

"当然。"

"如果有一个什么都比我优秀的女生出现呢？"

"在我心里，你已经是最优秀了。"

"假话。"

林川轻轻摩挲她的头发，"别胡思乱想。"

"林川。"

"嗯？"

"我们结婚好不好？"

林川的身体僵硬了一下："结婚？为什么突然说要结婚。"

姜希的心被失望裹住，为着林川的反应。她知道她为什么想要结婚，因为她对他不确定，也对自己不确定了，他们还能继续吗？还能坚持多久？这段感情好像会稍纵即逝一样，让她越发地没了安全感。

"不，我只是随便说说。"她掩饰地笑了笑，抽身离开了他的怀抱。而林川没有继续追问下去，如果他问，她会说什么呢？她自己都不知道如何来圆。

"饿了吧，我给你做晚饭。"她走到厨房，打开冰箱，但里面空空荡荡的，只有几颗鸡蛋。

倚在门口的林川笑了笑："算了，出去吃吧！"

"不用，你等等，我去买菜，很快就回来。"姜希变得有些执拗，是因为想把自己变得跟 Diana 不一样吗？她那里纤尘不染，定然不会在家里开火，所以她想用烟火气息萦绕住他，想用自己的不同留住他吗？

“我陪你一起去吧。”

“没关系，我很快……你才出差回来，休息一下。”姜希一边说一边飞快地下楼。她以为她真的可以原谅林川，真的不在意 Diana，但原来她非常在意，在意得要命！她的胸腔里压抑着那么多质问，为什么？林川，为什么？成功就那么重要吗？为了成功就可以不惜伤害所有的人吗？

在过马路的时候，她几乎被一辆疾驰而过的车撞上，所幸旁边的路人一把把她往回拉，惊起一阵连呼。她也吓出一身冷汗，连忙跟旁边的人道谢。对方说：“小姐，在马路上走，请你不要思考问题，这太危险。”

她面色苍白地笑笑，刚要回答，已经被人一把拽住手臂拖到人行道上，又惊又怒的声音响起来：“你打算自杀吗？如果要自杀也请选另一个方式，你这样是害了别人！”

面前这个暴怒的人不是严澎又是谁。

“你到底怎么了？”严澎咄咄逼人，“这样要死要活的样子是出了什么事？你真是要急死我吗？是不是林川对你做了什么？”

啧，她在心里无声无息地笑了，眼泪却夺眶而出。这个世界上只有一个人会突然而至地出现，只有一个人会死皮赖脸地缠着她，也只有一个人会对她大呼小叫，粗鲁暴躁……但为什么，在面对他的时候，她的心越来越温柔呢？

“你再不说话我就吻你了！”他实在没辙，使出撒手锏。

她突然踮起脚来，蜻蜓点水地吻了吻他的唇。他被她的主动惊得一片空白，却意犹未尽，想要低下头继续吻的时候，她已经退后了一步。

“什么意思？”

“我只是想要试试，会不会对你有感觉。”她微风掠水般的笑容在他面前缓缓绽放，“不行，一点儿感觉也没有。”

马路上车水马龙，街道上各种建筑连在一起，看上去紧紧巴巴，连风都变得灰暗，让所有的行人面目模糊。严澎死死地盯住她，连绵的疼在心里铺天盖地，他早知道她的残忍，却还是被她的直白伤得体无完肤。

“你走吧……”

“不要再来找你？”他飞速打断她的话，“除了这句你能换一句吗？”

她垂下眼帘，缓缓地说：“不要再来找我了。”

他暴怒地托起她的下巴，感觉到一种撕心裂肺的孤独，原来孤单的感觉不是与生俱来的，而是当你爱上一个人的时候，从那一刻开始，你注定了孤独、寂寞，却无能为力。他抬起手来叩住她的下巴，低下头吻了过去。他的心里空极了，他只能用这样的方式来填满自己，来证明他在她身上留下了烙印。原来只有在遇到她的时候，他才会让自己变得卑微和幼稚，变得脆弱和寒碜……他没有办法表达他内心的渴望，只能用这样的疯狂来吸引她的注意。他在心里一遍遍地说，请你爱上我，请你爱上我……不管要等多久。可是每一次，他都活在她的遗忘里，每一次，她都冷冷地把他往外面推，严防死守不让他进驻她的内心。

她在他的癫狂里推开他，抬起手来朝他的脸上狠狠地扇过去，这一次，他没有躲，任由巴掌声在空中碎开，他的眼里含着悲恸的泪，冷冷地说：“这很好，我需要这样的耳光来清算我们之间的关系。”

她看着他眼里的悲痛，缓缓地说，“对不起，是我欠了你。”

他深吸一口气，冷淡地笑着，就像阴寒遇雪天的淡日，“欠着吧，欠也是一种关系！”

姜希在原地站了很久，看着他孤独哀伤的背影，满心的凄惶。她被自己吓住了——刚刚，就是在刚刚那辆车朝她急驶而来的时候她闭上了眼睛，她看到严澎，那个时候，她只看到了严澎。原来她已经动了自己的心，在这场她一直想要躲闪的爱情里，身不由己地卷了进去。她终于明白为什么自己一直要逃了——这个发现太可怕了。除了让他走，赶他走，她还能怎样呢？她的生活已经很混乱了，她还要把他拉进来吗？

13

CHAPTER

失信任·霜降

原来从遇到严澎的那天起，她的世界已悄悄霜降，她的人生变成了一个旋涡，拽着她往更深里去，再也没有办法回到原来的位置。

叶薇亚坐在餐桌前，拿起筷子又“啪”一声放下，对一旁的严震说：“去叫你儿子吃饭。”

“算了，由他去吧。”

“我怎么生了这么个没出息的儿子！”叶薇亚恨恨地说，“为了个女人竟然连一直梦寐以求的学校都要放弃，今天约翰教授又打电话给我，说等两个月还会去北京，这可是儿子最后的机会了。”

“还是给他点儿时间，让他自己想清楚吧！”

“你总是这样！”叶薇亚气急败坏地看着他，“什么都惯着他，现在惯出毛病了吧？”

严震笑了笑：“是是是，都是我惯的！”

叶薇亚没好气地瞪他一眼，站起身走到严澎的房间外，声音已经放软：“儿子，今天有你最爱吃的红烧带鱼，快点儿出来吃一点儿。”

“别烦我！”严澎愤懑的声音传来。

“今天约翰教授给我打电话了，说两个月以后还会去北京……”

严澎突然从床上弹跳起来，一把拉开门：“不要等两个月了，我现在就去见他！我要走，走得远远的！现在就给我订机票！”

叶薇亚看看时间：“现在太晚了，你把饭吃了，妈会安排好。”

“妈，”严澎不无委屈地说，“我是不是长得很丑？”

“怎么可能？我的儿子要是不帅，就没人敢说自己帅了！”

“那我是不是很惹人讨厌？”

“……不会，”叶薇亚知道症结在哪里，语重心长地说，“儿子，有时候一个人不喜欢我们，并不是因为我们不够好，而是因为……就是不喜欢。”

“妈，您这是赤裸裸地打击！”

“打击你是让你清醒过来！有时候放弃才是明智的，就像炒股一样，已经空仓了要懂得止损，而不是拼命地往里面加钱，只会让你血本无归。”

严澎自嘲地笑了笑：“妈，我不懂止损，但是也许我真的要放弃了。”原来这世上最无奈的事情不是放弃一个爱你的人，而是放弃一个你爱的人，那种无可奈何的感觉深入骨髓。

一扇窗户被风吹开来，冷风灌进房间，也灌进了他的心里。他想了整整一夜，在内心里对姜希做了无数次的否定和批判，然后下定决心要离开这个臭女人，可是第二天醒来的时候他的脑海里能想到的还是她梨花带雨的脸。自从他回来她一直都反常，哭泣，生病，失魂落魄……还有，在听到那个叫Diana的名字时颓败的表情！她到底发生了什么事？他不放心就这样离开，可这个该死的女人竟然什么都不肯跟她说。爱情是不是就是这样，两个拉着橡皮筋的人，受伤的总是不愿意放手的那个。

当叶薇亚把机票订好通知他的时候，他怔了怔："我没说过我要走呀。"然后房间里响起叶薇亚咆哮的声音。

是呀，他的反复无常全都是因为一个人，可他能拿自己怎样呢？能轻易放弃的爱，不一定是因为不爱，但始终坚持着，却一定是因为爱。他没有办法放弃，只能任凭自己在她的心门之外艰难地徘徊。

姜希跟林川在餐厅吃饭的时候，遇到一个漂亮的女生，有着猫一样紧凑明艳的容颜，目光也像猫一样地抓人，笑起来的时候，露出一排雪白晶莹的牙齿。她穿着一件V领针织衫和一条墨绿色刺花的棉布裤，烫着娇俏的小卷发，画着精致的小眼妆，突兀地跑到他们这一桌，很惊喜雀跃地说："嗨，我认得你！你就是我哥喜欢的女孩！"

姜希一脸尴尬，不知道她从哪里冒出来，而林川抱着手臂倚在椅子上一副看热闹的表情。女孩嘴里说着"不介意吧"，但其实已经自顾自地坐了下来。

"我叫严彤！"名字一报出来，姜希和林川就都知道她说的"我哥"是谁了。

她让侍者为她添了咖啡，连着在里面加了三块糖："我哥手机里全是你的照片，所以我认得你呀！不过我觉得你其实挺一般的……哈哈，不过我觉得我哥的眼光应该挺独特，因为你的男友我也认得呢，常常上财经版面，很有范儿！哎呀，我不是来当说客的，我只是有点儿看不下去，因为我从来没有遇到过像我哥这样痴情的人耶，这么多年了竟然一直喜欢着一个喜欢别人的人！”她仰头喝咖啡，根本不管旁人到底有没有听，只是像个话唠一样啰唆着，“他真的为你做了很多事！为了你妈妈的病，为了你爸爸的工作，为了让你父母去旅行……我妈都要被他折磨疯了！对了，他现在为了你不肯出国，也不肯回北京，老天，他真是我哥吗？从小就认识他，可我没有想到他竟然会这么痴情！”

姜希的心陡然顿住。原来如此。原来那时候有医疗机构要赞助几位患者竟然是这样的缘由，原来父亲会突然有了很好的工作也是因为这个缘由……而这么多年，他竟然从未对她吐露过半个字，她不想要欠他，可是却一直欠着。

林川修养极好地保持着沉默，然后看着姜希的脸渐渐变得苍白。

“这位帅哥，”严彤对林川说，“像你这样的男人一定有很多人喜欢，如果你能成全我哥，我会感激你的！”

林川的唇边微微扬起一个角度，在餐厅节奏明快欢愉的音乐里，缓缓地说：“抱歉，我不能答应你！不过我觉得你更应该劝的人是你哥，感情这种事是注定的！”

严彤被林川的话激得脸涨得通红，像个赌气的孩子，嘴微微嘟起来：“我朋友在那边，就不打扰你们进餐了！”她又看了一眼姜希，“其实我真觉得你很普通。”

严彤回到自己那桌，她的朋友已经纷纷八卦打探，觉得那桌的男人光鲜夺目，是不是认得。严彤胡乱地应付，心里惆怅叹气：哥，我也算帮你了！不过看人家男友那么出色，你就不能换个人喜欢？

林川握了握姜希的手，“如果觉得不舒服，我们可以换一家餐厅。”

姜希看着体贴入微的林川，抿了抿唇，“对不起。”

“这跟你有什么关系？他这么多年一直喜欢你，我知道……而我在意的只是你心里的那个人是我吗？”

“林川，你知道的。”

林川吻吻她的额头：“我知道，所以我一点儿也不担心。”

严彤的话就像在姜希的心里丢了枚石子，溅出很多的水花。不是不被感动，只是不知道如何去面对。是什么时候喜欢上严澎的呢？她从未探究过自己的内心，只是察觉的时候就已经喜欢上了。命运错综复杂的安排，让她深陷泥沼。她曾一直深信自己对林川的感情，从九岁开始，林川就是她生命里很重要的人，但一切真如她想的那样吗？而夏小千呢？这么多年夏小千都在等着严澎，如果感情只是你喜欢我，我喜欢你，是不是会简单很多呢？

那些斑驳的时光过去，她却不知道自己该去往哪里？面前是一团迷雾，茫然而无措。

林川送姜希到楼下的时候，接到夏小千的电话，说是刚从北京回来。她穿着烟青色的小衫，胸前缀着层层叠叠的荷叶碎片，黑色的长裤包裹着她修长的腿，流露出一种明朗爽利之美。一见到姜希，就热情地扑过来抱住：“真想你们呀！”

姜希微笑地看着她，“怎么突然回来了？”

“还说呢！”她撇了撇嘴，“在北京突然找不到那个家伙了，我就猜他跑回来了。”

她说的“他”不言而喻就是指“严澎”。姜希的心停顿了一下，面对夏小千充满了愧疚。

“喂，我说，”夏小千拍了拍林川的肩膀，大大咧咧地说，“能不能拜托你早点儿把小希娶回家呀？这样也好让我男人死了贼心，真是古话说得好，不怕贼偷就怕贼惦记！”

“这得看小希是不是愿意。”林川看着姜希暖暖一笑。

“你都求过婚了，她也答应了！趁早带回家吧，省得让我闹心！”夏小千抚抚额，挽住姜希的手臂，“难得回来，今天晚上我住你家，我们好好聊聊！”

她拖着姜希往前走，不回头地抬起手来跟林川挥挥手，示意他免送了。

已经有好几年了，她们未曾睡过一个房间。小时候夏小千总是抱着自己的枕头跑到姜希家来要跟她睡，她聒噪地说着话，在姜希昏昏欲睡的时候把她摇醒，让她专注地听下去。洗漱过后，她们半倚在床上聊天，夏小千的手机不停地有短讯，她抓过来看一眼就放回去，不回。

“怎么不回信息？”

“只是一个无聊的追求者！”夏小千侧了侧身子，面对着姜希，“Diana 是谁？”

姜希一怔，没想到夏小千竟然知道 Diana。

“其实是严澎给我打的电话。”夏小千自嘲地笑了笑，“这么多年他只要主动给我打电话，一定是想从我这里探听你的事。他问我知道 Diana 吗，可是我竟然不知道，小希，你是不是有事瞒着我？你和林川还好吗？”

姜希不知道如何回答。

“这个 Diana 是不是和林川有关系？严澎说你放弃了一个很重要的机会，这个机会是Diana给你的，她是想要跟你做交易，让你放弃林川？”夏小千敏锐地往下猜，答案呼之欲出。

姜希的表情已经让夏小千知道她猜对了，哇啦哇啦地拍自己的额头：“老天，怎么会这样？”她停顿一下，正色地看着姜希，“不过我敢保证，林川对那个女人绝对没有感情，小希，你不能放弃林川！一定不要拱手于人！这么多年我看着你们一路走来，我觉得这个世界上最好的爱情也不过如此了！”

姜希的心里蓄满了眼泪，她觉得自己的心荒诞极了。她能够告诉夏小千，不，现在她已经不再责怪林川了，因为那个心思游走的人是她！她喜欢上严澎了！喜欢上好朋友一直等待的人！她说不出口，夜色里好像蹲着一只猛兽，冷不丁就会扑过来！原来从遇到严澎的那天起，她的人生就开始变成了一个旋涡，拽着她往更深里去，再也没有办法回到原来的位置，即使知道这就像在做碳酸溶液实验时，把浓盐酸的管口对准自己，就算是会烧起来，也没有办法躲闪过去。

“我觉得你应该尽快跟林川结婚，这样 Diana 就会放弃林川了！”夏小千还在不断地分析，不断地出着主意，不断地鼓励着姜希不要放弃，可是淡淡的悲哀晕染着姜希的心，那是一种无法言语的沧桑。想想，就在不久前，她曾经跟林川提过结婚，原来是因为她在害怕自己的心，她一直拒绝的，不过是最真实的自己。

窗外，一轮残月当空，在无尽的寂寥里，姜希浅浅地睡去。

第二天，夏小千非拉着姜希去找林川，她觉得姜希就是一副好脾气的模样才会让Diana气焰嚣张，她说："你就应该拿出正房的样子来，质问林川到底选谁。"

"小千，你听我说……"

夏小千生气地跺跺脚，甩开她的手："小希，你怎么可以这样懦弱？你知道林川现在的身家吗？你知道有多少女人对他虎视眈眈吗？你不把他抓牢了真的会失去他！他不是你从小的梦想吗？不是你一直喜欢的人吗？"

清晨时分，一抹抹光像曝光照片一样在楼宇之间炸开来，整个城市正徐徐醒来。

突然之间夏小千的目光呆住了，像被雷击中似的整个人呆掉。顺着她的目光，姜希看到林川从一辆轿车里出来，然后Diana从另一侧下车。她款款走到林川的面前，抬手给他理了理领带——他们在他公司楼下大大方方地告别，就好像送丈夫出门的小妻子那样妥帖自然。

姜希的头像被人重重打了一下似的发晕，而身边的夏小千一下就怒了，只是还来不及上前，已经有一个人影陡然扑了上去，对着林川就是一拳，林川猝不及防，正中鼻翼，踉跄一步跌坐在地上，鲜血淌了下来。姜希听到一片惊呼喧嚣的声音，却只能站在远远的地方问夏小千："你告诉严澎了？"

夏小千顾不得回答，已经疾步飞奔了上去。那时保安已经一拥而上把严澎团团围住，夏小千拼命去推开他们，而林川扯了扯领带，示意保安都退下。

Diana也已看到姜希，却只是淡淡地扶住林川，"让保安来处理。"

林川在抬眼之间才见到姜希，面色一僵。

“你个浑蛋！你为什么要这样对小希！”严澎再挥过去一拳，林川躲闪开来，而保安立刻上前连拖带拽地制伏严澎。他心里澄净似的明了了，原来她的哭泣、生病和失魂落魄是因为这个！他早上接到夏小千的电话，只说让他到林川的公司楼下，只是刚到就看到眼前这一幕，肺都快气炸了！这个男人不是有了姜希吗？他还觉得不够吗？

“放开她！”夏小千朝保安劈头盖脸地打下去，就像护犊的母狮子。而姜希只是静静地望着这一切，感觉如坠梦中，很不真切。她和林川终于走到了现在，她躲闪不掉了。

林川满脸担心地朝她大步走来，第一次大力拽住她的手臂往车里拖，“小希，我们得谈谈。”

林川轮廓清晰的脸上看不出表情，只是把车开得又稳又快，终于在江边停了下来。有云雾在江面上逡巡，船只响彻着孤独的号子，这世界依然安好，可为什么他们的心会变得千疮百孔？

“小希，你还信任我吗？”林川深深地看着她。

“我不知道……”

“结婚好不好？我会处理好其他的事情，小希，你要相信我，我们是注定在一起的。”

她曾经那么深信他们会结婚，会永远地在一起。但不是在这样的情况下，不是因为林川的愧疚，不是因为他们想要给这段感情一个交代才非要结婚。

她苦涩地看着他，“林川，对不起，我不能跟你结婚。”

“因为Diana？小希，不肯原谅我吗？我跟她在一起是因为她会说服她父亲给我投一大笔钱！你知道创业有多难吗？没有资本，没有人脉，没有经验！跟陶健合作的时候我一个人累得快要趴下，可我得撑下去！因为我不能输！陶健的母亲看到公司发展得很好，想要收回权力交给陶健！那是我一手开拓出来的市场，我凭什么要给他？就因为他出生在一个富裕的家庭吗？这不公平！ 是 Diana 帮我摆平了这件事，她也让陶健和他母亲付出了代价！我知道了，在权力之上还有权力，在财富之上还有财富，只有让自己变得更加强大才能生存下去，不被人欺侮！你知道为什么我要让苏扬到我的公司来吗？因为我要提醒自己，如果我不努力，我就会跟他一样受人摆布！”

林川的脸因为激动变得有些扭曲，姜希从来没有见过这样的林川，这样痛苦这样无助这样疯狂的他！他一直都把情绪控制得很好，一直都能不动声色地对待周遭的一切。但原来，他所背负的沉重超过她的想象。

“我走到今天这一步，并不是因为我真的有多优秀！”林川自嘲地笑笑，“全是因为 Diana，因为她我才能得到我想要的一切！”

“林川，你听我说，不关 Diana 的事，是我！”姜希深吸一口气，“是我喜欢上了别人！”

“严澎？”

姜希沉默。

“是他，对不对！你说话呀！是不是他？”

林川暴躁得突然捏住姜希的手臂，疼得她眉头紧蹙，“疼，林川，你弄疼我了！”

他惊觉自己的失态，立刻松开她，激动地说：“小希，不要离开我！好不好？我们还像从前那样！好不好？”

看着面前失措的林川，姜希的心都碎掉了，只能奋力投入他的怀里，紧紧地拥住，想要在这个熟悉的怀抱里寻找自己正确的方向。这个世界上，她最不愿意伤害的人就是林川，那些过往，那些回忆，那些曾有过的时光，哪一页里没有林川的存在？九岁那年她带着怎样一颗孤僻的心回到曾经住过的大院，被鄙夷被轻视的时候一直都是林川在保护她！林川牵着她的手想远离是非的时候，那些人却不放过地推搡和嘲笑。是林川把她挡在身后，跟他们打了起来。到底人多势众，他总是被欺负得浑身淤青，看着姜希哭，却竭力地笑，哄着说没事，没事，一点儿也不疼。

“我不能没有你！小希，不要离开我，好不好？”林川的声音里充满苦苦的哀求。

姜希说不出话来，只是点头，哽咽着点头。原来人在没有办法扭转自己的命运时，只能这样顺水行舟。林川答应她，除了工作不再和 Diana 有联系，即使 Diana 撤资他也在所不惜。

14
CHAPTER

烟如织·立冬

隔着半个地球的距离来思念她，依然让他的心遭遇立冬，犹如反刍一样，总是零星断续地细嚼着那些深深没底的痛楚。

林川送姜希到楼下的时候，夏小千和严澎就坐在台阶上，一见到他们，严澎就跳了起来，疾步上前拽住姜希的手臂，又冷又硬地质问：“为什么还跟这种人在一起？”

林川上前一步，拽住姜希的另一只手：“这是我跟小希的事，请你以后不要再来打扰我们！”

严澎愤怒地朝林川挥拳，林川抬手接住那拳，两个人的眼神噼里啪啦火星四溅。夏小千奋力隔断他们两人：“有没有完！严澎，你闹什么劲？你没看出来小希都原谅林川了吗，如果你真的为小希好就应该离她远远的，还她一个清净！”

“她现在正在被这个人欺负！”严澎的声音带了一点儿嗡嗡的回响，诠释着他压抑的痛楚。

“那又怎样？小希爱的人是他！即使他犯了再大的错，小希也会原谅他！”

“这个世界上除了我谁都没有资格欺负她！”严澎再一次

粗鲁地拽着姜希的手臂，拉扯到自己面前，而姜希的心已经被他的话给泪湿了。

“你以为你是谁？”林川冷冷地看着他，“我跟小希就要结婚了，我是来替她收拾行李的，她从今天起会和我住一起。”

那个“住”字林川故意加重腔调，好像突然蹦出的火星子，烫得严澎拼命摇晃姜希，“你就这么贱吗？他都跟别的女人上床了！你就那么喜欢他！”

“是！”姜希的声音异常沉着，好把嗓子里的“震颤”压下去，“我爱的人只有林川！这一辈子，下辈子，下下辈子，都是他！我求你了……别再管我了！”

严澎怔怔地看着她，感情在那几句话里遭了腰斩，脸上浮现的却是一种歇斯底里的笑容，“我不会管你了！姜希，我再也不会管你了！我希望你幸福，可是这个人他不会带给你幸福！他早已经被利欲熏心！”

他慢慢垂下手，朝着车水马龙走去，汽车尖锐的声音此起彼伏，听得姜希心惊肉跳，夏小千赶紧奔上前。林川揽住她往前走，她没有回头，只是木然地往前，往前。

姜致远回来后，林川提出想尽快跟姜希办婚礼，姜致远自然高兴，拉着林川和他喝了好几杯，喝得眼睛都湿了，“我就一个女儿，林川，我把她交给你了！”

薛群丽推了推他：“这是好事，值得高兴呢！”

姜致远抹了抹脸，“对对对，值得高兴！小希，爸真的很为你高兴，找到林川是你的福气呀！”

姜希替父亲斟满酒，看着林川笑了笑，林川握住她的手：

"不，遇到小希是我的福气。"

姜致远看到他们这样要好，开心地大笑，"小希，你妈在天之灵也会安息的！"父亲突然间提到母亲，让姜希的心黯然了一下。

林川看在眼里，体贴地岔开话题："我在我们小区另买了一套房子，希望您二老可以过去住，平日里我太忙了，会疏忽小希，有你们在，我会放心一些。"

姜希怔了一下，没有想到林川会这样安排，并且事先也没有告诉过她。但如果他事先告诉她，她会同意吗？不，她一定不会答应。是因为自尊吗，还是因为不想要林川付出太多？

还没有等姜致远回话，薛群丽先应下了："这样也好，反正都是一家人，住得近也有个照应。"

姜希沉默了一下，她知道建二小区的房子已经住了这么多年，又破又陈旧，逼仄的两室，连墙面都在脱落，她一直想着等到工作攒钱后能为父亲换个房子，现在由林川提出来，而薛阿姨又那么高兴，她怎么反对呢？

姜致远看了女儿一眼，心里也不想因为他们占了林川的便宜，而让女儿在林川面前低上几分，斟酌地说："这个事情再议吧，其实在这里住了这么多年，都是老街坊邻居的，倒也舍不得。"

姜希看到薛群丽扯了扯父亲的衣袖，而他置若罔闻。

"房子是空着的，家具家电都已经备好，随时都可以入住。"林川淡淡地说。

回去的路上，姜希有些沉默，林川握了握她的手："不高兴我这样的安排吗？"

“不是，我挺感激你这样为我家人着想，可是为什么不跟我商量一下？”

“因为知道商量的结果是你不同意！小希，不要跟我分这么清，我的一切都是你的！”

“林川，你真的要跟我结婚吗？你知道我心里……”

“我相信我们会幸福的！”

车窗外是一盏又一盏路灯滑过的痕迹，就好像在空气中拉出很多的伤痕。

在那天之后，夏小千和严澎都回了北京，她也没有再见过Diana，就连Estelle也没有再找过她说“主设计”的事，林川抽出比以往更多的时间来陪她。即使是出差的时候他也会每天都打个电话给她，她的生活看上去平静如水，只是上课，下课，写毕业论文，投简历。婚期已经定下了，在六月份，她大学一毕业他们就结婚，林川的秘书在积极地筹备婚礼，婚纱是林川亲自设计然后找了本市最好的公司定制的。

时间就是一个巨大的齿轮，一点点咬着前行，从未停止过它的步伐，也许只有它才是最冷静的，永远都只是冷眼旁观这人世间的悲欢离合。

快毕业的时候，夏小千打来电话说要出国了，去美国加利福尼亚州，跟严澎一起。

“他迟早是我的！”夏小千在电话那边信心十足地说，“他会发现我才是最适合他的人。”

姜希苦涩地微笑：“小千，我没想到你会这么喜欢他。”

“我也没有想到他会这么喜欢你！”夏小千心无芥蒂地说，

"感觉就像是一场赛跑，他追着你，我追着他，而最有耐心的那个人一定会赢，我想我就是那个最有耐心的人。小希，不要被他影响了，你跟林川一定会幸福！"

姜希也在心里问自己，会幸福吗？真的会幸福吗？为什么她在面对林川的时候觉得越来越陌生？有一次她见着苏扬，苏扬欲言又止地看着她，然后问："已经决定了吗？"

她知道他想问的是已经决定要嫁给林川了吗，她好茫然。心里有两个人在交战一样，一个是不愿意辜负林川，一个是想要去追随严澎。她痛恨自己的优柔寡断，厌恶自己的三心二意，可是矛盾和纠葛就那样立在她的面前，冷冷地与她对峙。

她问苏扬，在他眼里林川是怎样一个人。

"要说实话吗？"苏扬问。

她点头。

"在我眼里，林川是一个很冷酷的人。"苏扬笑了笑，"不过这是商战，不是你死就是我活，冷酷一些不过是一种自保。"

"陶健呢？他现在怎样？"姜希迟疑一下，还是问了出来。

"哦，听说家里破产了。"

姜希生生地把愕然压了下去。她时常失眠，从梦魇里醒来，看着夜色一点点地发白，就像一个深夜里走在旷野的独行者，带着一种难以言语的恐怖，那种无助地抵抗，又无人救援的痛苦日日吞噬着她的心。

姜希穿着婚纱出来的时候，一旁的店员都惊艳地看着她。V领，长拖，收腰处是一枚蝴蝶结，层层的纱，既大气又华贵，美得让人屏住呼吸。姜希看着镜子里的自己，为什么穿上这么美的婚纱也没有一丝的涟漪呢？

“林总，您好有眼光，这款婚纱太适合新娘了！”店员由衷地夸道，“不过腰身好像还有点宽松，可以再收一下。我们会拿回去做修改。”

“喜欢吗？”林川看着姜希，笑着问。

“嗯。”姜希微微点头。

“林总，您这边请，有些单子请您确认！”

林川随着店员离开，姜希站在镜前，由着另外的店员在她腰肢上标注收腰的尺寸。

“你们要结婚了？”严彤不知何时站在她们身后，拿起手机“咔嚓”拍了张照片，“看来我哥是彻底没有机会了！”

姜希抬眼从镜子里注视着她：“你哥……他还好吗？”

“我可以认为你是在关心他吗？”

姜希咬了咬唇。

严彤自顾自地笑了：“他看上去像没什么事，但我们都知道他一点儿也不好。真不明白别人失恋他也失恋，可为什么他会失恋这么久？”她在手机上按了几下然后举起来摇摇，“好了，我已经把你的婚纱照发给我哥了！”

姜希诧异地看着她，不明白她为什么要这么做。

“我想告诉我哥，这已经是既定事实了，这一辈子你把他给错过了！”

姜希的心怔了一下。

“不管怎样，祝你幸福！”严彤笑着转身离开。刚踏出门口手机铃声就狂响，看着上面的名字她笑了笑，不慌不忙地接起来：“有句歌词真是经典呀，爱人结婚了，新郎不是我。”

严澎愤然地说：“你少多管闲事！怎么拍到的？”

“哦，”严彤卖起关子来，“你这是在询问我还是质问我？”

严澎不得不把声音放软：“彤彤，是在哪里拍到的？”

“我经过婚纱店门口，正好看到她进去，所以就跟进去了！”严彤停顿了一下，“哥，你就死心吧！人家都已经结婚了，你难道还想要做男小三儿？”

“滚！”严澎说完“啪”一声挂掉了电话。他刚才收到严彤传来的照片，整个人都呆住了，她穿婚纱的样子真美，一双剪水秋瞳美丽清澈，永远恬静温和的表情直刺得他胸口发疼。自从来到这里，郁闷的心情就像被关在黑屋里的野兽，找不到出路，只能狠狠地撞着，抓着，打着，却不得要领。

他到加利福尼亚州已经一个星期了，隔着半个地球的距离来思念她，依然让他痛彻心扉，犹如反刍一样，总是零星断续地细嚼着那些深深没底的痛楚。离开北京的时候他很想回一趟家，可是又怕控制不住去找她，倒是母亲先说了，他们到北京来送他，他就不必回了。

他知道她的婚礼在六月，时间一天天逼近，他抓狂得都要疯掉了。只能狼狈地出逃，把去加利福尼亚州的时间提前了又提前，一天也不想在北京待下去了。从小到大他一直都很顺利，考上他想要考的大学，毕业的时候也顺利拿到那所他理想学校的研究生 offer，但原来感情并不是你努力就可以得到回报的，他在面对姜希的时候，只有浓浓的无力感。

行走在斯坦福大学好几公里的椰子树下，他在想，如果姜希也能看到此景会不会很喜欢？黄砖红瓦的房子全是西班牙传道堂式的建筑，墙壁上爬满了常春藤，有着浓浓的阳光气息。他拍了好些照片，做成了明信片，却没有再邮寄给她。他终于知道了，她爱着的人一直都只有林川，就算林川做了无法原谅的事，她也可以让自己变成瞎子忽略过去。既然她深爱着另外一个人，也许他能做到的，就只是不再去打扰她。

在林川的住所，姜希半倚在阳台的躺椅上，看一本书。六月的阳光宁静地铺满空荡荡的阳台，细碎斑驳地带着被烘焙出的花香，不真实的感觉暖得使人头脑迷倦。

在那天以后林川替她收拾了一些行李，让她搬过来一起住。她心里觉得唏嘘不已，以前她总是揣测为什么林川不留她下来，再晚的时间也会送她回去，可是当林川真正留她的时候，她又觉得矛盾起来。是因为 Diana 的缘故，还是因为严澎的缘故？

那个晚上，当林川俯身吻她的时候，她却微微侧了侧身。他扳过她的面孔，细细地吻着她，从眼睛、嘴唇、颈项……一路下滑。他的气息变得越来越浓烈，带着灼热的温度，她的心里在不停地拒绝，但面上却紧紧地闭上了眼睛。

当他挺进她的身体时，她感觉到一种连根拔起的疼，就像只有花盆迸碎，才能把种在里面的小树拔出来，丝丝缕缕，盘根错枝。林川拥着她沉沉入睡，有痛从心里直逼上来，她被宿命般的悲哀笼罩住，决定不再挣扎，如果这是命运的安排，那就索性听之任之。

就那样住了下来，静静等着婚礼的日子。她已经不再去想那个人了，尽量摒弃了他在心里所带来的影响，只是午夜醒转的时候，仿若听到自己的低喃，严澎，严澎。原来她一直都对自己撒了个玻璃质的谎，她对他的排斥是因为他真的令人讨厌——这个谎言其实又脆又薄。

电话铃声尖锐地划破了她的沉思，她怔了怔，才接了电话。是林川的助理，打来电话说林川在回公司的路上遭遇车祸，司机下车处理的时候几个人袭击了林川，现在他正在医院。

“严重吗？”她的心顿时被拽了起来。

“一些外伤，最严重的是大腿骨骨折，医生正在手术。”

“我马上来！”姜希挂了电话就朝外奔去。进电梯的时候，遇到邻居，笑着称呼她为“林太太”，她恍惚了一下才察觉对方是在与她招呼。搬到这里也好些日子了，她和林川俨然已经是一对夫妻的模样，她苦涩地笑了笑，直到对方离开电梯缓缓合上才松懈了自己的情绪。

到医院的时候，林川依然在手术室里。走廊里挤了好些人，西装革履黑压压一片，见到姜希出言安慰。

“治安也太差了，大庭广众之下竟然也敢行凶？”

“一定要给警察施加压力，必须尽快给出答复。”

“贵和集团的并购案现在处在关键期，是不是他们公司的员工所为？”

“那也说不定，赵氏国际的赵建凯一直对我们的收购有很大意见，说不定是他买凶……”

……

姜希静静地听着，心里却波澜起伏。林川在商场上到底树了多少敌人？他的行事作风真的会如苏扬说的那样“冷酷”吗？这么多年，姜希并不了解林川的工作，他从来不在她面前提，也无从表现出情绪的高低，在她的眼里，他一直是一个从容不迫淡然镇定的人，但原来他所经历的凶险复杂并非她所能想象。

“别担心，林总不会有事的。”苏扬见她面色凝重，走到她身边宽慰道，“只是你们的婚礼……恐怕要延期了。”

姜希的心顿了一下，她的脑海里突然在想，会是严澎吗？会是他为了阻止她的婚礼做出这种卑劣的事吗？但他不是在加利福尼亚州吗？她很想把脑子里的念头甩掉，不想去胡乱地揣测，但这种事好像只有他才能做出来。

“警察怎么说？”姜希的心里竟然有些混沌的画面，若真的是他，会被警察抓住，会被关进监狱，前途理想统统失去！她竟然胆寒起来。

“已经提取录像，但都是蒙着面，现在还没有确切的线索。”苏扬停顿了一下，“放心，一定会抓到行凶者。”

姜希的心好像成了一个橘子，被扯出很多瓣。她担心林川的伤势，担心这件事和严澎有关……但哪一样更让她担心呢？她竟然分辨不清。

手术室的灯灭掉后，林川被护士推了出来，麻药劲还未过去，他依然在昏睡之中，脸色苍白微肿，布满淤青，头部和下巴都缠了纱布，而身上这种淤青伤口应该更多。姜希明知他不会回答，却还是轻轻地说了一声，“林川，我是小希，我在呢。”林川的眉头微蹙了一下，她的眼泪夺眶而出，紧紧握着他的手，为自己纷乱的情绪而羞愧自责。

林川在两个小时候后清醒过来，警察过来做笔录，但林川的回答只是“当时太突然了，没有看清”，姜希不相信心思缜密的林川会一点儿线索也没有留意，他是在隐瞒什么吗？

姜希给林川拉了拉被褥，“很疼吗？”

“不是很疼。”林川淡淡地笑，“我没事，别担心。”

姜希吸了吸鼻翼，“为什么不跟警察说实话？”

"别问了，小希，我会处理好的。"

此刻，林川的助理拿着文件要让他签字，而一旁的人员也开始轮流地汇报事宜，姜希让到一边，看着即使刚刚从手术室里出来也要为公事忙碌的林川，很是心疼。平日里他得多忙呀，他承受了多少高强度的压力才能走到今天这一步？

抬起眼的时候，姜希看到门口站着的 Diana。她有好些日子没有见到她了，依然是那副淡漠的表情，她什么都还没有说，一屋子的人都自觉地退了出去。姜希迟疑了一下，打算离开的时候，林川静静地说："小希，给我倒一杯水。"

姜希扶住他的身体，把水杯端到他的唇边，他轻抿了一口。

"我不知道我爸会那样做。"Diana 立在他的床边，那么平静的表情，眼里竟然涌起泪。

姜希的心被揪了一下，她一直在心里非议着严澎。但原来这件事真的和他无关，可为什么她心里会想到他呢？那种关切紧张让她对自己无能为力，不是已经决定和林川在一起了吗？为什么她还要心猿意马，三心二意呢？

"没关系，这是我该得的。"林川淡淡地看着 Diana，却握住姜希的手。

Diana 长久地注视着他，在清冽的空气中微微扬起唇："你知道的，我不能阻止我爸。"她离开后，房间里依然带着她所留下的震颤，他们都知道这句话意味着什么。林川好不容易才走到这一步，只要稍有差池就会万劫不复。

姜希突然站起身，不顾林川的阻止朝外面奔了出去。在医院门口她喊住了 Diana，她的脸上已经恢复最初的淡然。

"你是想来说服我？不，这件事真的跟我无关，是我父亲要打断他的腿，也是我父亲要让他一无所有。”

“Diana，你真的爱林川吗？”

Diana 不屑地看着她。

“看着他疼，看着他难受，看着他一败涂地，如果你真的爱他，你也会承受这些。”是在看清楚自己的心以后，她才明白，原来爱情就是深长在你肉槽里的一颗牙齿，当它难受的时候你也会疼。

“我不需要你教我怎么做，相反我得提醒你，林川的未来是由你决定的。”

“我不会离开他。”

“你认为你真的那么重要？”

“只要林川还需要我，我就会待在他身边。”

Diana 冷笑一声：“还没有到最后，走着瞧吧。”

“Diana，我求你了！放过林川吧！”

“行，那你跪下！你跪下求我，我就让我的父亲放过他！”

姜希凝视着她的眼睛，稍许过后，她深吸一口气，坚毅地朝前走一步。只是在膝盖弯曲的时候 Diana 一只手托住了她，冷冷地说：“你以为这么简单吗？蠢货！”

姜希一直在医院里照顾着林川，伤筋动骨一百天，医生说他至少要在医院里住两个月。他们的婚礼只能往后延，林川有些歉意，但姜希却发现她的心里竟然有些许的庆幸，她什么时候变得这么凉薄？林川为她与 Diana 反目，现在事业遭受重重打压，她却还在想着另外一个人，她在心里鄙夷自己唾弃自己，除了更加尽心照顾林川，别无他法。

虽然也有护工，但姜希一切都要亲力亲为，给他擦身，推着他去散步，为他念一份报纸……她的心里有那么多的愧疚，只能不停地弥补不停地弥补。

姜希私下里问过林川的助理现在公司的情况，对方迟疑了一下说，“现在投资方以撤资为由逼迫董事局撤销林川在公司的职务，只等着董事会决议。”

“Diana 吗？她在公司到底有多大权力？”

“公司的最大股东是明日集团，他们占到百分之五十一的股份，而这家公司实际是属于 Diana 父亲的，Diana 并不参与公司事务……”助理迟疑了一下，“我看得出，林总最在意的人还是姜小姐你，他跟 Diana 也就是逢场作戏。”

姜希怔了怔，看来林川和 Diana 的关系众人皆知，而她却是最后才知道的。

“公司是林川一手创办，他们凭什么说撤销他的职务就撤销？”

“因为他们是最大的股东，而且一些高层早已不满林总……不过对于公司内部管理，总要有一套铁腕政策，要不内部斗争会阻碍公司发展。”

姜希这才知道林川现在处境有多糟糕，但他竟然没有在她面前表现过丝毫。现在她已经了解到 Diana 父亲的势力有多强大，林川被袭的事件媒体一点儿也没有曝光，之前林川的一举一动全是被追逐的焦点，而警察来问过几次后也就不了了之了。姜希知道，一方面是林川不愿意追究，而另一方面是有一双看不见的手在暗处不操纵。

姜希又去找过 Diana 几次，可是每次都被保安挡了下来。

眼看着林川的伤势一天天好起来，但气氛却越来越紧张，姜希从苏扬那里了解到更多关于公司的事情，在他们公司利润上涨的情况下，股价却在下跌，很明显是有大财团在操纵股价以给各股东施加压力。

有时候姜希会看到林川长时间呆呆地望着窗外，时间宛若静止，表情里是她不了解的悲伤。

15
CHAPTER

凉初透·小雪

他终于不再来找她了，连一张明信片也没有——以前她一直希望他不要再来打扰她，现在他做到了，她的心里却下起了小雪。

六月的时候，夏小千打电话回来，还当他们已经举办了婚礼，为不能回来参加婚礼而歉疚，这才知道林川遇到了意外，“怎么会这样？是谁这样打击报复林川，难道是那个 Diana？”

“警察还在调查。”

姜希听到夏小千那边门铃响起的声音，然后听到夏小千说：“等一下，我去开门。”

电光石火间，话筒里传来一个声音，让姜希的心如遭霜打一样哆嗦了一下。夏小千在那边说：“我的钱包，哈，原来真在你家呢！难怪我没有找到。”

夏小千又过来抓起电话说：“小希，你们那边是白天吧，我们这里都晚上十一点了……晚安。”

直到电话里传来嘟嘟嘟的声响，姜希才察觉自己已经泪流满面，心酸不已地伏在桌上，紧闭眼睛，许久都没有抬起头来。她听到严澎的声音了，听到夏小千明快欢愉的声音了。他终于不再来找她了，连一张明信片也没有——以前她一直希望他不要再来打扰她，现在他做到了，她的心却悲伤不止。

而在地球的那一边，当夏小千挂上电话的时候，严澎抱着手臂冷冷地看着她。

“正给小希打电话呢！她跟林川在度蜜月，不知道多幸福。”

“是故意的吧？”他冷冷地质问，“昨天故意把钱包留在我那里，然后给我打电话让我送来，又故意在看到我的车后给她打电话，让她误会我们在一起了。夏小千，你有必要这样做吗？她根本不在乎我跟谁在一起，你这样真可笑！”

夏小千无辜地看着他：“你在说什么呢？我真的刚刚一直在跟小希通电话，是你太敏感了。严澎，她都结婚了，你还放不下她吗？”夏小千走到他面前紧紧抱住，闭着眼睛开始灼热地亲吻他，她把他的手放到自己的胸口，“这么多年，你还没有累吗？只要放下她，你就可以获得轻松和自由。”

严澎突然间有种自暴自弃的感觉，他为什么还要和自己作对？为什么要这样苦苦地坚持？从头到尾她对他都没有一丝一毫的感情，他凭什么要为她守身如玉？他暴喝一声，一把紧紧揽住夏小千，头埋在她绵软的胸口。夏小千嘤咛一声，却像战鼓一样击响了他原始的欲望。他压抑，愤怒，悲伤……他的心里有一头无望的兽，在挣扎，在嘶吼。原来即使来到这风景如画的地方，也不过是一座孤岛，一座他自以为可以隔断思念的孤岛。

他一把抱起夏小千压在沙发上，听到她喃喃的一声：“严澎。”他的身体猛然僵住，就好像从遥远处传来一声对自己的呼喊，不，不能停下来。他想要继续，但身体却已经冷却了。

夏小千搂着他的颈项，去解开他胸前的纽扣。他突然抽身站了起来，像看到鬼魅一样充满了惊骇，然后退了一步，转身拉开门逃了出去。他做不到，他没有办法在这件事上专心，如果对方不是他喜欢的人，他的身心都有着洁癖。

而屋里的夏小千，恼怒地扫掉一茶几的东西，愤懑地怒吼了一声。

林川终于出院了，已经是盛夏，虽然他已经可以下地走路，但断骨处生生固定了八根钢筋，在阴雨的天气里伤口依然会疼，而且走路有一边会稍稍地有些跛，不注意并不会看出来。出院以后的林川反倒闲下来，因为董事会已经在他出院前下了通告，撤销了他在公司的所有职务，理由只是牵强的“管理不善”。林川看不出情绪来，甚至他未亲口对姜希做过交代，她还是从苏扬那里知道的消息，内心震荡，却不知如何安慰。

出院以后的大段时间里，林川就坐在落地窗前的藤椅上，静静地抽烟，有时候姜希走到他身边，他也未曾察觉。

“要跟 Diana 谈谈吗？”她迟疑地问。

林川让她坐到身边，轻轻揽住：“没必要了。”

“可是……”

“小希，失去这些跟你没有关系。”

“但那是你一手创立的公司。”

“你才是我最重要的！”林川吻吻她的额头，“正好我们现在都是无事一身轻，可以好好筹备我们的婚礼，然后我们去旅行吧，去马尔大夫、迪拜或者是瑞士……”

姜希依在他的肩膀上，“他们会放过你吗？”

“无所谓。”

那些日子，姜希总觉得有些不踏实，行走在路上时会觉得有人在身后跟着她。只是转过身去又无异样，只当是自己神经过敏。

这天傍晚时分，她提着一兜蔬菜水果走在回小区的路上，这一段路有些僻静，人烟稀少。身后突然有人拍她肩膀时，吓得她哆嗦了一下，转过身来，是薛群丽。姜致如释重负地松口气：“薛姨。”在林川出院以后，姜致远他们还是搬了过来，平日里也在帮忙照顾林川，做了好饭好菜会喊上他们一起吃。四个人的饭桌，姜致远总是兴致很高，而薛姨张罗着饭菜，气氛祥和。姜希会在这样浓浓的家庭氛围里安下心来，这样真好，林川在身边，父亲也在身边，他们安好就是她最大的心愿。

“脸色这么苍白，不舒服吗？”

“没有，也许是天太热了。”姜希的额头微微地沁出汗液，薛群丽执意接过她手里的东西。

“不舒服就要去看医生。”

“我没事。”只是说着说着她的胸口一阵发闷，一股恶心涌上心头，伏下身呕吐却什么也吐不出来。

薛群丽赶紧拍着她的后背，递给她一张纸巾，随口问：“是不是中暑了？这么热的天，以后别出来买菜了，就跟林川过来吃饭。”

姜希愣神了一下，突然间意识到了什么。她的生理周期已经过去半个月了，以前每个月都很规律及时，这些日子忙着照顾林川，她竟然忘记算下日子。林川出院已经一个月，想来就是刚回家时的那次。姜希是个被动的人，和林川在一起后她从来都是自己吃药，她不好意思跟他探讨这件事，更不好开口让他做措施，也有几次她未来得及吃药，但事后并没出意外，自己也就放松下来。

“薛姨，我忘记买样东西。”

“什么？我替你去买，看你这么不舒服就不要在外面走动了。”

“没事……我自己去。”姜希敷衍了几句，这才一个人去找了附近一家药店，买了几种验孕纸。

一到家她就把自己关进卫生间撕开验孕棒测试，紧闭着双眼等到一分钟后睁开眼睛，赫然的两条红杠，她又一连测了好几张，却统统都是两条红杠。她的心抖了抖，却不知是该激动还是该难过。她的肚子里竟然有一个小生命了——时光竟然已经走到了现在，在她还在感慨青春离散的时候，却已经有了截然不同的变化。命运就这样一步、一步地走到了现在。她手抚着额头，在心里长长地叹了口气。

“小希，你还好吗？”

她在里面的时间太久了，慌乱地收拾残局，一边把那些检测的东西胡乱地丢掉，一边应道：“我没事。”

刚出门口，林川倚在门楣处：“你不舒服吗？薛姨说今天看到你脸色不好，是不是中暑了？以后不要一个人出去买东西了，我开车送你。”

“没事，你的伤还没有完全好，不能马上开车。”姜希牵强地笑笑，“我去给你做饭。”她知道她应该马上把这件事告诉林川，林川一定会很开心的。虽然他们从来没有讨论过宝宝这件事，但这不是很自然吗？他们结婚，生一个宝宝，一家三口平静温馨地生活。可她怎么会觉得还没有足够的心理准备来承受这件事呢?

姜希在第二天独自去了医院，验血后医生也证实她的确是怀孕了，宝宝才四十天，各项检查结果都很正常，她走在医院的走廊里，看到那么多大肚沉沉的女人，下意识摸了摸自己的腹部，一股做母亲的幸福感油然而生。

她拿出手机拨给林川：“在看书吗？”

“嗯。以前没有这么多时间来看书，现在时间倒是足够多了。你什么时候回来？”

“还要一会儿……我想去看看我妈。”

“你在哪儿，我来接你，陪你一起去。”

“不用，会很快就回来。回来我有事想跟你说。”

“什么事？如果是不好的我就不要听了。”

姜希无声地笑了：“应该是一件好事吧。”

林川又在电话里叮咛了几句，确定她真的不需要他陪，这才挂了电话。她扬起面孔，看碧蓝天空中那些细白柔软的浮云，心里的那些迟疑和矛盾渐渐地散去。她爱这个宝宝，也许这是上天给她的指引，让她接受这样的命运。

这么多年过去了，母亲的笑容却依然是当年的模样。她抬起手来细细擦拭照片上的灰尘，絮叨地说：“妈，我想把这个消息第一个告诉您，您一定会很开心吧！我怀孕了，您做外婆了呢！宝宝的父亲是林川，那时候一直没有告诉您，是觉得您不太喜欢他，其实林川真的很好，这么多年一直照顾着我，我们会幸福……”

她依然记得母亲离世的那些日子她有怎样锥心的绝望，整个世界都是灰暗的，甚至希望母亲带着她一起离开。所有的信念都分崩离析，心就像被眼泪浸泡着。是严澎在母亲的坟墓前打醒了她，想来他曾经打过的那一耳光，她已经还给他了。他们之间是两清了吗？不，她欠着他，他为她做了那么多事，而她能还给他的只是拒绝。

是真的要跟严澎在心里做个了断了，从今以后，她的世界跟他无关。她要做林川的妻子，宝宝的母亲，幸福地生活下去。

刚下出租车，就从旁边过来一个穿着深黑色西装戴墨镜的男人，俨然就是警匪片里的黑社会，冷冷地说："姜小姐，请你跟我走一趟。"

姜希环顾四周，这是大马路上，车辆三三两两，也有结伴的行人，胆子就大了一些，"我不认识你。"说着转身就要跑，但手臂突然被扯住，她低下头张口就咬，可这人显然训练有素，一手捏住她的下巴，疼得她七荤八素，眼泪都要下来了。

这时 Diana 从旁边的轿车里走出来。

"你们想干吗？"姜希警惕地看着 Diana，想挣脱拽着她的大手。

"你最好别太挣扎，会流产的。"

果然这些日子一直有人跟着她，她今天才去医院检查，Diana 就已经得到了消息。不过她真的不再挣扎，下意识手放在了腹部。

Diana 挥挥手，示意墨镜男松开姜希，"我没想到林川会为了你放弃公司，他一向很有野心很有抱负……现在的林川快乐吗？而你们这种快乐又会持续多久？有一天他不会怪你吗？

我一直不相信有情饮水饱，我更不相信林川就真的会那么坦然地放弃这一切，他有多难才走到这一步，你知道吗？逼着他做出选择的人不是我父亲，而是你。”

“Diana，我不会离开林川的，现在更不会……”

“把这个孩子打掉吧。”Diana冷冷地看着她，“对大家都好，否则，对于林川的打击还会接二连三。”

“为什么不肯放过他？”

Diana 淡漠的脸上突然浮现出一丝笑容，露出面颊右侧一个浅浅的酒窝，但这笑容却显得极为痛楚和悲凉，“你知道吗？我和林川在一起足足三年，我也曾为他怀过孩子，但是他说不要，我独自处理了这个孩子……你凭什么就可以生他的孩子？我不会允许！”

“Diana……”

Diana 转身上车，她的背影带着一股肃杀的冰凉。那么耀眼的阳光，姜希的心却冰凉冰凉的，她早知道林川和 Diana 有怎样的亲密，但她没有想过 Diana 竟然曾经怀过林川的孩子，三年的时间，林川怎么做到在她面前滴水不漏？如果不是 Diana 用一枚戒指告知她真相，她依然不会去怀疑林川。林川的心里到底藏着多少的秘密？她看不清，也猜不出，只是一种莫名的胆怯，说不清。

她刚掏出钥匙的时候，门已经打开了，林川微笑着站在门口：“我在阳台上看见你了，怎么脸色还是这么苍白？应该听薛姨的话去医院检查一下。”

姜希苦涩地笑笑，走到卫生间，在龙头下掬水泼在脸上，“不碍事，休息一下就好。”

“小希，你的好消息呢？正好，我也有个好消息要告诉你！”林川依在门楣处看着她。

姜希怔了一下，“没什么了，不太重要的事，你呢，什么好消息？”

“今天国通公司的老总给我打电话，邀请我加入他们公司。”

姜希看着镜子里的他，“到那家工作做什么职位？”

“我只是暂时过渡一下，”林川淡淡地说，“职位虽然不比从前，但薪金还不错。我已经想过了，等到婚礼过后，我们先去旅行，然后回来开始工作。”

他走过来从身后搂住她，“小希，还有一个星期，你就是我的新娘了！”

“能把国通公司拒绝掉吗？”姜希不想把 Diana 威胁自己的话告诉林川，她只想走得远远的，在 Diana 找不到的地方她可以好好地保护这个宝宝。

“你是觉得那家公司不好？”

“不是，是因为我想离开这里……我们一起离开这里，好不好？”

“是去旅行，还是定居？”

“都可以，林川，等到婚礼以后我们就走……”

“好，都听你的。”

姜希半夜醒来的时候，突然被面前放大的脸惊得低呼出声，借着清冷的月光看清面前的人是林川，捂着胸口笑了笑：“你吓到我了！”

“你梦到他了吗？”林川的语气又冷又硬，隐忍的怒气突然浮出水面，“你刚刚在梦里喊着他的名字，小希，你喊的是他的名字！”

她在他的质问下整个人混乱不堪，“林川，你听我说，不是这样的！”这样的林川让她害怕，因为愤怒扭曲的表情，一双眼睛冷酷犀利，这不是那个她所熟悉的温柔的林川。

在盛怒之下他突然抓住她的手臂大力地往床上一掼，为了保护肚子里的宝宝，她下意识地想往外面跑，而林川已经丧失理智，一把揪住她的头发往回拉扯，头皮上撕裂的痛楚让她疼得眼泪掉下来，“林川，别伤着……”

一个耳光扇过来，然后是另外一个耳光，此刻的林川仿若被撒旦蒙上了眼睛，声嘶力竭地喊道，“为什么你们都要爱上那个人！为什么你们要这样对我！我有哪一点比他差！你说，你说呀！你告诉我，要怎样做才能打败他！”

姜希只觉得大脑一阵发麻发晕，脸上的疼那么不真实和茫然，啪啪啪的声音就着林川的咆哮声，把她那句“别伤着宝宝”给生生地压了下去。原来林川一直都介意严澎，姜希整个人都呆住了，这突然而来的暴力就好像是意外掉在地上的杯子，一下就碎掉了。

“这么多年，我一直在努力！我一直告诉自己只要成功了我就可以得到我想要的一切，包括我想要的女人！可是现在我才知道，不管我怎样做，我都是那个失败者！都是被人嘲笑被人看不起的可怜虫！小希，你为什么要这么对我？为什么？”

林川突然疯狂地掐住姜希的颈项，她的呼吸在被一点一点地抽空，艰难哀求：“林川，放手，求你了……”

看到姜希挣扎痛苦的模样，林川突然间清醒过来，他难以置信地看着自己的手，仿佛不相信刚才的所作所为是自己。

姜希骤然被放开，只是捂住颈项大力呼吸，猛咳几下，片刻后才稍稍缓了过来。

“小希……”林川低喃一声，抬起手想要抚抚她的脸，她下意识别转了面孔。

“我终于知道什么是一无所有了。”林川的声音里充满了无尽的哀伤，“就是不管我怎样做，做什么，我都得不到我想要的……”林川哽咽地说不下去，站起身，拿过车钥匙朝外走去。

而姜希在他离开后抱住自己痛哭失声。她和林川怎么会走到这样一步？那么有自制力的林川，能把情绪控制得很好的林川，此刻却被悲痛和悲哀击垮了，他一定是隐忍又隐忍，然后崩塌掉对她所有的信心——没有人可以忍受睡在自己身边的人在梦中唤着别人的名字。她怎么可以这样伤害林川？

她惊醒过来，林川的脚伤未愈，不能开车！她开始不停地给他拨打电话，却总是关机的状态。她在泪水中昏沉地睡去，睁开眼睛的时候，才听到手机嗡嗡振动的声响。她扑过去握住手机，才发现自己手臂疼得几乎抬不起来，接起来只听到对方的一句话，突然之间她仿佛失去了听觉，脑内是一片诡秘的安静，然后双腿渐渐放软，她缓缓蹲下，终于“咚”一声跌坐在地上。

母亲离开时那种难以置信的悲楚绝望在这个瞬间排山倒海地重袭心头，她不相信，怎么都不肯相信，对方在电话里说，“林总遇到车祸，快不行了。”

昨天夜里她不应该让他出去的！不，是 Diana，是她不肯放过林川吗？不是的，统统都不是！所有的原因都是她！是她在睡梦里喊着严澎的名字，这才让林川愤怒之极，他为了她放弃了公司，为了她宁愿到小公司屈就，可是她呢？她这一辈子都不会原谅自己！再也，再也不会原谅！

16

CHAPTER

回不去·大雪

那些日子，那么纯粹美好，他们青涩贫穷单薄，但他们却拥有快乐和坚强。那时候的她只要望见他一眼，就会满心幸福。但风不管怎样吹，那些日子都已然覆盖在大雪之下。

在医院看到林川的时候，才知道那个打电话的人撒了谎。林川是当场致命，到医院的时候直接送进了太平间，阴凉的房间里是一格一格抽屉一样的东西，白炽灯光发出气若游丝的声响，听得姜希心惊肉跳。她浑身都在颤抖，手在颤，唇在颤，紧张得想要呕吐。

正中的位置是一张铁床，白色床单下隆起一个人形。有人把盖在脸部的床单揭开来，那是林川，他一脸平和，没有一丝的血迹，就像是睡着了一样。姜希微颤着手，扶着林川的肩膀，轻声地说："林川，别玩了，快起来！你这样我真的会生气呢！你快醒来好不好，我还没有告诉你我怀孕了，是你的宝宝！我们还有一个星期就结婚了，你怎么可以抛下我，怎么可以抛下宝宝？"

林川静默不语。

"林川，我错了，我真的错了！你原谅我好不好？你不要这样惩罚我好不好？我们重新开始，一切都来得及！宝宝，我们有宝宝了！”姜希撕心裂肺地哭喊，“林川，我求你了！别这样好不好！你快醒来，你快醒来呀！”

她疯狂地摇晃着林川，可他就是不肯搭理她——这是他对她的惩罚吗？

“林川，林川……”撕心裂肺的喊声把冰凉的空气给震碎，不，是整个世界都碎掉了，像玻璃一样，带着粉身碎骨的决裂！不，这不是林川的命运，他才二十五岁！他是一个盛年的男子！他有很多理想抱负野心……再也没有实现的可能！亲爱的林川，一路陪伴着她成长的林川，永远地留在了那个黑暗的世界里。

有人在拉她，让她节哀，让她保重。可所有的话语都安慰不了她，她扶着长椅缓缓地蹲下去，在极大的痛苦里昏厥了过去，她如坠深渊，呼喊不出。

再次醒来的时候，痛苦立刻涌上心头，就像城池一样，一座一座地倒塌，那种无望那种悲凉把她的心都砸碎了，怎么会这样？如果知道会这样，她死都会拦住林川不让他出去。

“孩子，你现在有身孕，身体重要。”姜致远怜惜地说，“这都是命呀！谁都逃不掉。”

姜希撕心裂肺地喊了声，“爸，是我害死了林川！”

“那是意外，是车祸！”

她拼命地摇头，眼泪横飞：“是我，爸，我是凶手！我竟然害死了林川！”

“别去追究了……那已没有意义了！”姜致远长叹一声，“唉，怎么会发生这种事！”

姜希失声痛哭，是呀，林川再也活不过来了。今生今世，她再没有办法去弥补她所犯下的滔天大错，再也没有办法去赎罪。

林川的葬礼姜希以妻子的身份操办，众人都惋惜不已，他们原本快要结婚了，却把这场婚礼变成了葬礼，那么有前途的一个人竟然英年早逝，人生的际遇真是难以预测，大起大落之中只能辛苦跋涉。虽然姜致远一再要求姜希要好好休息，可她却始终不吃不喝地跪在灵堂。满屋的百合和白玫瑰，在芬芳四溢里，却充溢着满满的悲伤，看着相框里林川的笑容，她心如刀绞。

Diana 穿着一身黑裙出现，立在林川的面前她缓缓摘下自己的眼镜，她看着他凄然笑了笑，不是鞠躬，而是低下头吻了吻他的照片。薛群丽忍不住想要上前阻止，姜希拉住她的手，“薛姨，由着她，她是林川的好友。”

警察对交通事故做出的结论是林川酒后驾车，闯红灯的时候与正常行驶的货车撞在了一起。姜致远没有让她看车祸现场的照片，但她也能想到那种惨烈……林川的葬礼只是通知了他的父亲，回来的也只有他一人，林国安没有告诉妻子这件事。已经失去一个儿子的妻子再也没有办法忍受失去另一个儿子了。

Diana 离开的时候，姜希追了出去，起身的时候膝盖发麻差点儿摔倒，薛群丽扶住了她。

“是你吗？”姜希含泪问她，“车祸跟你有关吗？”

Diana 深深地看着她：“他已经死了。”她的眼里没有一滴泪，却是绝望而无声的悲恸。

姜希颓然地垂下眼帘。窗外是阴雨连绵，好像要把一切都淹没掉，姜希的心也被淹没掉了，短短数日而已，她的生活完全被颠覆掉。

“小希，不要太伤心了，生死有命！”林国安叹息地说，“如果你愿意生下林川的孩子，我们会感激你，但如果你不愿意，我们也会理解，毕竟你还年轻，还要嫁人。”

“爸！”姜希潸然泪下，对林国安说，“爸，对不起！都是我，都是我害了林川！”

“别说傻话！”姜致远想要阻止，揽住女儿肩膀，“那是意外。”

“那天晚上我跟林川吵架了！”姜希痛苦地闭上眼睛，“如果不是我跟他吵架，他不会半夜里出去，他从来不会喝醉！”姜希哭得说不出话来，她自责，懊恼，悔恨……她应该知道他有危险的，可为什么没有阻止呢？这么多年林川一直在照顾着她，可她为他做了些什么？她真是凉薄无情的女人，不配林川这样待她。

姜致远嗫嚅了一下，林国安拍着腿蹲下去号啕大哭，“小希，不怪你！是命，这都是命呀！”

如果时光能够倒流，她一定要找到当年的自己，告诉自己不要靠近林川，不要把他拽到你的人生里来！她醒着的时候，闭上眼睛的时候，脑海里都是他们的过往，被欺凌的时候林川把她挡在身后，他总是说，小希，遇到这种事要记得站在我身后哦！他们一起在冷饮店打工的那些日子，那么纯粹美好，他们青涩贫穷单薄，但他们却拥有快乐和坚强。那时候的她只要望见他一眼，就会满心幸福，就会觉得心安和踏实，每天最快乐最值得期盼的就是和林川一起。但风不管怎样吹，却再也回不到过去了，那些年少的青春已经不再，那些简单的快乐已经不在……物是人非，不过如此。

严澎接到严彤的电话时，正在图书馆里忙着查资料，他现在在帮导师做一些事，尽量把时间排得满满的，让自己累得筋疲力尽了倒头就能入睡。他的身边一直不乏喜欢他的女人，金发碧眼的外国妞儿总是又大胆又豪放，但他却只是淡淡地拒绝，说已经有了女友。旁人只当是 Miss 夏，因为他身边唯一的女性就只有她，严澎也没有否认，这样会省去不少麻烦事。

他跟陈绍可曾经在纽约碰见过一次，他是来参加一个行业峰会，而严澎是去做一次学术交流，两个人痛饮了一场，说起高中时的种种依然激昂不已。那时候他们都是无所畏惧的少年，有着提剑走江湖的侠勇，现在想来真是幼稚可笑。严澎没有想到的是那么花心滥情的陈绍可竟然在大学毕业半年就立刻闪婚，对方是他公司的女上司，比他大了五岁。看上去男方稍有优势，但没有安全感的人却是他，迅速求婚迅速结婚，生怕她改变了主意，只想要用一枚戒指套牢了她。陈绍可感慨地说，严澎，我现在终于理解你的死缠不休了！真的是喜欢一个人是没得选的！

严澎把一瓶黑啤对准嘴一口干掉，末了，由衷地说，“你比我幸运，珍惜吧！”陈绍可从头到尾知道他对姜希的感情，以前总是冷嘲热讽，打击不断，觉得他的眼光“独特”，直到自己爱上了，才发现爱情这种事是最最身不由己的。

那晚他们在夜风里疯狂地把啤酒瓶朝巨大的广告牌摔过去，然后在警察追来的时候抱头鼠窜，他们一路狂奔，就好像回到年少时的肆无忌惮。那个夜晚，他也比任何时候都思念姜希，旧事被重温了一遍，翻出来依然撞击着他的心脏。

“哥，交女朋友了吗？”严彤打来电话问得很莫名其妙。

“管好你自己的事，别瞎操心。”严澎一边飞速地做笔记，一边把话筒夹在肩膀和耳朵之间。

“到底有没有吗？”

严澎为了打发她，胡乱应付，“嗯。”

“有女朋友了？”

“你到底想说什么？我很忙，没事就挂了。”

“她的未婚夫死了。”

严澎一怔，手机从肩膀处滑到地上，他手忙脚乱地去捡，抓住紧贴在耳边，“说清楚，谁？谁死了？”

“妈不让我告诉你……但我想你应该知道。”

“少废话！”他几乎是吼了出来。

“是你喜欢的那个女孩，她那个很帅的未婚夫出车祸死掉了！报纸上有很大的新闻……喂，喂，喂……”严彤发现不管她怎么喊，她哥都不再回答了。她朝客厅里看了一眼，那里坐着正在翻报纸的母亲，她吐了吐舌头，知道如果母亲晓得她打了这通电话一定会怒骂她一顿。当然，看到哥的反应她就知道母亲说得很对，只要一遇到那个女孩的事，哥的人生就会打结。他会变得疯狂，变得不可理喻，变得莫名其妙。

严澎一边开车一边打开手提，在百度里搜索新闻。原来严彤说的是真的，该死，他怎么现在才知道呢？夏小千跟林川和姜希那么好，应该知道消息，但竟然瞒得滴水不漏。他握方向盘的手骤然收紧，姜希，姜希现在怎样？他一直以为他们在六月已经举行了婚礼，夏小千也提过他们的婚礼，还说起他们度蜜月的事，靠，他在心里咒骂了一句，夏小千全都在骗他！

他回到公寓，抓起护照就往机场赶，他全然忘记自己发过一千次一万次的誓言，再也不去管她，再也不会去找她，再也不准自己与她联系。她就算真的被林川抛弃那也是她活该！但他没有想到，林川竟然以这样的方式抛下了她。

他把护照拍在机场柜台上，让他们订最早一班到北京的飞机。两个小时候他已经在飞往国内的飞机上了。看到窗外浓浓的云层，他的心在默默地说，小希，我回来了。

到了北京他马不停蹄地转机飞回武汉，而刚下飞机就接到了叶薇亚的电话，她已经知道他回国了，“谁跟你说的？”

“妈，我是回来看看您的！”

“少废话！约翰教授说你暂停了那边的工作和学业，你疯掉了？”

“妈，我信号不好，听不清……”他把手机拿远，然后关掉。他知道他的自作主张会让父母生气，但现在他顾不得那么多了，他只想知道她好不好。

林川的葬礼过后姜希搬回了建二小区的旧房子，处理林川遗产的事她交给了律师打理，她把所有的财产都留给了林川的父母。林国安黯然地说：“人都没了，拿那么多钱来干什么？小希，林川的公寓就留给你吧，当个念想。”姜致远本来也说搬走，林国安劝阻了他们，林川虽然被公司罢免职务，但他还持有一部分相当可观的股票，每年的分红已是一大笔，再加上他的存款、基金、债券、房产等亦是非常庞大的数字，足够他们二老衣食无忧。

在整理林川遗物的时候，姜希才知道这么多年林川一直没有放弃寻找自己的弟弟林沐，他通过私家侦探找，通过报社和电台找……那是林川的心结，也是他的遗愿，姜希小心翼翼地收起了那些资料，决定为了林川继续找下去。

林川的手机，在他出事后警察还给了姜希，她握了很久却没有勇气打开，如果那时候他的手机开机，她一定会求着他回来，那是不是会不一样？但“如果”永远都只是一个虚拟词，所发生的一切都已经是事实，再也没有办法挽回。

她第一次打开了林川的手机，他的信箱里很干净，一条短讯都没有，而在通话记录里，姜希赫然发现林川最后一个拨出的电话是打给夏小千的。通话时间是二十四分钟，然后三个小时后林川遭遇了车祸。

为什么是打给夏小千？他们说了些什么？跟严澎有关吗？自从林川出事后夏小千并没打过电话回来，她知道她一定得到消息了，可她为什么不回来看看林川？他们三个一起长大，那么要好，林川的最后一程夏小千却表现得无动于衷。她有那么多想要问夏小千的问题，却在摁出最后一个数字的时候放弃了。问什么呢？小千不回来，自有她的苦衷。

她的妊娠反应很强烈，每天总是呕吐，又因为过度的悲伤有早产的迹象，医生吩咐必须在家卧床休息，又开了一大堆的安胎药。薛群丽尽心地照顾着她，只是有时候也会不由得说：“小希，你还年轻，以后要嫁人，带着个孩子……唉，我们本不应该说这些，毕竟林川对我们不薄，但是也得为你的将来想想，现在月份还早……”

“薛姨，我想清楚了，我要留下这个孩子。”姜希抚摸着自己的腹部，知道这也是父亲的意思，他们都是为她好，但这是林川的孩子，她要留下他的血脉。

听到敲门声，薛群丽笑着说：“肯定是苏扬来了。”果然，进来的人是苏扬，提着一堆保健品和水果。

“真是难为你常常来看我们小希，来就是了，还带这么多东西。”薛群丽热情地把苏扬迎进来，又冲屋里说，“小希，苏扬来看你了。”

苏扬把手里的东西递给薛群丽，而她一边接东西一边说：“苏扬，就在这里吃饭吧，阿姨去买菜，别走哦！”

薛群丽的热情姜希自然明白深意。自从林川出事后苏扬帮了很多的忙，帮忙处理车祸，帮忙葬礼，也联络了很多同学和朋友。陶健和许子安都来了，陶健给林川上香鞠躬，并无半点对往事的介怀，死者为大，那些恩怨是非也都散去了。陶健现在在一家公司做操盘手，他对姜希说，家里破产后他才开始奋发图强，发现其实破产并不全是坏事，至少他和父母的关系比以前融洽很多，自己也不再像以前那样一副混世子的模样。让姜希没有想到的是，张兴东也从深圳回来了，他是从新闻里知道林川出了车祸，立刻赶来参加葬礼。守夜的晚上，他和姜希聊起在冷饮店的那些日子，他说他还记得他们三个人在冷饮店有多热闹，林川一站在那里，就像醒目的招牌，总是引得一群女孩蜂拥上来买冷饮。夏小千就拿着苍蝇拍扑来扑去，一张脸上全是阳光的金灿，还有姜希。她最恬静沉默，低眉敛眼的时候总是挂着淡淡的笑容……那些美好的时光呀，怎么会戛然而止呢？

姜希给苏扬倒了一杯水，坐到他的对面。苏扬也是那种话语不多的男子，内敛成熟，和林川有几分相似，这么多年他和姜希并无太多交集，而现在姜希对他常常来探视颇有些尴尬。

“今天天气不错，要出去走走吗？”苏扬殷切地问。

姜希抬眼望向窗外，果然阳光明媚，天空澈清，迟疑了一下，“好呀。”

下台阶的时候，她没太注意小石子，一个踉跄身体摇晃了一下，苏扬及时扶住了她。她低低道了声谢，苏扬这才意犹未尽地松开她。两人找着话题聊天，尽量避免提到林川，只是气氛总是会陷入沉默之中，他们都察觉这样的聊天有些辛苦。

两个人折回的时候，在楼下姜希突然被一大团阴影笼罩住，扬起头来，面前的人竟然是严澎，一副风尘仆仆的样子。她如霜打一样呆住，一股痛楚逼近心脏。

严澎深深地看着她，又是许久不见，原本以为她正新婚燕尔，没想到再见却是憔悴不堪，一身素衣，手臂上的黑纱刺人眼睛。

“还好吗？”严澎问道。

姜希抿了抿唇，只是默默地与他擦身而过。

“小希！”他在她身后不解地问，“难道我们之间连个朋友也不如？”

苏扬看着姜希越来越虚弱的脸，挡在严澎的面前：“没看出来吗？她不想见你，你还是走吧！”

“你是哪根葱？”严澎愤怒地盯着他，这个男人一脸的保护欲真欠扁！凭什么他可以在姜希的身边，凭什么要由他来保护她？

“我是苏扬，小希的朋友。”

“这里没你的事！”严澎隐忍着说，“你走开，我跟小希有话要说。”

“她不想跟你说话！”

姜希直直朝前，把那两个男人都扔在身后。严澎想要追上去，苏扬抬起手臂拦住，“她怀孕了，现在身体状况不好。”

严澎猛然呆住，她怀孕了！她怀了林川的孩子！他从地球的那端赶回来，自以为她会需要他的安慰，但原来她的身边已经有了安慰她的人。他从来就不重要！自始至终。他遇到她真是人生里最大的悲剧，一直在追，一直在追，然后发现自己其实还在原点。

“我知道你是夏小千的男朋友，既然你是她的男朋友，就请你不要来打扰小希！她的生活需要平静。”苏扬静静地说。

“平静？”严澎自嘲地笑笑，“你就是她所谓的‘平静’吗？”

苏扬转身离开，不再和他纠缠。而严澎抬起手来朝墙上狠狠砸了几拳，在皮肉的疼痛里感觉到一种兵败如山倒的悲哀。

隔天，夏小千亦千里迢迢从美国回来。一见到姜希就抱着她哭了起来，“对不起，我现在才回来！因为一直不愿意面对这件事，总想要把最悲伤的时刻错过！小希，对不起，在那个时候没有陪在你的身边。”

“林川知道你回来，会高兴的。”事情已经过去数日，但姜希只要想到林川，就忍不住落泪，严澎的回来对她是一种新的煎熬。她知道他很无辜，但她却把这种恨意强加给了他！如果不是他一再来打扰她的生活，她和林川会一直幸福地生活下去。她的心不会动，她的感情不会变，她依然是那个崇拜着林川、深深爱恋着他的人……她这一辈子再也没有资格得到爱情了。从林川死的那刻起，她和严澎再无可能。

“小千，我能问你那天晚上林川为什么给你打电话吗？”

夏小千怔了一下：“是林川去世的那晚？”

“嗯。”

“小希，过去的就过去了，别再问了。”

姜希的眼泪汹涌了上来：“是我害死林川的。那天晚上他和我吵架了，然后生气走出了家门，我应该拦住他的，他的脚伤还没有好，根本不能开车。”

夏小千叹了口气：“林川那么爱你，他不会怪你的！”

是呀，林川那么爱她，可到最后竟然是她害死了林川！这是她最痛苦，最无法面对的事情。

“我想去看看林川。”夏小千吸了吸鼻翼，“我们三个人从小一起长大，却没有想到缘分竟然这么短，这么少。小希，你也别太难过了，林川在天之灵一定希望你过得幸福。”

薛群丽回来看到姜希在哭，心里有些埋怨夏小千，“伤心的事就让它过去吧，活着的人总要继续往前走，以后也别提了！小希，你得为肚子里的孩子想想，总这样哭对孩子不好！”

“你怀孕了？”夏小千又惊又喜，“是林川的孩子？”

“说的什么话？”薛群丽扫她一眼，“我们家小希就林川一个男朋友。”

“我不是这个意思！”夏小千自知失言，握住姜希的手，“太好了，这真的太好了！”

薛群丽不同意姜希再去林川的坟墓前，“去了伤心，小希，别去了。”

“薛姨，您放心，我没事！”这些日子薛姨对她的照顾，也让她们亲近了不少。

她们到的时候，没想到严澎已经在那里了，他为林川点了三支烟，坐在那里自言自语，“以前我总是盼着你抛弃小希，没想到你竟然做得这么绝！以前我总是很讨厌你，想要抓住你的漏洞和把柄，但其实你就是你，不管你是怎样一个人，小希的心里都只有你！”

他好像从来没有认真地跟林川讲过话，从一开始他就出现在姜希的身边，这让严澎对他有着深深的敌意。

夏小千微微清了清喉咙：“严澎，你怎么来了？”

严澎这才看到站在他身后的两人，深深凝视着姜希，“真的，我倒宁愿林川活着，我不希望最后跟你在一起的人不是他，也不是我，而是别人！”

“就算没有林川，也不可能是你！”夏小千冷冷地看着他，严澎一言不发，转身离去。

严澎面沉如水地到家，严彤一见他就凑过来，两眼生辉地问：“哥，你去找她了？她是不是为你千里迢迢回来安慰她而感动得稀里哗啦？”

严澎瞪她一眼。

叶薇亚把杯子朝桌上重重一顿：“我给你订机票了！必须马上回去上课！”

“说了我不回！”

叶薇亚不管不顾地抓起沙发垫子就朝严澎砸了过去：“你有点儿出息没？为了个女人把自己搞成这样！”

这些日子，幸好有父亲和薛姨陪着她，而夏小千回来后也天天都来看她。她曾经问过夏小千美国那边的学业，夏小千撇了撇嘴："反正我那个学校也只是念着玩的，不过是为了陪严澎，他现在不肯回学校，我也只能留下来。"

"他……"

"你知道的他不肯回去的原因是放心不下你。"夏小千伏在阳台上，有一下没一下扯着一株绿萝的叶子，细软的头发贴在她的额前，透着说不出的妩媚。

听到夏小千的话，姜希的心颤了一下。这个傻瓜，为什么还不肯放弃她？为了她，他竟然连学业也不要了，她已经是一个罪人，辜负了一个男人，还要把另一个人扯进深渊吗？

"真不知道怎样才能让他死心？"夏小千喃喃自语，"我已经很努力了！我已经做了我能做的一切！可是他怎么就这么无动于衷呢？认识他到现在已经近七年了，跟着他，我去北京、去美国，我不择手段地跟着他，但他的心里却在恨着我。"

夏小千的眼里蓄满了眼泪，"小希，你能帮帮我吗？帮帮我，好不好？"

姜希看着眼前的夏小千，只觉得自己罪孽深重。不是因为她，林川不会出事，夏小千不会这样不开心，严澎也不会这样痛苦！是她把一切都弄得乱七八糟，让所有人的命运变得不堪负荷，沉重而悲伤。

半夜的时候，姜希的肚子突然间抽痛起来，去了趟卫生间，胆寒地发现竟然有血。她惊慌失措地喊起来："薛姨，薛姨！"

薛群丽听到姜希的呼喊立刻从床上起来，一看到姜希的模样，低低喊了一声，“天呀，恐怕是要流产！”姜希一听只是捂住腹部，喃喃地说：“宝宝，不要有事，一定不要有事！林川，你要保佑孩子，你要保佑孩子呀！”

薛群丽赶紧让姜希躺到床上，再拿枕头垫在身下，她已经惊慌失措六神无主，“老姜，打电话，快打120！”

姜致远在外面打电话，声音直发颤，说了好几遍才把地址说清楚。挂上电话直搓着手在房间里走来走去，“怎么还没有来？救护车怎么还没有来？”

姜希感觉肚子里像有一双手在扯，有血在汩汩地涌出，不安和恐惧袭击了她。十分钟后救护车赶到，姜希被紧急送往医院，那么深的夜就像一口井，站在井底的他们无法自救。

医生迅速给姜希做了检查，她在大出血，已经三个月成型的胎儿保不住了。听到这个结果，姜希的身体发软地真往下坠，薛群丽扶着她：“苦命的孩子呀，我这苦命的孩子呀！”

“要马上做清宫手术，否则大出血会有生命危险。”医生见怪不怪地说，“先去办住院手续吧。”

“医生，求您了！我要这个宝宝，救救他！”姜希噙着眼泪说。

“现在的情况是根本就没有办法保住！”

“试一试……再观察一下？”

“你这样大出血会死人的！”

“再等等！求您了，医生帮我想想办法！”

医生缓了缓语气，“你还年轻，等身体恢复了还可以要孩子！”

“不，孩子的爸爸已经不在了。这是他的骨血，我要留住！”

姜希泣不成声。

医生一怔，没有想到会是这样的情况，除了同情却也无能为力：“真的没有办法保住……如果你坚持那就再看看情况吧，先给你打上孕酮和 HCG。”

姜希被送进病房，护士马上来给她加上液体。她一直在心里鼓励着宝宝、鼓励着自己，可是眼泪却淌满了脸，一种无助绝望让她深刻地知道，宝宝在流逝。她一直在自责自己是不是太不小心，一直在想哪里出了问题。但是前几天她做过孕检，医生告诉她宝宝很健康，胎心有力，孕囊大小也很正常。她一直被妊娠反应折磨的呕吐这几日也少了一些，以为进入到孕中期会更加稳固，但怎么会突然间流产呢？电光石火间她想起了 Diana，会是她吗？她说过让她打掉这个孩子，她以为林川不在了 Diana 就会放过她，但会是她吗？她不愿意去想，也不敢去想……这是林川的孩子呀！是她心里唯一的慰藉，现在也要失去了。

两个小时后，三个小时后……她的出血症状始终没有缓解，而且 B 超显示胚囊已经没有了心跳。姜希已经哭不出来，只感觉万箭穿心。

医生终于给她做了清宫手术，她没有要求打麻药。她想要用这样的疼来惩罚自己，原来人生最无望的一件事，就是看着生命里最重要的人，一个又一个失去，失去无法失去的，承受无法承受的，命运在考验着她的底线，一次又一次地把她逼到谷底。

她静静地望着天花板，感觉它快要压下来，把她压得粉碎。精神上已经坠入深渊，肉体的疼又算得了什么？那一团模糊的血肉从身体里剥离的时候，她觉得自己也死去了。

她从手术室里被推出来的时候，单薄得就像秋天里的一片树叶，薛姨一下就哭了："遭罪呀！孩子，难受你就哭出来，这样忍着会很辛苦！"

姜希呆呆地睁着眼睛，"薛姨，让医生帮我做个检查。"

在等待结果的时间里，姜希就一直那样静静地躺着，呆呆地望着天花板，不哭也不说话，看得姜致远和薛姨心疼极了。医生把报告单送了过来。果然。像姜希害怕的那样，在她的血液里查出有堕胎药米非司酮的成分。姜希想起来，前几日她去附近的书吧买关于宝宝的书，在书吧要了一杯水坐了一会儿。很有可能是在那个时间里 Diana 派人把堕胎药放进了她的杯子里。她怎么可以这么不小心呢？明明 Diana 说过威胁的话，却忘记了警惕。

"这不可能！"薛姨看着结果直嚷嚷，"医生是搞错了吧，这是堕胎药呀！小希怎么会吃？"姜致远看了薛姨一眼，把她拉到一边，"是你吗？"

"姜致远！你疯了！"

"是，我是说过想要劝小希不要这个孩子，但既然她想留着就让她生下来……"

"你怀疑我？"

"那是谁给她下药？"

"姜致远！你有没有良心？小希虽然不是我亲生的，但我把她当亲闺女来疼！我怎么可能害她？你今天把话给我说清楚！要不然，我跟你离婚！"

"哎，说什么呢！我就顺口问问！"

“有你这样问的吗？”

“可是小希一日三餐都是你在负责！”

“姜致远！”薛群丽怒目相向，“果然是半路夫妻，到底不是一家人！”

“我错了！我错了行不行？这不是着急嘛！”姜致远赔着小心，“到底是谁要害我家小希呢？这无冤无仇的。”

“苏扬？会是他吗？他喜欢小希，但不想要这个孩子……”

“有可能，他天天往这里跑！”

姜致远和薛群丽迟疑着还是把这个想法告诉了小希，希望她能够多个心眼。姜希自然知道不是苏扬，但也不想告诉他们真相，怕他们过分紧张。

苏扬听说姜希住院后立刻就来探视，姜致远和薛群丽因为心里怀疑他，对他就有些不待见，态度冷淡得很，这让苏扬心里惊讶，却不知自己做错了什么。只是看到姜希的样子心里难过，他还记得刚认识她时的模样，清纯美好的模样，当问到是不是林川的女友时，脸上是一抹动人的娇羞。他也是从那一刻开始注意到这个女孩，她并不出众，但自有一股清丽，笑起来眼角会扬起来，煞是好看。只是他亦知道，她心有所属。林川是配得上她的男子，他也就放弃了。他不是那种和自己较劲的人，知道是一件困难的事也不会执着坚持，大学四年他也交过别的女友，只是分分合合的，他并不强求。

大四那年他去林川的公司实习，毕业后就留了下来。他对林川有种复杂的认同感，一方面觉得他处事决绝冷酷，另一方面又对他的城府和睿智很是欣赏。在公司的几年，他也慢慢坐到了中层的位置，林川并没有特别照顾他，只是给他一些机会，尽管这样他对林川也是感激的。偶尔见到姜希，他的心会有些许的波澜，但总是很快就过去。他已经有了成年人的算计和分析，利弊一目了然，他不会往里面再投入自己的感情。

只是没有想到林川会出了意外，那么年轻前途无限的人说没就没了。在医院里见到姜希的时候，他的心竟然变得鲜活和冲动……现在她离他近在咫尺，也许他还有机会。

此刻苏扬坐在姜希的病床前，看着她苍白虚弱的脸，想要去握住她手，她轻轻地滑了过去，面庞侧向一边。

“我们小希还要休息，如果没什么事你就先回吧。”一向对他热情的薛群丽说。

“我……”苏扬迟疑了一下，“那好，让小希休息，我改天再来。”

“改天也不用再来了，小希有我们照顾。”薛群丽不管不顾地盯着他，倒是一旁的姜致远尴尬地扯了扯她的衣角。

“薛姨，您能帮我去问问医生什么时候出院吗？爸，您跟薛姨一起去，我跟苏扬讲会儿话。”

薛群丽不愿意，但姜致远拉扯了她几下，她这才不情不愿地出了病房，合上门就趴在门楣处想要听清楚里面的声音。

“别听了！”姜致远没好气地说，“你说你这个女人怎么这么沉不住气？你有证据说是苏扬？要是冤枉了他……小希现在这样的状况，有个人还肯对她好……”

薛群丽“嗤”一声，“说的什么话？你是她亲爸吗？小希又不是阿猫阿狗，有人肯收留她，你就赶紧把她送出去！”

“我没这个意思！”

“行了，别废话！”薛群丽打断他，可是耳朵竖起来也听不清病房里的两人在说什么，只能干着急地跺跺脚，“要是知道谁在害我们家小希，我非撕了他！”

病房里苏扬给姜希倒了一杯水，扶着她半倚在床上，她捧着杯子沉默良久，终于说：“能帮我一个忙吗？”

18

CHAPTER

自放逐·小寒

她就在那里与内心的自己对望，然后在自己的心里看到了严澎，那个倔强任性的少年，带着小寒时风一样的喧嚣走了进去，一直，一直都在。

严澎敲了半天的门也没有人应，气恼得想要踹上几脚的时候，隔壁邻居出来警惕地看着他，“你找谁？”

“姜希，我找姜希。”

“你是她……”

严澎看着邻居一脸八卦的样子，忍了忍怒气：“男朋友。”可想而知对方听到这三个字有多诧异了，心里鄙夷了姜希一下，不是才死了未婚夫吗？

“她家里没人，昨天半夜的时候被送到医院了。”

“谁？谁病了？”严澎的嗓音提了提，有些微颤。

“就是姜希，救护车送过去的！”

严澎的心骤然提紧了起来，面上不动声色地掏出手机，拨给夏小千：“把小希的医院地址告诉我！现在，马上。”

“小希住院了？”接到电话的夏小千也挺意外，“你等一下，我先给小希打个电话问问。”夏小千这才知道姜希流产了，想了想还是把地址发给了严澎，并说在医院门口等他，一起去探视姜希。

他们到的时候，病房里除了姜希，还有苏扬。他就坐在姜希的病床前，将一碗鸡汤一勺一勺地喂给她，直看得严澎火冒三丈，上前就抢过苏扬手里的汤碗和勺子，后者无奈地笑笑，闪身让到了一边。

严澎眉眼柔和地看着姜希，舀了一勺鸡汤放在唇边试试温度再举到她面前，而她只是别转面孔，紧闭双唇，固执地不去看他。她的心在瑟缩哭泣，怎么才能让他离开？怎么才能让他回到他的生活里去，即使她已经知道了自己的心意，却只能狠下心来不断地赶走他！因为林川是因为她而死掉，而现在她竟然连林川的孩子也没有保护好，她怎么对得起林川？怎么可以再放任自己的心去和喜欢的人在一起？

“小希，我知道我有很多缺点让你讨厌，我改，我改还不行吗？”严澎举着汤勺固执地停留在半空中，“我不在乎你心里是不是还喜欢林川，但他不在了，让我来照顾你，好不好？”

夏小千的手微微地蜷缩起来。

“对不起……”苏扬突然打断严澎，“让我喂吧，汤要凉了！”

“有你什么事！”严澎愤然地看着他，恨不得用扫帚把这个横空跳出来的家伙一把扫出去！

“严澎，你别闹了！”夏小千低声呵斥，“小希才遇到这种事……你就不能让她清净一些。”

“她真的难过吗？”严澎咬牙切齿，压抑不住内心的悲愤和痛楚，把一碗鸡汤朝地上用力一掼，陶瓷碗碰着地面顿时粉身碎骨。

“你发什么疯呢！”夏小千在苏扬想要抬手之前挡在他们中间，“小希失去了林川，又失去了孩子，你怎么还要来逼她！”

严澎自嘲地笑笑，从他进病房看到姜希和苏扬的亲昵，他的心就在嫉妒、嫉妒、嫉妒，有一把火烧着他，让他失去了理智。以前是林川，现在是苏扬，他到底要怎样做才能走近她？他真是死都不会瞑目，为什么别人可以，就他不行？他真的恨透了她，盯着她的眼睛里绝望而悲凉地嘶吼，“你没看她现在过得多好，没了林川还有别的男人！她的身边什么时候缺过人呀！姜希，你他妈说话呀！我最讨厌你这样一副无辜的样子，好像总是我在欺负你！你用这副清纯无辜的样子骗了多少人？可你为什么肯要这样一个人也不要我呢？他有我爱你吗？有吗？”

姜希在他的质问下心如刀绞，却只是一字一字地说：“我和苏扬要结婚了。”

这句话带着绝杀，把严澎的世界击得粉碎。

“林川尸骨未寒，你就要结婚？”他自嘲地笑笑，手指关节捏出啪啪的响声，“真没有想到你会是这种人！”

“小希，你真的要跟他结婚？”夏小千难以置信地看着姜希。

“我今天才向她求婚，她答应了，我们打算蜜月结婚，就不办仪式了。”苏扬勾勾唇角，露出一抹甜蜜笑容。

“我不答应！”严澎整个人都要疯掉了，抓住姜希的肩膀使劲地摇晃，“你忘记林川了？他才死了多久你就移情别恋！你怎么可以这样！怎么可以！”

苏扬想要上前阻拦，严澎抬手一推，苏扬踉跄地摔在地上，手碰到摔碎的瓷碗被割了一条口子，夏小千赶紧上前扶他，“你流血了，快去处理一下！”

“苏扬！”姜希看到想要下床，被苏扬制止。

“小希，没关系，你先解决你的麻烦，我去处理一下……”

夏小千深深地看了严澎一眼，对苏扬说，“我陪你去。”

“不要嫁给他！”严澎抱住姜希，眼泪涌了出来。他曾经以为他和小希之间，不过是因为林川先出现而已，他错失的是一个时间的机会，而现在他才明白，不管他是早一步还是晚一步出现，他永远都是在错的时间里。他一直在等，这种等就好像变成了习惯一样，让他随着惯性往前走。不是他愿意，而是因为被命运驱使。

姜希抬起手来，想要揽住他，却在迟疑之间垂下了手：“忘了我吧，我不值得你这样对我。”

“我做不到！”遇上她是他的劫难，比那西天取经的九九八十一难都还要难，“你教教我，该怎样做才能像你一样决绝冷酷，像你一样轻易地就可以爱上另外一个人……真的，我做不到。这太难了，真的太难！不管我走到哪里，却始终摆脱不了你……”

姜希无言以对，他的爱太重了，她不知道如何去背负。

“小希，为什么是苏扬，就不可以是我？”

“因为苏扬更适合我。”

“对，你喜欢的就是这样的类型，像林川一样的，温柔，成熟，内敛……呐，在你心里我幼稚，坏脾气，不可理喻！可是我没有你理智，我不知道什么适合不适合，我只知道喜欢还是不喜欢。只能说，我错爱了你，姜希，我这一辈子最倒霉的一件事就是遇见了你！最后悔的一件事就是爱上了你！”

“严澎，我来教你怎么做。回去上学、工作，忘了我……”每一个字对她来说，都是煎熬。她深深地爱恋着他呀，却要一次又一次把他往外推！他的痛苦在她的瞳孔里放大，然后落在心里，很沉很沉。

姜希知道只是这样严澎还不会死心，她在出院以后就和苏扬去领了“结婚证”，当然这是苏扬找人做的假结婚证，目的不过是为了让严澎看到。夏小千把“它们”拍了照片递给严澎，“我早说过了，你和小希一点儿可能也没有，她不会喜欢上你。”

严澎看着那张照片，许久都没有说话，从他的眉眼看不出情绪，只是肩膀垮了下来，像石头一样杵在那里一动也不动。

夏小千合上手机，坐在他的身边，看着他沉默的侧影。

夜幕四合，他们的心都没有办法愈合，缺失的那一部分总在每一次心跳时隐隐作痛。

姜希突然要结婚的事让姜致远和薛群丽很意外，他们都劝阻她要想清楚，而且林川才去世她就嫁给别人，他们一家也无颜面对林川的父母。

“小希，虽然我们希望你不要为林川的事伤心，但你这样也太……说不过去了。”姜致远停顿了一下，“你看你们结婚的事能不能暂时缓一缓，等上半年？” 姜希什么都没有解释。她知道她一天不“结婚”，严澎就一天不会离开，她不能再拖下去了。那天叶薇亚也来找过她了，那还是她这么多年第一次与她面对面。

“说实话，当年看到你时我就已经很喜欢，觉得你挺不容易的。严澎喜欢你，我一直都知道，并没有反对，他是我儿子，我了解他。他想要做的事任何人都拦不住！他就是这样死犟的性子！只是……我想知道你对他到底是怎样的态度？这么多年他一直都放不下你，为了你甚至连学业前途都可以放弃，你呢？你对他是不是也有这样的感情？”

眼前的姜希跟叶薇亚记忆里的她差不多，素淡的表情，安静的眼神，浑身散发着一种疏离的感觉，只是当年的她虽然单薄却要比现在多了几分朝气，不过经历了这么多悲欢离合也难为她了。

“一直没有当面谢谢您，当初我妈住院，还有我爸的工作，都是您在帮助我们家吧？”

“你怎么会知道？”叶薇亚诧异地看着她。

“我也知道严澎为我做了很多事，但是我有自知之明，我们是不可能的……”

“你误会我的意思了，我并不是反对。”

“是我的原因……我的人生太沉重了，我不想把这种沉重加到他的身上。这对他来说不公平，他应该选择一个简单一些的人生，找一个能带给他快乐的伴侣。”这是姜希心里的话。严澎的骨子里很孩子气，他单纯而明朗，与他在一起的女孩应该是如夏小千那样明朗阳光的女子。

“那你对他……”

“这不重要。”

叶薇亚在来之前其实是想替儿子做做说客——她这个母亲又能怎么办呢？儿子喜欢，而且喜欢得不得了，她就只能替他争取一把。即使在内心里她对姜希有几分成见，但听到她这一番话也从心眼里喜欢上了这个姑娘。即使现在她的生活陷入泥沼里，她也没有把严澎当成救生圈紧紧地抓住。

“我可以为你做点儿什么？”

姜希摇了摇头，“我会让严澎回去上学的，以后……也不会再与他见面。”

叶薇亚重重握了握姜希的手：“谢谢。”

她离开后，姜希在院子里一丛矮树旁的长凳上坐了许久。她想起那天在医院里夏小千对她说的话了。她告诉姜希，林川那晚最后一个电话打给她，是为了告诉她，小希喜欢上了严澎。夏小千说：“小希，那时候林川的心有多绝望呀，他一直深爱着你，可你怎么可以喜欢上别人？看着林川那么孤独地死去，你和严澎能够幸福吗？那天晚上林川打电话来的时候心情很沮丧，这么多年我从未见过他那样痛苦……小希，我一直不肯说出来是怕你自责，但是如果你和严澎在一起我不会原谅你！”

姜希不想再继续纠缠下去了，所以她拜托苏扬帮她一个忙，跟她假结婚。为了像真的一样她连父亲和薛姨都瞒住了，她知道只有这样才能逼着严澎离开她。苏扬没有问为什么就同意了。

严澎在看到他们“结婚证”的第二天就飞回了美国。很奇怪，在回去的飞机上，十一个小时的飞行时间里他竟然一直在睡，没有一丝的梦，他睡得很沉很沉，就好像从一场马拉松赛场下来，立刻就想要休息一样，任凭着自己昏沉地睡去。又或者，这是他最幼稚卑微的逃避，不去面对，不去想，什么也不做，就这样在一觉醒来后，忘了她。

一些日子后，苏扬在机场送走姜希，“什么时候回来？”

他的眼神里有着难掩的不舍。

“不知道，先到处走走吧！”姜希决定去外面走走，这个城市有满身的伤痕，她在里面行走总会不经意地就掉下泪来，她的心里缅怀着过往，痛苦不堪地挣扎，索性就这样把自己放逐到天边去，也许有一天回来她的心就平静下来了。

“你放心，我会常常去看你爸和薛姨。”

姜希跟他们说的是和苏扬去旅行，她不希望他们担心。抬眼看看这座城市，已经又是一个萧瑟的深秋了，云层凝固了一样胶着在灰扑扑的天空上，抬眼一望，是满目的荒凉。

姜希去的地方是印度，她听夏小千说以禅修的方式可以了解内心的自己，她想要寻找一种摆脱痛苦的方式，想要让自己的心平静下来，如果禅修真的可以帮助到她，她愿意去试一试。

“小希，你知道的，只要你说一声，我就会等你回来。”

“苏扬，谢谢你为我做的一切，但是不用再多了，我会还不起！”

“其实我……”

“不，别说出来，苏扬，我已经不会再对任何人动心了。”

“小希，我知道了。不过我还是得说一句，你的心是不愿意，还是不敢？林川的死是意外，要让你来背负这种沉重对你来说不公平……那个严澎，你是爱着吧。”

姜希的心震了震，“我对不起林川……”

“不，其实从自私里说你有什么错，他也曾和Diana……”

“苏扬！”姜希打断他。

“小希，我只是不希望你内疚，你有权利追求你的幸福，你也有权利得到爱情！”

她默默地从苏扬的手里接过行李，她知道从林川死的那时起她就没有权利没有资格幸福了。夏小千说得对，如果她和严澎在一起那么不会原谅她的人，不仅仅是夏小千，是林川，也有她自己。她总是会想起林川最后的那个电话，他在跟夏小千说她喜欢上严澎的时候，他的心是怎样的痛楚？一想到这里她的呼吸都要屏住，悔恨像冰凉的蛇绕在她的颈项上。林川从来不会喝醉酒，就算是生意场上也极有自制力，微醺根本影响不了他的判断力，当他直直冲向红灯的时候，其实是一场有预谋的自杀。那不是意外，那根本就不是一场意外，是她杀了林川，用最残忍决绝的方式。

她在出院后一直没有去找 Diana，虽然明知道是她伤害了宝宝，但爱恨都该落幕了。如果用这样的方式能让 Diana 不再恨林川，那么她也不再去恨 Diana 了。三个人的爱情里，不被爱的那个人才是最最辛苦的，即使她付出的并不比另一个人少，甚至更多更多。

她知道严澎已经回到美国，而夏小千也义无反顾地追了过去。爱情真的是一件没有道理的事，你拼命地想要追，但对方拼命地想要逃，不管你的条件有多好，你在旁人的眼里多么优秀能干，多么帅气漂亮，但总有一个人会忽略你！

姜希到达了印度的加德满都，报了禅修的课程。在那里她慢慢地平静了下来，禅修的要求是与外界完全没有联系，在封闭的环境里连话都不许交流，只是静坐，只是冥思，只是静静地注视着自己的内心。

第十天的时候，他们被安排到单独的禅修房里。是密不透风的黑，人融了进去，根本就分辨不清，她就在那里与内心的自己对望，然后在自己的心里看到了严澎，那个倔强任性的少年，带着风一样的喧嚣走了进去，一直，一直都在。

她终于看清了自己，所有的命运皆是因为，她喜欢上了他，已经很久。

19

CHAPTER

归去来·大寒

这两年沉甸甸的大寒纪，是一个漫长的陈述句，她没有对任何人说过她是怎么熬过来的。每一个异乡的夜晚，她的心都孤独而忧伤。

姜希在印度去了很多的城市，然后选择在特丽莎修道院停了下来。她在这里照顾一些垂死的老人，她的工作是打扫、洗衣物，陪着那些时日不多的人说说话，给他们最后的慰藉。两年后，她离开了修道院，起程回国。

她把自己放逐了两年，内心慢慢获得了平静和力量。她想家了，想念父亲和薛姨，也在想念那个曾经拼命要逃离的城市……这两年沉甸甸的日子，是一个漫长的陈述句，她没有对任何人说过她是怎么熬过来的。每一个异乡的夜晚，她的心都孤独而忧伤。

下飞机的时候，已经是午夜时分，她没有想到苏扬会来接她。这两年里除了跟家人通电话，她鲜少再跟别人联系，想来这次回国的事是父亲告诉苏扬的。

苏扬一见到她，惊喜感慨地抬手揽了揽她，“终于回来了，看上去不错！”

面前的姜希在印度漫长的夏季里，皮肤晒成了健康的古铜色，一头齐耳的短发，精神倒是挺好，少了往日的苍白，眼神多了几分坚毅的味道。

“这么晚还来接我，你的静怡不会生气吧？”姜希笑着说。她知道苏扬在半年前结婚了，新娘是他高中同学，他回北京参加同学会，大家起哄要让每个人交代一下高中时候喜欢过或者暗恋的人的名字，写在纸上，大家一起来看。此时苏扬和杨静怡是同桌，她一副男孩性格，跟苏扬称兄道弟，即使苏扬心里有点儿小小的喜欢也把这念头给压了下去，后来杨静怡留在北京念大学，他来了武汉，两个人也就没了联系。没想到他们俩的纸条打开来，竟然写的是对方的名字，一桌的人又是起哄又是瞎闹，把两个人推到了一块儿。杨静怡也不扭捏，直接问苏扬有女朋友吗，如果没有那他们就试试。他们的感情升温得很快，他离开北京的时候，杨静怡就把工作辞了跟他一起到了武汉。苏扬的个性稍显沉闷，但杨静怡却很活泼主动，他们这样互补的性格相处起来很融洽，苏扬在心里也在庆幸，他没有错过杨静怡。关于他和杨静怡的事他也统统告诉了姜希。

“她也来了，在车里。”苏扬接过她的行李，脸微微红了，“她说把重逢的这一刻留给我。”

“苏扬，谢谢你，这两年一直都在帮我照顾父亲和薛姨。”她到印度后才跟父亲解释，她和苏扬并没有真的结婚，当时瞒着他们是因为有不得已的苦衷。姜致远也没有继续问下去，只说在外面走累了就回家，家里的大门永远为她敞开。而这两年里，是苏扬时不时地去探望父亲和薛姨，他们有些不适或者需要出力的地方苏扬就像个儿子一样照顾和帮忙。

姜希曾经在照片里看到过杨静怡，秀丽的鹅蛋脸，一双灵动活泼的眼睛，小巧的鼻翼，很俏丽可爱的模样。

杨静怡从车里下来，见到姜希伸出手来，笑着说：“早就听苏扬提过你，你好，我是杨静怡。”她也在打量着姜希，是那种沉静娴雅的女子，只是敛眉的瞬间，眼里藏着一些伤痛的过往。她从苏扬那里大概知道一些，她有很好的未婚夫，遭遇车祸意外去世，那时她怀着孩子，决心生下来的时候却又流产。苏扬也没有对杨静怡隐瞒他对姜希的好感，只是他是现实和理智的，一旦被姜希拒绝，就不会再等待下去。杨静怡对姜希并没有忌惮，谁没有一点儿过往，何况苏扬的坦白很磊落，她信他。

姜希看着杨静怡豁达从容的表情，握住她的手，浅浅笑了笑：“谢谢你来接我。”

“其实是想看看让苏扬念念不忘的女子是怎样的模样……”

苏扬猛咳起来，满脸的尴尬。

杨静怡看着他暖暖一笑：“还挺有眼光的嘛！”停顿一下又说，“我是说你放弃她，选择我！”

“真是臭美！”苏扬捏了捏她的脸，“我发现你脸皮越来越厚了！”

“脸皮不厚能泡到你！”

姜希看着他们笑闹成一团，由衷地为苏扬感到高兴。他眉眼之间都是娇宠和溺爱，笑起来的时候也比以往多了爽利和明朗。

“上车吧，送你回家！”苏扬对着姜希说。

姜希坐到后排座位，透过车窗看这离开两年的城市，城市的街灯依然璀璨迷离，在夜色里笼罩着一股子清冷。

杨静怡坐在副驾的位置，转身问她："回来有什么打算？"

"先找份工作。"姜希停顿了一下，"除了实习过几个月，我一点儿工作经验也没有……"

"我可以帮你问问，职位薪金有什么要求？"杨静怡热情洋溢地说。

苏扬看她一眼，"小希，她才来武汉大半年，认识的人比我还多！"

"不用麻烦了，我自己先投简历试试。"

"也好，有什么需要帮忙的就直接说一声。明天到家里来吃饭吧，苏扬做得一手好菜呢！"

苏扬忍不住又插嘴道："也就你觉得我做的菜好吃！"苏扬简直觉得杨静怡是故意的，起初结婚时杨静怡拍着胸脯说她会做饭，会把他养得白白胖胖，可几餐下来他发现杨静怡会做的菜就是番茄炒蛋、煎鸡蛋和蛋花汤。翻来覆去地吃得他唉声叹气，自己进厨房做了几个菜，杨静怡把他夸成了举世无双的好老公，大大满足了他的成就感。那以后他在她的鞭策和鼓励下，继续在厨房奋战，某一天赫然发现，自己在厨房里烟熏火燎的时候，杨静怡一边嗑瓜子儿，一边躺在沙发上看电视。他不知不觉地就沦落成了厨子的角色，不过不管他做什么菜，杨静怡就是夸，可劲儿地夸，就连出去餐厅吃饭，也当着人家服务员的面说，这菜呀还没我老公做得好呢，这大厨也真好意思出来挣钱！苏扬的心就酥了，哪个男人不期望自己的老婆有一些崇拜自己，为此苏扬不仅天天在家做饭，还做得一脸愉悦。

"真的，自从结婚后，我就胖了十斤！"杨静怡说着捏捏自己的肚子，“你瞧这上面的肉，全是攒起来的！”

“你岂止是肚子上肉多呀，浑身都是肉！”

“那又怎样，你嫌弃？”

“我怎么敢？”

“你说的是不敢，心里是在嫌弃？”

“我是言行一致。”

……

姜希看着他们你一言我一语地斗嘴，无声地笑了。两个相爱的人在一起的感觉就是这样吧，不管对方说什么也不会觉得无聊，也都会认认真真地去答复。

“那你明天来吃饭！”杨静怡还不忘问姜希。

她点点头，“好呀！”

姜希让苏扬送她回以前和林川住的房子里。那里都是林川的回忆，她想要去看看林川。林川刚出事的那一阵子她根本没有勇气去面对，就搬回了建二小区。到印度后她知道那所房子一直空着，薛姨时常去打扫一下。

用钥匙开门的时候她的手还是忍不住颤了一下，有那么一瞬间她真的希望打开门来，林川会在里面。苏扬默默地把她的钥匙接过来，“我来吧。”

杨静怡紧紧地揽了揽她，当灯光亮起的时候，她站在这所熟悉的房间里，那个晚上林川与她的争执再一次浮现在眼前，她的肩膀晃了一下，眼泪差点儿掉下来。

“这就是林川？”杨静怡看着台面上摆放着的林川和姜希的合影，啧啧地说，“真帅呀，真是可惜……”说完才知失言，放下相框，“我想林川在天之灵也会希望你幸福安康。”

“不如让静怡留下来陪你。”苏扬看她神情恍惚，关切地说。

“不用了，今天太麻烦你们了。”

“别跟我们客气，小希，我从来没有把你当情敌，而是当朋友！”

姜希微微一笑：“我没事，你们放心。”

苏扬又叮嘱了一番才离开。他们走后姜希环顾四周，默默落泪，房里一切摆设还是她离开时的样子，书柜里的书，电脑桌前的小摆件，墙壁上的挂饰……到处都充满了她和林川的回忆，那些快乐和温暖是在什么时候被抽走的呢？

她的目光落在梳妆台上，她怔了一下，走过去把那枚发卡拿在手上认真地端详，她认得这枚发卡，是林川送给夏小千的十七岁生日礼物。那天晚上的夏小千像个真正的公主，当林川把礼物送给她时，她看到了严澎，又把这枚发卡交给姜希保管。姜希隔天才还给夏小千，所以她对这枚发卡很有印象，还因为它的造型是一只水晶蝴蝶，翅膀的颜色是绚烂的水钻，一双眼睛是奇特的异瞳，一眼明黄，一眼碧蓝，做工精致，很是雅致。

只是这枚发卡不是应该在夏小千那里吗？怎么会在这里出现？想想也就释然了，也许是夏小千不小心遗落在这里的，薛姨在房间里拾到，以为是她的东西，就放在这里。

因为回来得太晚，她就没有回家吵醒父亲和薛阿姨。

第二天醒来后就回了建二小区。姜致远和薛姨也没有再住当初林川安排的那个房子，觉得林川都已经不在了，而且姜希也没能保住孩子，他们对林国安有愧。林国安对姜希失去孩子也很痛心，却丝毫没有怪罪姜希。他早已经把姜希当成了女儿，而姜希也在林川出事后便改口喊他爸爸，这两年，姜希也会打电话给林国安，这也是对林国安的一种慰藉。

快到的时候，姜希才发现建二小区这一片变化真大，一排围墙圈了起来，上面是大大的“拆”字，一些商铺已经搬空，那些粗大斑驳的梧桐树也因为道路的整治而移掉了。放在口袋里的手微微地蜷缩了一下，这一切都在改变，而林川却永远停留了下来。

还没有敲门，父亲已经一把拉开了门，满脸的惊喜，“小希，你回来了！”

薛群丽在厨房里准备着午餐，听到声响也出来了。两个人围在姜希的面前，不断地跟她说着话，姜致远忍不住红了眼眶。薛群丽笑着说：“知道你要回来，你爸好几晚都睡不着呢。”

“回来就好，回来就好！”姜致远抹了抹湿润的眼睛。

姜希看着父亲，觉得自己很不孝，一走就是两年，让父亲和薛姨担心不少。现在回来，内心的那些痛苦和焦灼都已经慢慢平复，她已经可以面对自己，面对林川已经不在的事实。

下午的时候苏扬就过来接她，说杨静怡非要他早早来接，好跟她聊聊天。

待到他们走后，薛群丽忍不住说：“唉，两年都不能等，看来苏扬对小希还真不怎样！”

“你当初不是还误会苏扬想害小希，如果真是他，小希怎么现在还跟他来往！”姜致远扫她一眼，“说不定就是你对他太坏，他才放弃追求小希。”

薛群丽抬手捶打他一下，“你以为我不知道小希的心思？

小希根本就不喜欢苏扬！”

“那也是。”

“你这个榆木疙瘩也懂！”薛群丽促狭地笑笑。

“唉，到底还是小希福薄，若是林川还在，他们就是一家三口了！”

“以后别在小希面前提林川。她好不容易才恢复过来，不要再让她想以前那些不开心的事了。”

在姜希回来以前，他们已经商量好了要给小希换个环境。因为建二小区房子拆迁，他们刚拿到拆迁款，准备去买个大点儿的房子。除了可以换套房子，还余下一部分钱，想着把这钱就交给她，让她自己处理。姜致远对女儿一直有愧疚，以前要还债，让小小年纪的女儿也不得不出去打工赚钱。想想那时候，姜希真的很懂事，从来没有在他面前抱怨过，反而常常安慰他。

昨晚因为杨静怡在，苏扬也没有好好和姜希说上话。这会儿才跟她说，“小希，见到你回来了，真的很高兴。”

“看到你过得很好，我也很安心。”

“你呢？你过得好吗？”

“还不错，至少我有勇气回来了。”

“放下林川了吗？”

姜希摇摇头：“他一直在我心里，我并不想把他放下。”

“这对你来说太沉重了……你不能再继续这样缅怀他！你应该有全新的生活，去谈恋爱……”

姜希的眼睛黯然了一下：“我想我再也没有资格去爱别人了。”

“直到现在，你还在自责？”

“苏扬，我一直没有告诉过别人那天晚上我为什么和林川争执……那天晚上我醒来的时候林川就在我的面前，他的眼睛很痛苦，他说我在梦里喊着别人的名字。苏扬，一直到现在我都没有办法面对那样的自己，因为我，林川才会开了车出去……”

“那是意外！”

“不是意外！林川从来不会让自己失控，是我害了他！”时至今日，她回忆起当晚依然觉得锥心刺骨地疼。

“小希，忘记过去吧！不管你怎么自责怎么惩罚自己，林川都已经活不过来了！他真的爱你，在天之灵看到你这样折磨自己，也会难过的。”

她一直以为她准备好了，两年的时间过去了，她准备好了才回来面对这个城市。但原来，从她下飞机的那一刻起，回忆就接踵而来，那么多的往事从来没有随着时光的流逝而变淡，到处都是回忆，到处都是过往。

苏扬原本想要告诉姜希，严澎已经知道之前他们所谓的“结婚”是假的，但他想了想，还是让他们自然而然地见面吧。若是说了，姜希也许又会再一次离开。他是前些日子遇到严澎的，他和杨静怡从超市出来，没想到一头撞见了严澎。他铁青着脸，怒目相对。他对杨静怡说遇到了老朋友，让她先回家。杨静怡刚离开，严澎就一拳头挥了过来，这小子还是那么粗鲁暴力，不分青红皂白，就喜欢挥拳头！不过严澎有这样的反应也很正常，在他看来苏扬娶了小希，现在又跟别的女人来往。他只得在严澎再一次挥拳头时，把真相告诉了他。严澎的眼睛迅速地亮了起来，直问他：“真的吗？你们并没有结婚？小希在旅行？”

他点头。为了证实他的说法还翻出他和杨静怡的结婚照来给他看。在那之后，严澎就隔三岔五地骚扰他，不过都是来问姜希的近况。严澎自己不敢去联系，怕一联系姜希又躲到更深的地方去，只能从他这里得到只言片语。苏扬得庆幸，他实在没有严澎这样的痴心，真的，有时候痴心并不是一件好事，太折磨人了。他也知道，严澎从国外留学回来后进了他母亲的公司，而且一直没有女朋友。现在他和严澎竟然还成了朋友，一起喝酒聊天，有时他会主动给姜希打电话，然后按成免提，让严澎听一听姜希的声音。他真不明白，那么傲气霸道的严澎，爱起人来，竟然会变得这样卑微和小心翼翼。

可是他始终没有告诉严澎，姜希心里喜欢的人是他。他知道现在的姜希还没有迈过这道坎儿，她还需要时间才能忘记林川，那在这之前就让她静静地疗伤吧。如果严澎足够爱她，就一定会等到她。姜希这一次回来他也没有告诉严澎，是怕他鲁莽地行事，又不管不顾地去找姜希。不过他觉得，他们迟早会见面的。

苏扬也没有告诉姜希，林川去世后，Diana 开始管理这家公司，那么避世的一个人做起管理来也是有声有色，也许她不希望林川一手创立的公司交给别人，也或者她是用这样的方式纪念着林川。只是在一年后，她被查出来患了胃癌，她的胃被切掉了三分之二，但她在手术后很快就又回到了公司上班。苏扬每每见到她，都觉得她更加瘦、更加苍白了。

20

CHAPTER

青葱疼·立春

他的目光痴痴地望着她。已是立春，她过了马路，站在站台下等公交车，所有的背景和喧嚣都被抹掉，只有她，只有她在他的瞳孔里清晰可见。

姜希回来一个月后在一家珠宝专卖店找到一份设计助理的工作，薪金并不高，而且工作烦琐辛苦，不过她从来就不是一个有野心的人，想要的也只是安稳平静的生活，倒也觉得满意。日子平静如水地流淌着，她也开始融入到新的环境里去，穿职业套装，绾起头发，中午和同事们在员工餐厅吃盒饭，听他们八卦公司的是是非非，下班的时候也会被拉着去参加聚会，一众的热闹里，只有她的心是静静的，再也泛不起波澜。

她没想到回来遇到的第一个故人会是陈绍可。那天在公司的圆形会客厅里，她见到陈绍可和他的妻子，她腆着大肚子试戴着各种珠宝，一边选一边挑剔地撇嘴，不是觉得颜色不够纯就是觉得设计不够好，而陈绍可亦步亦趋地跟在身后，竭尽讨好之能。她赶紧把手里的设计草图交给设计师，然后匆匆朝外走去。陈绍可在抬眼之间看到姜希，目光一下就呆掉了。他的妻子顺着他的目光看过去，不悦地说：“看什么呢？眼珠子都要掉下来了！”他立刻伏到她耳边耳语，她惊讶地抬头，只看得姜希一个背影，“就是她？”

自从陈绍可的妻子认识严澎后，就把他列为钻石王老五第一名。本着肥水不流外人田的原则张罗着要给他介绍女朋友，陈绍可就说了，那严澎除了姜希谁都看不上，而且看不出来吧，他从十七岁喜欢上人家，这么多年过去了，不管姜希身边有没有男友他都一直在等着她。而且这就是个公开的秘密，所有人都知道他心里有人，就算有几个不知死活的女人想扑上去，也都被他不软不硬地拒绝掉了。陈绍可的妻子就有了些许的嫉妒，那姜希凭什么占着这么好的资源却不开发利用，简直就是暴殄天物。

陈绍可掏出手机打给严澎，约他晚上到“苏荷”酒吧见面。

“今天不行，我有个视频会议要开。”严澎一边在秘书递来的文件上签字，一边对着夹在耳边的手机简单利落地说。

“如果不来可别后悔。”

“什么意思？”严澎手上的动作停顿了一下。

陈绍可卖着关子：“总之是你很紧张的事。”

“姜希？”

陈绍可一下就笑了：“答案也太简单了。”

“你见到她了？”

“嗯。”

“在哪儿？”

“喂，今天晚上你来不来？”

“不用等晚上，你在哪儿，我现在就过来找你。”

“我的天，你也不至于这么急吧？”

合上电话严澎站起来对秘书说:“把今天的安排全部取消。”

秘书怔了一下：“严副总，您今天……”

严澎扫她一眼，她立刻噤声。心里也在嘀咕，“姜希”到底是谁，会让副总这么紧张，不过应该是个女人吧。那夏小姐知道吗？严澎是空降到公司的，一来就任副总，大家都知道他是董事长的儿子，心里颇有几分轻视。只是一年下来他大刀阔斧地对公司进行改革，提高福利薪金待遇，调整人员部门组合，以各种激励手段刺激员工的工作热情和积极性，并且为公司谈下来几个大项目，之前业务部门一直在争取，但都是“难啃的骨头”，没想到年纪轻轻的严副总竟然很快就谈了下来，这让大家刮目相看，也让他树立了威信。而且公司里很快就八卦开来，严副总的身边有个夏小姐，跟他一起出国念书一起回国，两个人看上去很登对。只是作为秘书，对副总的私生活还是略为知道一些，夏小姐虽然常来找副总，但副总从未安排过什么约会之类，不太像是情侣的关系。

严澎一边开车一边给苏扬打电话，接通就劈头盖脸地问：“小希回来了？”

“是。”

“你是不是存心不告诉我？”严澎怒气渐生，前几日他们还见过，但苏扬竟然瞒得滴水不漏。

“这不是知道了吗？”电话那边的苏扬一脸轻松。

“好你个苏扬，你给我记着！下次非好好收拾你不可！”严澎一把扯掉颈项的领带，觉得心跳得快要跃出来——这么多年过去，她依然让他热血澎湃。

CHAPTER 20
青葱疼·立春

严澎从陈绍可那里拿到姜希公司地址，却没有急于出现在她的面前。他把车停在她公司的楼下，看着她走在一派灿烂的阳光里。是风轻云淡的九月，他的心里却有着孤注一掷的期待，这一次的相遇，会不会不同？两年未见，她并没有多少变化，素着一张脸，细软的头发，贴在额上，走路的时候微微垂着眼，一脸的恬静。他的目光痴痴地望着她，看着她过马路，站在站台上等公交车，所有的背景和喧嚣都被抹掉，只有她，只有她在他的瞳孔里清晰可见。

他依然记得回到美国念书时那种心灰意冷的感觉，他很想要放纵自己，很想要自暴自弃，他甚至真的开始过那种颓废糜烂的生活，在一个聚会里，他的一个同学把一支烟递给他，他说抽了以后就会忘记烦恼。他知道那是什么东西，但还是狠狠地抽了几口，然后他开始呕吐，胃里翻山倒海地难受，最后喷射出来的是一团嫣红的鲜血。他昏厥了过去。第二天他醒来的时候发现自己竟然在医院，身边守着他的是夏小千。他酒精中毒了。

是从那以后他远离了那些朋友，也不再让自己放纵。因为他害怕这样下去会毁掉自己，如果有一天他再见到姜希，她会鄙夷他吗？他收了心开始专注于学业和工作，抛开了那一段荒唐的日子。

毕业后他回国，在母亲的安排下进入公司。他一直没有再去问过姜希的消息，没有再去见她，他想也许他能给她的就是一个平静的生活吧。只是有一天他看到了苏扬，他的身边竟然是另外一个女人，他当时都要气炸了！姜希到底是什么眼神？挑的每一个男人都会有这种破事，是不是她又隐忍过去，假装不知道？他怒火中烧地朝苏扬挥拳过去，他才告诉他，他和姜希并没有结婚，那是因为姜希为了拒绝他，赶他走，才拜托他帮忙。严澎恨不得立刻去找姜希，但是苏扬告诉他，有时候等着她回来比你追上去会更好一些，给她些时间从林川的阴影里走出来。

他一直在等。信不信？自从十七岁那年遇到她，他就觉得他们一生都会纠缠不清。

严澎看着姜希回到家，这才折回，去了和陈绍可约好的酒吧。

陈绍可一见到他就挤眉弄眼地笑："是不是一把抱住，死也不肯放手？"

"滚！"严澎瞪他一眼，抄起他面前的一杯啤酒就喝。

"难道你在害怕？"

"我怕什么？"

"你怕她再给你吃闭门羹！"

严澎闷闷地说："反正这种事多了也就习惯了！"

陈绍可顿时喷笑："严少，从你那里我知道了什么是一物降一物！"

正聊着，旁边有两个性感至极的女人走了过来搭讪："帅哥，可以在这里坐吗？"

"不能！"两个男人异口同声地说。惹得美女低低骂了句："有毛病呀！"

陈绍可拍了拍严澎的肩膀，不无遗憾地说："现在美女对我来说，只能远观不能靠近，我那女人贼得很，现在怀孕情绪暴躁，要是让她发现我可就死定了！"

严澎闷闷说了一声："有人紧张你在乎你总是好的。"

"这话怎么听着这么心酸呀！"陈绍可偏着头，夸张地张大了嘴。

一大早，严澎还在睡就听到门铃响个不停，愤怒地起身去开门，没想到门口站着的人是夏小千。一进来她就咄咄逼人："昨晚去哪里了，不在家也不接电话。"

严澎挑挑眉，自顾自地回到房间，看看时间也差不多该起床上班了，裹了浴袍去洗澡。夏小千气恼地径直闯进浴室，已脱光的严澎立刻拿毛巾遮住，"你是不是女人呀？我在洗澡！"

夏小千盯着他，自嘲地笑笑："你还知道我是个女人？"

严澎皱皱眉，"有什么事？"

"你不知道我昨天很担心你！"

"你不能先出去？"

"洗你的，有什么不能看？"

严澎一脸"无语"，"夏小千，能不能拜托你不要再缠着我了！"

"那你呢？你不也缠着姜希吗？"

严澎的脸冷峻起来，心里知道秘书已经把他昨天那个电话"汇报"给了夏小千。看来她还不知道谁是她的上司，决定回公司就开除了她！

见严澎脸色灰败，夏小千知道自己成功打击了他，可她心里却没有丝毫愉悦："我们三个人就死磕到底吧，看谁能坚持得最久……你以为姜希回来你就有机会了吗？告诉你，你在她心里永远也比不过林川！她唯一爱的人只有林川！"

“那又怎样？就算她爱林川，林川也已经死了！”

“林川是死了，可是姜希也会背负他一辈子的！知道吗？林川是自杀……”

“你说什么？为什么？”

夏小千也被自己脱口而出的话震住了，她的脸色变了变，却不愿意说得更多。她不能让严澎知道姜希早已喜欢上了他，更不能让严澎知道林川为什么而死。她说不出话来，只是朝身后退一步，再退一步，然后扭头奔跑出去。她不能说出来，她死都不能说出来！

严澎还没有从夏小千的话里反应过来，林川不是车祸吗？不是意外吗？那时的他风光无限又马上要和姜希结婚，为什么会自杀？夏小千是在撒谎吗？不，一点儿也不像！他心里有个硕大的疑问，像一滴墨落尽水缸里，渲染了满池的水。

夏小千把车开得飞快，闯了一个红灯又一个红灯，她的眼泪在脸上横飞，整个人都要崩塌掉。她拿出手机打给姜希，知道她正准备上班，让她在楼下等着。她早就知道姜希回国了，两个人也已经见过，她一直没有告诉严澎，一直抱着侥幸心理，觉得他们两个人不会碰面。可是没想到这么快严澎就知道了。

姜希等在路口，看到夏小千的车急速停到面前，她从车里下来，扬起手就朝姜希扇过去一个耳光，那么清脆的响散在空气里，震住了姜希。

“小千，你……”

“为什么要回来！为什么要回来！”夏小千变得陌生又歇斯底里，“你以为你回来就可以和严澎在一起了吗？你对得起林川吗？他是因为你而死！他那么年轻那么优秀，他也有父母要照顾，有梦想要完成，但全都是因为你，他不在了！林川不在了！”

姜希的眼泪涌了上来，伤口被撕开来是这样血淋淋，她知道，她统统都知道！一想到林川她的心都碎掉了，那么美好温柔的林川，永远地留在了黑暗里。

“姜希，我受够你了！你总是这样无辜的表情！就是因为这样严澎才会爱上你吗？你不知道我为了他忍受了多少，像条狗一样跟着他，可是他连正眼也没有瞧过我！你知道吗？我贱到了投怀送抱，可是他竟然推开了我！你什么也没有为他做过，什么都没有付出过，可你凭什么能得到他整颗心，要让他这么多年一直等着你！姜希，为什么那个时候死的人不是你！”

看着泣不成声的夏小千，姜希抬起手来想要揽住她，却又垂了下去。那么明快，那么欢悦的夏小千，也被爱情逼到了谷底。她还记得那个时候的她们，青葱岁月里有怎样的单纯和简单，夏小千总是喜欢在耳边插一朵若隐若现的粉色太阳花，阳光扑在她的脸上，她东蹿西跳，张扬的都是青春。是什么时候，他们背道而驰了，越走越远，牵扯的都是疼。

“小千，对不起！”她喃喃地说。

“对不起！对不起有用吗？我在严澎身上用掉的光阴，你能赔吗？每一次，每一次当我觉得我靠近他了，却因为你的出现而搞砸掉一切……姜希，知道吗，我恨你！恨透了你！”

姜希垂下眼帘，她也恨自己，恨这样的自己，伤害了林川，伤害了小千，伤害了严澎……她伤害了那么多的人，她罪孽深重。

21
CHAPTER

涤轻尘·雨水

许久以后，他抬起手一把揽她入怀，她没有挣扎也没有动，让他有一种恍惚的感觉，是她的体温和心跳证明了这一切的真实性，她在他的怀里了，所有的灰尘都被雨水涤清。

姜希的面前坐着一个三十出头的男人，微胖的脸，笑起来眼睛会眯成一条线，即使大厅里冷气很足，他也面红耳赤地拿纸巾不断地擦拭着额头的汗，紧张又局促的样子："姜小姐，楼上有电影院，要不，去看一场电影？"

姜希微微点头。她对面前这个男人谈不上讨厌或者喜欢，只是觉得他看着还挺忠厚本分的，不想拂了他的好意。

再说这是薛姨竭力介绍的，她也不得不来见见。

自从回国后薛姨就开始张罗着给她介绍对象，起初也是小心翼翼生怕她生气，看她并没有太多反对索性就开始安排起见面来。

她推辞不过也就应付着去见见，但都没有下文。

电梯门开的时候，她突然怔住，面前的人是严彤，挽着一个容貌俊美的男子，看到她惊讶地微微张了张嘴。姜希低着头和身边的男人走进电梯，而严彤突然把男人又拽回电梯，"我忘记东西了。”

姜希身边的男人还在一边抹汗一边说：“姜小姐喜欢看什么电影？喜剧、枪战、科幻？我知道了，你们女孩子都喜欢看爱情片吧？”

电梯在上升，姜希的心却在往下坠，满脑子都是严彤看到她了，就会告诉严澎。

她不愿意再见到他，这样平静的生活总是会因为他的闯入而撕开一个口子。

严彤掩面而笑，明白是怎么回事了。

电梯门“叮”一声打开，男人跨出电梯，转过身来却听到姜希急匆匆地说：“对不起，我不能看电影了。”

说完她摁开旁边的电梯朝楼下追了去，在大厦出口的时候看到了严彤。

“严彤。”她在她身后喊了一声。

严彤饶有兴致地转身，然后对旁边男人低语一声，那人点点头就先行离开了。

“没想到你不要我哥，竟然会来相亲，而且还是那样的男人，要是我哥知道了一定会怄死的。”

“不要告诉你哥。”

“这个人比我哥逊多了，难道你喜欢他？”

“不是……”她的胸口一阵发紧。

“知道吗？有一次我跟他出去，他看了天桥一眼，突然间就把车扔掉疯了一样追上去，我还以为有什么事跟着撵过去，才知道原来他看到有个人跟你的背影很像，那一刻发现不是你，他的脸上全是失望。姜希，我知道你不喜欢我哥，但如果你可以和一个陌生人相亲，那为什么不给我哥一个机会呢？”

姜希蜷了蜷手，“严彤，请你不要告诉你哥。”

转身离开的时候，她的心里在想，是不是应该离开了？是不是应该走得更久，离得更远？

严澎一下飞机就接到了严彤的电话。严彤当然没有为姜希守口如瓶，而是在纠结一番后还是给她哥打了电话。

“我知道了。”严澎淡淡地说。

严彤怔了一下：“这么平静，难道你早知道了？哥，她让我别告诉你，我看你机会渺茫。”

“你少乌鸦嘴了！”

挂了电话严澎面色一沉。他没有想到她竟然会去相亲，是不是只要是除了他之外的男人，她都可以接受？自从知道她回来后他一直忍着没有去见她，然后又去巴黎出差，才回来就接到严彤的电话，让他怒火中烧。

旁边的助理看他脸色阴晦，小心地问：“严副总，是有什么事吗？”

“公司有车来接吗？”

“已经在门口了。”

“把车钥匙给我。”

严澎丢下错愕的助理，闷闷地开着车朝姜希家驶去，他今天就要见到她！这个可恶的女人到底要折磨他到什么时候？就算她的身边没有别人也不能让他靠近吗？

他不管不顾敲门的时候，姜希刚睡下，心里一惊，已经猜到来人是谁，赶紧从卧室出来，对屋里的父亲说，“爸，找我的。”

她披了件外套就去开门，见到面前的人，心里迸出了泪来，晕黄的灯光落在他轮廓明晰的脸上，有一些凌厉的阴影——他已经从那个青葱的少年蜕变成一个成熟男人的模样，更魁梧的骨架，更挺拔的身姿，眼神却依然盛气凌人。

他们就那样静静地对峙，不知道该如何处置他们的感情。

许久以后他抬起手一把揽她入怀，她没有挣扎也没有动，让他有一种恍惚的感觉，是她的体温和心跳证明了这一切的真实性，她在他的怀里了。

片刻后，她喃喃地说：“放手，严澎。”

“不可能。”

她叹了口气，“我们出去说吧。”

他松开了她，却紧紧地拉住她的手。她有些气恼地瞪了他一眼，却知道拗不过他，再这样僵持下去也只是吵醒了父亲和薛姨。

他们牵着手在晕黄的灯光下走了一段，就像在他心脏里凿了一条隧道出来，期望和欣喜纷纷涌了上来。如果她一直都这样柔顺那该多好。

“严澎。”她轻声地喊他的名字，如一片花瓣落在掌心里，绵软而温柔。

他立在她的面前，深深地凝视着她。他怎么可以这么爱她？爱到万劫不复。

她扬起面孔，专注地看着他的脸，一字一字地说：“如果你再来找我，我就随便找一个人嫁掉！”

他如坠冰窖，刚才的欣喜和温柔被击得粉碎，怒火又蹿了上来，“你宁愿随便找一个人，也不找我？是那个猪头吗？那个跟你相亲的猪头，你要嫁给他？”

“他有名字，他叫刘……”

“我不想听！”他觉得他就是一只飞蛾，看到光圈就扑上去，其实那是一堆火。

她抽出自己的手，冷冷地看着他，“严澎，除了你，我谁都可以嫁。”

“为什么？你他妈告诉我为什么？”

“因为我讨厌你！”她的声音不由扬高，却带着微颤，“你还记得第一次见我时你说的话吗？你说我的样子狼狈得像一只流浪狗，你侮辱我偷了你家的牛奶，就因为你出生在有钱的家庭，你就可以这样污蔑我！”

“就因为这？”他自嘲地笑，“不是，你在撒谎！”

“那时候我才十七岁，被人冤枉是什么滋味，你没有体会过……”

她胡乱地编造着，力图让自己更有说服力，不可以跟他在一起，不能和他在一起。

“我道歉！”他虚弱地说，突然双腿一软，跪了下去，“小希，我道歉，行不行？”

她被他突然的一跪给惊得说不出话来，两手去拽他，而他只是抱着她的双腿，喃喃地说：“小希，对不起！”

她的内心里已经狂风骤雨，有那么多的声音在呐喊，抱着他，抱住他！

可另一个声音在质问，然后呢？然后呢？

她的心被牵扯着，只能拼命地挣脱他，转身跑进身后的黑暗里。

她不能够让自己心软，不能够任由自己的情感宣泄，可是她快要撑不住了！

那天晚上姜希接到苏扬的电话，他说："小希，他喝醉了……你要过来看看他吗？"

"别让他开车。别让他开车。"她反反复复地只会说这一句。

苏扬叹了口气，看着抱着酒瓶一边痛饮一边号哭的严澎，轻轻地挂了电话。

姜希有好些日子没有再见到严澎，她和往常一样上班下班，生活波澜不惊。

上次见过的男人也没有再打来电话，想想也是，她把别人丢在电影院门口是多么没礼貌的一件事。

下班的时候她接到夏小千的电话，说想和她一起去见见林川。

他们三个人竟然以这样的方式相聚，静默以对。

"小千……"

夏小千淡漠地看她一眼，俯下身用毛巾擦拭着林川的墓碑，一点一点细细地揩着，手停留在林川的脸上。

"林川，疼吗？撞上那辆车的时候你是不是很疼？我一直以为你很强大，但没有想到你只是一个懦夫，逃兵……林川，还记得小时候吗？我们一起玩捉迷藏，不管我藏到哪里你都能把我找出来，可是现在你藏了起来，我却再也找不到你。"

夏小千站起来，别过面孔，"小希，在林川的面前，我向你道歉，那天是我不对！我不该那样说你！你原谅我好吗？"

姜希动容地看着她，抬手揽住她："小千，我多怕你会生我的气，多怕你不再理我！”

“怎么会？我们是朋友，永远都是朋友。”

她们去看过林川后，夏小千提议去她那里，“好像很久没有和你好好聊天了，这些年不是我在国外，就是你在国外，现在在一起了反而觉得生疏了。”

姜希不疑有它，欣然答应。

夏小千并不擅长厨艺，姜希在她的冰箱里找了一些食材，弄了一些饭菜，端到餐厅的时候看见夏小千已经倒上了红酒，长发飘散，表情恬淡，举着杯子轻轻摇晃，看那艳红在杯中荡漾，她轻声地说：“为了我们冰释前嫌，应该喝一杯。”

姜希坐到桌前，托起杯子与她碰了碰，轻轻地抿了一口，有些古怪的味道。

夏小千已经仰头喝掉一整杯，淡淡一笑，“小希，这杯酒要喝掉哦！”

姜希迟疑了一下，还是端起杯子仰头喝光，有些辛辣汩汩地流入喉咙。

“小希，我今天撒谎了。”夏小千敛了敛眉，放下杯子，手指交错地望着她，“我对林川撒谎了，我不会向你道歉！我带你去看林川，是要告诉他，我和你之间再也不是朋友了！也许从很早以前我们就不再是朋友！”

姜希错愕地看着她，“小千。”

夏小千的脸上浮现出阴冷的神经质般的笑容：“知道你为什么会流产吗？是我在你水杯里下了药！”

“是你！小千，你怎么可以这样！”姜希惊呼出声，“那是林川的孩子呀！”

“因为你不配！”她指着姜希，冷冷地说，“我知道林川也不会想要这个孩子的，不如我来替他解决掉！”

“你怎么可以这样！”姜希后背冷汗涔涔，面前的夏小千陌生极了，她从来不知道她可以这样心狠地杀掉一个孩子，而且还是林川的骨血。

突然间，她感觉到头脑昏沉，视线模糊，看着夏小千的脸，难以置信地问：“你给我喝了什么！”

夏小千点燃了一支烟，然后将烟头按灭在自己的掌心里。她举起自己血肉模糊的掌心，“看到没有？每一次痛苦的时候我就是这样让自己少疼一些！可是还是疼，我的心疼……好吧，我们之间总要有个了断，不是你死，就是我亡！

这么多年我恨透了你，恨你抢走了严澎，恨你害死了林川……这么多年，我终于明白，不管我怎样费尽心思地挑拨，千方百计地用尽手段，只要你活着，严澎就不可能是我的！你走了两年，可为什么才两年，你一回来，严澎就不一样了？他的心，整颗心全是你的！”

姜希感觉到意识在慢慢失去，夏小千的脸越来越淡，她想要抓住些什么，却毫无力气，整个意识一下子变黑，她昏沉地伏在了桌面上。

再次醒来的时候她手脚捆缚地躺在浴缸里，嘴巴被塞住布条呼喊不出，她惊恐地看着夏小千。

夏小千冷冷地看着她：“小希，林川会很孤单吧，我们都去陪他，你，我，还有严澎。”

姜希竭力地挣扎，支吾着说不出话来。冰冷的恐惧像无数条蛇一样窜进每一根神经。

夏小千颤抖着手举起一把冰凉的小刀，姜希往里面瑟缩，可是浴缸又窄又滑，她无处可逃。眼见着夏小千拽过她的手腕，在上面比画了几下。

姜希绝望哀求地看着她，看着她在她手腕上切开一道口子，疼得她咝咝抽气，然后嫣红的血在她的手腕上像蔷薇花开一样一下就开出大片。

这是小千吗？这是和她一起长大的朋友吗？

曾经那些岁月里，她们有怎样的欢笑，有怎样的热闹，她们分享彼此的秘密，见证彼此的成长。

在阳光下，夏小千总是蹦来跳去地绕在她身边，总是那么开朗明媚地笑着……

是从什么时候起她们之间有了裂痕，而这个裂痕越来越大，大得让夏小千崩坍掉所有的理智。

面前的夏小千冷漠、决然、陌生、残忍，但更多的是一种比绝望更深的苦楚，悲凉的语气是一种灭顶的灾难，“没有人会来救你，等到他们发现你的时候，你已经失血过多而死！我不会让你那么快就死的！小希，我要让你看着自己流光每一滴血，那种无可奈何无能为力的感觉你知道吗？我知道！这么多年我一直就是这种感觉！现在也要让你试试！不要怪我，小希，是严澎，是他逼我的！”

昨天她去严澎的公司找他，没想到他的新秘书怯怯地说严副总吩咐过了，以后不许她再进入他的办公室甚至是公司一步，还有，所有的电话也不准接进去。

她心里有些虚，面上却强装愤怒不顾阻拦地闯进他的办公室。严澎看到她并不意外，只是挥挥手示意秘书出去，倚在椅背上，双手枕在脑后冷冷地看着她。她迅速地收拾了一下情绪，绕到他身后，双手揽住他，娇嗔地说：“我不知道我做错了什么？”

“这个你自己应该比较清楚。”

她的心颤抖了一下，“严澎，我爱你！这么多年难道你就不能回头看一看我？”

他冷冷不语，却让她心里生出更多恐慌来，急切地说：“我才是可以和你并驾齐驱的女人，我会帮助你把你的公司做得更大，让你的事业更加成功，只要你和我在一起……”

“否则呢？”他冷冷反问？“夏小千，我一直知道你会耍手段用心机，但是在我看来你是善良的，你不会伤害到别人，可是没有想到这一次你会玩得这么大！”

夏小千骤然站起来，看着他，迟疑地说：“你在说什么？”

严澎从抽屉里拿出一叠文件：“不清楚吗？你做的事难道你会不知道？好，我告诉你，你一直都在跟凌峰集团的陈文阁联系，你知道他是我们公司最大的竞争对手，但你还是不惜收买我公司的员工出卖商业机密给他，难怪最近几次招标我们都输给了他！目的是什么？搞垮我们公司吗？这样我就可以向你求助？你的美人计真的很有用，陈文阁对你死心塌地，不惜血本也要死死压住我们！”

“我没有！”夏小千激动地嚷起来，“是陈文阁吗？是他血口喷人！”

“你认为是他吗？不，他不会这么蠢，放过这个搞垮我们公司的机会，是别人，当然我也不会告诉你是谁。夏小千，以前我对你还有愧疚，现在没有了！一点儿也没有！”

“不，不是这样的！”她急切地辩解，“我跟陈文阁什么都没有！是有人在诬陷！”

“你走吧！我不会以商业间谍的名义起诉你，但以后我也不想要再见到你！”

“严澎，你不能这样对我！”她激动地扑到他怀里，而他却站了起来，眼眸里全是冰冷的绝情。

她跪在椅子前，悲痛欲绝。她做这一切都是因为想要和他在一起，她并不想要搞垮他的公司，并不是想要让他一无所用，而只是想让他向她求助。

“我爱你！”她颤声地说，“严澎，你是我唯一爱的人。”

“你走吧，我以后不要再见到你！”

“不要这样对我！”她匍匐到他的脚边，满心的绝望：“我为你做了那么多，付出了那么多。你以为我想要跟陈文阁上床吗？我生不如死！可我是为了什么呀？为了你！”

严澎的眼里滑过一丝温柔，这让夏小千仿若看到了一些希望，“你不是想要和小希在一起吗？我会帮你！你可以同时拥有我们两个人！”

“你真是无可救药！”严澎失望地看着她，“夏小千，你好自为之！”

“我不走！”她不要这样离开，这样离开后她永远也没有办法再靠近。

她早已经没有自尊，早已把自己变成了死皮赖脸的人，现在什么也不在乎。

严澎拿起电话，让保安进来。

夏小千绝望地看着他，这才从地上站起来，深吸一口气，昂起头，看着冷血的严澎，恨意从心底涌出，既然她得不到，那他也得不到他想要的！那就鱼死网破吧，他们终于站在了对决的时刻。

夏小千看着面前惊恐的姜希，冷冷地笑了，又冷冷地哭了。原来最可怕的爱，是爱到了不为自己留任何的余地。

22

CHAPTER

玄机现·惊蛰

她抬起手来，静静地看着上面的纹路，那些纵横密布的纹路里到底藏着怎样惊蛰的玄机？她从来没有像现在这样思念林川。这个世界上再也不会有一个人像他那样待她了。

夏小千看着镜子里的自己，头发乌黑，眼神潋滟，嫣红的嘴唇像一朵丰盈的花。她从来就知道自己美，因为这样的美身边总围绕着很多的人，那时候她骄傲得不可一世，她就是个公主，一定会有王子来爱她。可是那个人出现了，却忽略了她的美，掠过她望见那么平凡又单薄的姜希。她不服气，不肯认输，凭什么呀？她安抚自己的心，说他只是贪图新鲜，过一些日子他就会转移注意力，但没想到，十年过去了，他却依然爱着姜希。

不管她怎么做，做多少，跟着他走遍全世界，他的心却依然没有为她停留。

她不肯承认自己输，但她真的输了，彻彻底底地输掉了。

她敲开严澎的门，他一见到她眼里就是厌恶，手撑着门框说：“夏小千，我好像已经跟你说得很清楚，你还是去找陈文阁吧。”

她冷冷地说：“不想知道小希在哪里吗？”

严澎一怔，这才察觉她神色异常，厉声问：“你把她怎么了？”

“她在我家……如果你赶得及救她！”

严澎举起拳头，夏小千脸上露出笑容，昂着头迎向他，“打呀，打下来！”

他狠狠盯着她，然后拽住她的手臂，“去你家！”

严澎从未去过她家，现在也不敢肯定她说的路到底对不对，心里急得抓狂，一面开车一面掏出手机狂拨姜希的号码，但是不管怎么响都没有人接。而坐在副驾的夏小千冷冷地望着前方。他的手抖得不像话，声音颤抖，“夏小千，我警告你，如果小希有意外我一定会让你陪葬！”

夏小千别转面孔，看向他，神经质地冷笑：“就这么紧张她？小希的魅力还真的很大！不过现在你最好还是听我的！”

“你是个疯子！”严澎咬牙切齿地说。

“是呀，我疯了，你也疯了！我们都这样执着地想要去爱一个不爱自己的人！”

“我和你不同！我不会去伤害小希！”

“是吗？也许你这句话太自以为是了！现在，左转，上桥。”

严澎尽量让自己镇静一些，可是他整个人都慌乱了，一想到姜希现在可能处于危险中，他就恨不得长出无数的翅膀立刻飞到她的身边，但是她在哪里呢？他现在只能任由夏小千摆布。

“严澎，你爱过我吗？”夏小千幽幽地问。

“你快告诉我你家在哪里。”

“回答我！”

严澎缓了缓语气：“对不起。”

“其实小希爱你！”她凄然地看着他。

“你说什么？”严澎心里一惊，转过身来看夏小千，在电光石火的瞬间她突然伸手过来扳方向盘，车子在高架桥上忽然转向朝着桥墩冲了过去。夏小千的唇边浮起一丝笑容，就这样吧，就这样同归于尽吧！再也没有爱，再也没有恨，一切都烟消云散。

严澎下意识大力踩住刹车，却还是控制不住车子朝桥墩冲过去，只能再用力一扳，让车子在路面上滑出一道弧线，横陈过去，让自己的这面直直地撞在桥墩上。

很多尖锐的刹车声，滚滚浓烟，有人奔跑，尖叫。整个城市陷入一片迷雾中，他们都沦陷了，他们被命运沦陷了。

那个时候姜希不再关心自己的生死，能想到的只是严澎的安危，孤注一掷的夏小千会对他怎样？她听到她的手机在不停地响，她试图让自己站起来，却翻滚着摔倒在地上，她一点一点地挪着，想要去接手机，地板上被拖出一条清晰的血痕，然后手机悄无声息，再也没有响过。那么咫尺的距离，她看着不再响起的手机终于绝望地阖上了眼睛。

夏小千最后的意识里看到严澎伏在方向盘上，她想要喊一声，却跌进了昏沉里。很多的嘈杂，她半梦半醒地感觉到很多人围着她，车轱辘的声响，一盏一盏的灯，她仿佛看到了林川，在那里暖暖地望着她，她难以置信地望着他，她说，林川，你活过来了吗？我不是故意的，不是存心的，你别死好不好？她伸手去抓林川，却发现自己穿过了他的身体。她看着自己的手，竟然一点儿也不害怕，那是林川呀！那是深深爱着她的林川！

她的脑海里断断续续地闪着很多的画面，她和林川还是孩提时就在一起玩，她任性欺负他时，他总是宽厚地笑笑，她偷懒不想走路时他就背着她，她发脾气想要发泄的时候，他会伸出胳膊要她咬……遇到严澎以后，她对他一见钟情，她去找他，但他说他喜欢的人是姜希。怎么可能是姜希？从小到大，她哪一样比得过她？她去找林川，她说林川只要你和姜希在一起，我就吻你！对，他们接吻了。林川紧紧地抱着她，说小千，你让我做什么都可以。

当着严澎的面，林川握住了姜希的手，他们在一起了。她以为这样严澎就会死心了，但是那年暑假他们回来，她发现严澎还去找姜希。她气得不得了，又去找林川，她戴着林川送给她的发卡，把纽扣一颗一颗地解开，裙子滑落，她姣好的身材袒露在他的面前，她说林川，你向小希求婚吧！林川悲伤地看着她，然后把她摁在自己的身下。她把自己的处子之身给了林川，一点儿也不后悔。

对，她的目的达到了。那一场求婚逼得严澎再一次远走，可是他的心却依然留在姜希那里。他准备出国的时候又莫名其妙地跑了回来，还是因为姜希。原来林川跟一个叫 Diana 的女人在一起。她为了让严澎彻底地死心，让他目睹了林川和 Diana 在一起——姜希会原谅林川，即使林川再犯错她都会原谅，这对严澎来说是怎样的打击呀？她看着严澎像小兽一样遍体鳞伤，看着他愤怒抓狂地龇牙咧嘴，她的心也在疼，这样不是很好吗？小希和林川在一起，她和他在一起，他们四个人不是都圆满了吗？可为什么严澎要那么死心眼呢？他们四个人，怎么会有这么错综纠葛的关系呢？

还有林川，即使林川和小希在一起了，他也不愿意碰她，他说这是底线，他不能把她伤得再深。她一次又一次地找林川，哭着求他，把自己给他……因为她知道，只要小希真正和林川在一起了，严澎就会死心。

林川是那么爱她呀！为了把全世界捧在她面前，他拼命地念书，考大学，努力地挣钱开公司，他说小千，只要你开心我什么都可以为你做！他还记得以前她说“就算做老板娘我也要做大公司的老板娘”，这就是林川奋斗的目标！要让她实现她的愿望，要让她成为全世界最幸福的人。她的心不是没有被感动，只是她爱着的是另一个人。

那个人忽略她，不断地忽略，她真恨呀！恨着姜希，恨透了她，如果不是她，她不会把自己弄得这么狼狈，也不会让林川那么痛苦！那个晚上，林川打来电话，他说夏小千，我不能和姜希结婚，我不爱她，这样会毁掉她，会毁掉我！他还说，夏小千，我爱你，为了让你快乐我把自己变成了魔鬼——挂掉那个电话后，林川怀着怎样的绝望冲过红灯撞向了那辆货车呢？是她害死了林川，她一再地逼迫着他，一再用他的爱情胁迫着他，让他崩塌掉了所有的信念。

但她不肯承认是自己害死了林川，她觉得是姜希！就是她！

半梦半醒之间她听到有人在说话，“林川？林川是谁呀？这个女孩一直喊着这个名字，看能不能联系上他。”

她想要回答一声，林川已经死了，林川已经不在了。那个在她想要倾诉、想要一个拥抱、想要发脾气骂人，在任何时候……他一直都在，不管是北京，不管是美国，不管是哪里，只要她一个电话，他就会去到她的身边，像个影子一样地陪着她。她说，林川，你来找我。他就来了。她说，林川，你走吧，他就走了。他任由她摆布，任凭她处置，她知道他对她有那么深的感情，却还是把他硬生生地推给了姜希！就因为他爱她，所以不断地利用伤害他，才把他逼到了深渊里。

那么深的黑暗里，林川会孤独吗？

从噩梦中惊醒过来，她猛然坐起来，凄然地喊了一声：“林川！”

“女儿，你终于醒了！”

夏小千的意识这才慢慢地收拢起来，想起车祸的一幕，揉了揉疼痛欲裂的头，“我怎么了？”

“只是脑震荡，并没有大碍，谢天谢地！”夏小千的母亲卢惠榛心有余悸地说，“幸好是右侧撞到，否则真是后果不堪设想！”

夏云忠不无抱怨地说：“你呀，就是不听话！让你不要再跟他来往了，你却非要一意孤行，看吧，这次差点儿害死你！”

“严澎呢？”

卢惠榛淡淡地说：“你先别管，先把自己的身体养好！”

夏小千颤声问：“他死了？”

“没有，还在动手术。”

“还在动手术……”夏小千重复了一遍，然后惊惧地说，“小希，小希呢？”

“小希？车里面只有你们两个人，小希不在呀。”

“爸，妈，快去救小希！她在我家！”

“她在你家，出什么事了？”

"我，我……我做了好多错事！"夏小千的眼泪滚滚而下，"去救小希！"

她没有想到在生死攸关的时候，严澎会救了自己。当她抱着与他同归于尽的心扳动方向盘的时候，他却选择了另外一种方式，他拼尽全力把失控的车朝另一侧撞去——他明知道那是多么冒险的一件事，但他还是让自己撞了过去。为什么会这样？为什么他要救她呢？这么多年她用尽心机，耍尽手段，她不断地破坏着他和姜希，可他却在最后救了她。她一直觉得她只是在争取自己的爱情，没有横刀夺爱，但原来她伤害了好多人。她把自己也变得面目全非。而林川呢，林川才是这个故事里最辛苦的人，在他们都在不遗余力地爱着的时候，他却连"爱"都要隐没于唇齿。

她抬起手来，静静地看着上面的纹路，那些纵横密布的纹路里到底藏着怎样的玄机？她从来没有像现在这样思念林川，从来没有像现在这样能够轻易地就回忆起过往的种种，那么多那么多的林川，一路陪着她，不管她做错了什么，他都原谅她。这个世界上再也不会有一个人像他那样待她了。可是她弄丢了他，失去了他，原来林川在她心里这么重要，只是她从未去正视过。仇恨蒙蔽了她的眼睛，她只是在恨，只是想要得到，她到底都做了些什么？

等待了很久，仿佛一个世纪那么长，卢惠榛才打来电话。

夏小千屏住呼吸，颤声地问："她怎样了？"

"你真是糊涂呀！"卢惠榛和夏云忠一听到女儿说去救小希就大概知道了原委。他们没有报警，只是用最快的速度赶到女儿家，打开门的时候她呆掉了。姜希倒在地上，身后是一条血痕，可以想象她怎样艰难地从浴室里爬出来想要呼救。夏云忠用手探了探姜希的鼻息，还有微弱的呼吸，他迅速解开捆着她的绳子，把她手腕上的伤口包扎了起来。幸好切下去没有伤到动脉，而且血也凝固住了伤口，让出血速度减缓。他们把姜希送到医院，医生立刻进行急救，处理伤口，输血，上氧气，打点滴……

夏小千悔恨不已，“妈，我要坐牢吗？”她能够想到父母对她有怎样的失望，她也对自己失望极了，她没有想到她把自己变成了一个大反派。

卢惠榛叹了口气：“你呀，就是太要强了！现在只能期望小希没有事吧！”

23
CHAPTER

定风波·春分

窗外又是一个明媚的春分，树影婆娑，花香弥漫，风轻轻地扬起时光的一角，回忆接踵而来。在十年以后终于懂得，所有的爱都是一场终难幸免的狭路相逢，任谁也躲不过。

姜希睁开眼睛的时候，白炽灯的灯光有些刺眼，她眯了眯眼睛，好一会儿才适应这种光线。

“醒了，醒了，总算醒过来了！”是薛群丽欣喜万分的声音。

姜致远一脸担心地看着她，眼眶都红了：“不是已经没事了吗？走了两年还以为你放下林川了，可你怎么这么傻，还是想不开呀！”

姜希模糊的意识慢慢地清晰起来，想起夏小千对她做过的事，看来父亲和薛姨都认为她是自杀。

她头昏脑涨，浑身绵软无力，说不出太多解释的话，只是问：“严澎，他，他怎样？”

姜致远和薛群丽面面相觑，“他不在这里。你也别说太多的话，你失血过多，还很虚弱。”

“小千……”她虚弱地说，因为激动胸口有些喘。

“是你夏叔叔送你到医院的，我去问问，你别急！”姜致远宽慰地说，然后走出病房。

夏云忠坐在走廊的长椅上，手插在头发里神色凝重。

“小希醒了。”

夏云忠长吁一口气，“醒了就好，醒了就好！”

姜致远握住他的手感激地说：“今天多亏你了！要不是你救了我们家小希，真不知道我以后怎么活！这孩子怎么会走死胡同呢！唉！”

夏云忠不知如何解释。

“孩子一醒来就要见小千，好像很急的样子！”

“能让我跟小希谈谈吗？”夏云忠迟疑地说。

姜致远诧异道：“现在？”

“我有些话想要跟小希说，请让我跟她谈谈。”

“那好吧。”姜致远甚是奇怪，但还是招呼薛群丽出来。

夏云忠走进病房，看着苍白虚弱的小希，心里直责怪女儿。

他一直觉得女儿只是任性要强些，但没想到会闯下如此大祸。

夏云忠坐到床边的椅子上，“小希，夏叔叔很抱歉，也替小千向你道歉……没想到你和小千这么要好，她竟会对你做这种事！在你被送来医院前，她出了车祸，和她一起的人是严澎。”

“他们怎样了？”姜希艰涩地问。

“小千没有大碍，只是脑震荡，严澎……他伤得重一些，现在在重症监护室。”夏云忠停顿了一下，“夏叔叔是想求你，不要把真相说出来！小千还年轻，她不懂事、冲动、任性，但她不能坐牢！我们就这一个女儿，你看你要什么经济赔偿，我们都答应你！”

姜希的眼泪滑落进耳郭，她缓缓地摇头。

“不同意吗？叔叔求你了！”夏云忠哽咽着说，“你提什么要求我们都答应你！只要别让小千坐牢！她不能坐牢呀！她一直娇生惯养，哪里能吃那种苦！”

“我不会说的！”姜希又轻又缓地说。

夏云忠难以置信地看着她，“叔叔谢谢你！你这是救了小千呀！我这就去找小千，让她来给你道歉！”

夏云忠得到姜希的答复，一颗心才稳稳地落了地。

他回到女儿的病房，妻子正在数落女儿，而女儿怯怯地说：“妈，我不要坐牢！我宁愿死都不坐牢！”

夏云忠推门而入，卢惠榛抬眼紧张地盯着他。

“小希答应瞒下来。”

夏云忠一说完，卢惠榛整个人都松懈下来，又气又恼地朝着女儿额头戳过去：“看你做的好事！”

夏小千愣愣的，“爸，小希不让我坐牢？”

“你应该马上去给她道歉！你这样对她，差点儿害死她，她竟然还要替你遮掩！”夏云忠恨铁不成钢地说，“你应该得到教训，以后好好做人！”

“我知道错了。”夏小千后怕不已。

“虽然小希没有伤到动脉，但韧带割伤，医生说那只手以后恐怕会无力提重物！”夏云忠厉声说，“你这一辈子都还不清！”

“行了，也别说得那么严重。”卢惠榛到底心疼女儿，看她吓得惊魂未定，何况刚从那么惊险的车祸里死里逃生，她也不忍多怪罪，“你好好休息，脑震荡也怕有后遗症。”

“我去看看严澎！”夏小千下床穿鞋。

“你给我躺回来休息！”卢惠榛的话还没有说完，夏小千已经疾步走出了房间。留下卢惠榛愤懑地瞪了丈夫一眼，“都是你惯的！”

严澎的手术做了三个小时。因为是右侧撞向桥墩，整个右部凹陷进去，救援人员用了电焊等工具才把他从卡住的位置救了出来。幸好严澎的车安全性较高，在撞击的瞬间保护气囊及时打开，没有造成更恶劣的后果。但冲撞力使得他头部受到重创，颅内大出血，肋骨断了两根。

姜希被送到医院的时候，他也在手术台上苦苦地挣扎着，意识处于混沌状态，只是偶尔浮出一些意识脑海里就显现出夏小千最后说的那句话——小希其实爱你。他想要挣扎起来，听到旁人在说：“血压降到 70，心跳 125……”然后意识又被拽入无边的黑暗里去。

夏小千在重症监护室默默垂泪，一想到在最后关头严澎竟然会救她，她就悔恨不已。

这么多年，虽然她一直跟着严澎，但他从未欺瞒过他对小希的感情，他总是说，夏小千，你应该去谈恋爱，应该去过你自己的生活。他总是试图让她明白她这样做毫无意义，他们之间永远也不可能，可她为什么就不明白呢？她一直逼林川和姜希在一起，以为用这种愚蠢的“曲线救国”方式就能得到严澎。

她真是一个傻瓜，这么多年奔赴在追逐严澎的路上，却忘记了最初的单纯。

她在姜希的病房前迟疑了很久，手放在上面又垂下来，内心很纠葛，她不知道怎么面对姜希，连她自己都不会原谅自己。

“小千，你来了！”薛群丽一打开门就撞见夏小千，把门又合上，站在走廊与她说话，“听你爸说你出了车祸，头还疼吗？幸好没有大碍，以后开车可得多注意！唉，我们家小希……幸亏你爸去你家找你才及时发现，她怎么会这么傻呀？还因为林川的事想不开？”

夏小千怔了一下，知道他们都以为姜希是自杀，支吾地说：“也许吧。”

薛群丽握住她的手：“没想到都两年多了，小希还是放不下林川。唉，这个苦命的孩子，小千，你跟我们家小希关系最好，要多开导她，不能再做傻事呀！她爸就她一个女儿！”

“薛姨，我会劝她的。”夏小千面红耳赤，恨不得找个缝钻进去。

“那就好！”薛群丽叹了口气，“小希现在睡着了，你替我看着她，我去拿药。”

夏小千进到病房，看到姜希静静地躺在那里。因为失血过多，她脸色苍白虚弱，气若游丝，血浆和营养液一点一点地流到她的身体里去。

夏小千坐到她的面前，轻轻拂了拂她额头的一缕散发，好像这么多年她一直从未认真注视过小希，她的生活就像是一场秀，她总是把自己打扮得光彩耀眼，总是力图每一次出场都艳光四射，她对人处世都好像在演戏，演着演着连自己都忘记了自己原来的样子。在那些春风扬鞭马蹄疾的青葱岁月里，她也曾纯真和简单，也曾真诚地把林川和姜希当做朋友，她和他们在一起是真的快乐呀，总是被他们宠着，让着，呵护着。

直到遇到了严澎，她的人生开始打结，开始变成一个心机很深的人。

姜希感觉到有人轻触，微微地睁开眼，看见面前的人是夏小千时，惊得瑟缩了一下。

“小希，别怕！”夏小千急急地出声，“我是来道歉的。”

她低下头看着姜希手腕上裹着的层层纱布，“是严澎救了我。”她深吸一口气，自嘲地笑笑：“你们两人怎么可以都这么善良！我伤害了你们，你们却不想着报复，却只想要保护我！你们真是一对傻瓜！小希，对不起，真的对不起！”

“还记得你问过我林川最后那个电话跟我说了些什么吗？我之前骗了你……小希，你不要有负担，林川不是因为你而死，是我！是我害了他！林川不愿意跟你结婚，因为他不想毁掉你的一生，他知道你喜欢的人是严澎，可是我还逼着他跟你在一起，所以他选择了自杀。那不是意外，根本就不是！林川无可奈何地选择了死亡……”夏小千泣不成声。她真的不愿意面对林川的死亡，可是这是事实。

姜希的心痛得蜷缩起来，她终于明白为什么会在林川的家里看到那枚发卡了，原来林川和她在一起，不过是为了成全夏小千的爱情。

为什么要知道对方的秘密呢？原来世界上最黑暗地方，是一个人的心底。

“还记得读大学时吗？我三年都没有回来，因为我就是不想让你见到他……我跟你撒了很多谎，但是小希，我现在放弃了。你和严澎是相爱的，若不是因为我，你们应该早就在一起了！我没有办法再跟你争下去了，就算我用尽一切手段，他的心里还是只有你！一个人有多少十年，我不想再为他用掉我的时间了。经过这一次你们在一起吧……"

严澎是在一个星期后从重症监护室里转到普通病房的，交警来询问过事故的原因，他只是淡淡地说方向盘突然失控。他醒来的时候夏小千来跟他谈过，他已经知道姜希没有大碍。

夏小千看着他问："你是不是很想知道出事前我跟你讲的那句话是不是真的？是真的，小希喜欢你，很早以前我就知道了。谢谢你们都保护了我！"

严澎仗着年轻和不错的身体底子，已经恢复很多，只是头部和身上绑满纱布，看上去就像一个巨大的粽子，也不能下地，只能每天躺在床上，连大小便都得有人帮忙，这让他很抓狂又无能为力。

"有没有镜子？严彤，把镜子给我！我看看我毁容没有！"

"哥，你现在头还肿得像个猪头，就别看了，免得伤心！"

严澎恼怒地瞪她一眼："医生说什么时候能下床走动？"

"想怎样？去找你的宝贝姜希？"

严澎被说中心事，开始耍横："要你管！先管好你自己吧！"

"好吧，不要我管！本来我还打算告诉你姜希来看过你！"

严澎一激动，用力一坐，胸口疼得他龇牙咧嘴，"严彤，什么时候？你怎么现在才说！"

"刚才你睡着了！"严彤抱着手臂瞪他一眼。

"你你你！"严澎气急败坏，"你怎么不喊醒我！文炀，你也不管管她！"

文炀看到准大舅子发火，赶紧说："是叶阿姨喊她出去……"话还没有说完，看了严彤一眼，后面的话就被灭了音。

“妈？我妈找她干吗？”严澎心里着急，想要下床，可无奈身子一动就疼得要命，浑身绑那么多纱布又沉又重。

“哎呀，你行了！”严彤看他真急了，急忙说，“一会儿她就来！你是我哥吗？不是挺嘚瑟挺高傲的吗，怎么一见着小希就跟被蒸馏水煮过一样，一点儿气概也没有！”

“我不也这样。”一旁的文炀嘀咕一声。

严澎顾不得妹妹的讥诮讽刺，眼巴巴地看着门口：“她们出去多久了？什么时候回来？妈难道要棒打鸳鸯？如果她要反对……我我我，我就……”

“就怎样？”严彤笑着问。

“我就一辈子不让妈抱到孙子！”

严彤“嗤”一声：“谁稀罕！”

“妈会稀罕的……严彤，你去看看，我都急死了！”等了十年才知道姜希心里有他，他现在是一分钟也等不得了。只想要亲自问问她，亲口听她承认。是真的吗？真的吗？他欣喜若狂又难以置信，一颗心七上八下，晃荡不安。

“你急什么？”叶薇亚走进病房，身后并无姜希，他的眼睛迅速地暗淡了下去。然后他的眼睛又迅速地亮了起来，因为这个时候姜希走了进来。

这么多年，这还是她第一次主动来找他，他的心扑通扑通地跳起来，带着初见时的惊心动魄。

叶薇亚看到儿子盯着姜希的眼睛都快要直了，忍不住又问一句：“你刚才说你急什么？”

“妈，哥是怕你棒打鸳鸯，说不让你抱孙子！”严彤快言快语地说。

此时的严澎才不管他们说什么，只是眼巴巴看着姜希，心里千言万语，好半天才委屈地憋出一句："现在才来看我。"

姜希看着他孩子气的面孔无声地笑了。

"严彤，这里太烫了，你不热吗？"叶薇亚对严彤使了个眼色，后者了然地拽住文炀的手，齐齐消失在了病房里。

窗外又是一个明媚的春天，树影婆娑，花香弥漫，风轻轻地扬起时光的一角，回忆接踵而来。

十年以后终于懂得，所有的爱都是一场终难幸免的狭路相逢，任也躲不过。

"夏小千都告诉我了……小希，我想你听说，是真的吗？你真的喜欢我？"

姜希看着他，忽然间释然地笑了，没有回答他，只是俯下身以一个拥抱的姿势给了他最好的答案。

有那么几秒的时间他全身僵硬得做不出任何反应，欣喜得晕头转向，慢慢将手停在空中，然后用尽所有力气回应她的拥抱。

许久以后他才发现脸颊上一阵阴凉，是眼泪。

姜希想起刚刚和叶薇亚的谈话，她说："你会来看我儿子我很感激你，但小希，我不想你给了他希望然后又给他无尽的失望。他是我儿子，我知道他有多倔强，这么多年他为了你……我这个做母亲的看着都心疼。我只是希望我儿子快乐开心，他做什么样的选择我都不会去反对，但是小希，如果你做不到这一点，你能够不要再出现在他的面前吗？"

叶薇亚的话无可厚非，她们曾经有过这样一次谈话，那一次叶薇亚希望他们能在一起，但是姜希拒绝了。而这一次叶薇亚希望她能离得远远的，姜希依然拒绝了。

她稍稍沉吟，抬起头来：“对不起，我不能离开他。”

叶薇亚怔了怔，然后唇边浮起欣慰的笑容。

24

CHAPTER

如初见·清明

她是如此幸运，在兜兜转转这么多年以后，这个人却越发清明地始终在原处等着她。就像一支圆舞曲，中间换了很多舞伴，但最后都会回到最初的舞伴那里。

一些日子过后，张兴东路过这个城市，给姜希打电话说约出来聚一聚。有三年没有见到张兴东了，这一次见着姜希发现他胖了一些，穿着浅灰色的西装，神采奕奕。

他自嘲地笑笑："很意外吧，我变得比以前还胖，全是因为我结婚了！"

"你结婚了？恭喜！"姜希由衷地说。时间过得真快呀，那时的朋友结婚了，有孩子了，离婚了，再婚了，离散聚合，每个人的心都在这世间经历着千锤百炼。

张兴东从手机里调出他和妻子的照片给姜希看。那是一个跟张兴东有夫妻相的女人，娃娃脸，大眼睛，笑起来的时候肆意地露出牙床，很是明朗。

"小希，其实有一件事我一直想要告诉你，但又怕伤了你的心。林川已经走了这么久，我一直想要跟你谈谈，谈谈林川。"张兴东思忖一下，像是下定决心一样说："我希望你走出林川的阴影，其实在很早以前我就知道林川喜欢的人是小千。”

姜希捧住杯子的手紧了紧，轻声地说：“我已经知道了。”

“知道了？”

“小千告诉了我。”

“恨她吗？”

姜希摇摇头：“我感觉得到林川是真心地对我好，不管怎样他为我做了很多事，他给了我一个温暖的避风港，如果不是他，我的年少时光会过得更加辛苦！”

“那时候因为我也喜欢小千，所以对她多偏袒了一些……”他还记得那天从冷饮店外面进来，看到林川站在伏在桌上睡着了的夏小千的身边，他的目光痴痴地看着她，抬起手来想要轻抚她的脸，却又轻轻地垂了下去。那一刻，张兴东明白了林川的心意。后来知道林川和姜希在一起了，他不忍让姜希失望，决定就这样瞒下去。他想林川对小希也是有感情的，他们在一起会幸福……再后来知道林川因车祸去世，看到伤心欲绝的姜希他也不知如何安慰，更是不敢把真相说出来，觉得那太过残忍。他知道姜希去了印度，一走就是两年，想来她是放不下林川，一直想要找个机会和她说一说。也许让她知道真相对她来说是一件好事，不用再那么悲伤地缅怀着林川，可以放下过往的种种。他没有想到姜希会这样平静地面对这件事，更没有想到她不但没有恨林川的欺骗，或许就像她说的那样，林川对她是有真心的。

姜希有一天去看林川的时候，在他的墓前遇到了Diana，她把一束白菊放在林川的墓前，抬手轻轻触了触林川的脸。经过姜希身边的时候她的唇微微扬了扬，算是给她一个淡淡的招呼。风轻云淡，除了林川，她们之间再无交集，就这样成为陌路。姜希从苏扬那里知道，Diana一直在尽心管理着林川的公司，每年都会准时拿一大笔分红给林川的父母——她真心地爱着林川。

严澎在医院里住了好一阵，却满心欢喜。每天像个孩子一样黏着姜希，一时半会儿见不到就要打电话找，直嚷着想她，分分钟都离不得的样子。有时候即使她在他的身边，他也觉得心里在思念着她。直到攥着她的手才会相信这一切都是真的。她在他的身边，而且以后，以后的以后都会在。他看到她手腕上的伤痕，轻轻地摩挲过去，满心都是疼，她的左手以后都没有力气提重物了，他说没事儿，你不用提任何的重物，因为有我，我在呢！

他还说，小希，你知道那些明信片吗？那都是我想你的时候拍的……还有很多，后来都不敢再邮寄给你！那条围巾，你记得吗？我帮你摆摊时你送给我的，这么多年我一直带在身边，这可是你送给我唯一的礼物。

有时候从梦中惊醒过来，他都会四下里寻找，小希，小希！好像生怕她会走掉，那样没有安全感。她能说什么呢？只能握着他说，我在呢，我会一直都在。

他每天都黏着她，她对他不管不顾的孩子气有些无奈，“不是有人陪着你吗？”自从他住院，病房里就热闹非凡，每天络绎不绝地有人来探视。

“那能一样吗？你想吃猪排，但给你送来的是牛排……”

“你说谁是猪排谁是牛排？”姜希瞪他一眼。

“我就是打个比方！你跟别人是没有可比性的，能不能在病房门口挂一个闲人勿扰的牌子？”

正说着，陈绍可已经和一帮人嚷嚷着进来，刚踏进门，严澎犀利的眼神就扫了过去，对方立刻收到，会心一笑，把门又关上，对身后的人说：“严少不在，换个地方打牌吧！”

“明明……”

“没眼力见儿？赶紧走！”陈绍可的声音越来越远。

严澎抬起手来要拥抱，姜希笑了笑拍拍他的头：“该吃药了！”

“先抱一个！”他耍横。

她迟疑一下，伏下身抱住她。她知道他哪里只是一个拥抱就肯放过她，果然，他低下头开始亲吻她，舌头长驱直入地探进她的口腔……带着独有的温度烫得她发疼。

门口有人进来，瞠目看到这一幕，在严澎的逼视下退了出去。

姜希喘不过气来，躲闪一下：“严澎，放开我。”

“决不！”

说着他已经又吻了下来，铺天盖地的，让她的心像四月柔软的花瓣，慢慢地沉醉了下去。窗外是大片大片的阳光，原来两个人的现世安好是这般光景。

她是如此幸运，在兜兜转转这么多年以后，这个人却始终在原处等着她。就像一支圆舞曲，中间换了很多舞伴，但最后都会回到最初的舞伴那里。原来在他们认识的那一刻起，他就是她最终的舞伴。

如果说推理小说是从结尾开始的，那是不是会更轻松一些？但命运从来不给我们这样的暗示，只是这样一步又一步地推着我们前行，但这谁也猜不透的玄机，就像掌纹一样错综复杂。但如果是真爱，不管对方在哪里，一定都会有重逢的那一天。